MEL WALLIS DE VRIES
MÄDCHEN VERSENKEN

Weitere Titel der Autorin:

MEL WALLIS DE VRIES

MÄDCHEN VERSENKEN

Übersetzung aus dem Niederländischen
von Verena Kiefer

Der Titel ist auch als Hörbuch und E-Book erschienen

Der Verlag dankt dem Nederlands Letterenfonds für die freundliche Unterstützung.

Titel der niederländischen Originalausgabe:
»Verstrikt«

Für die Originalausgabe:
Copyright © 2011 by Mel Wallis de Vries

Für die deutschsprachige Ausgabe:
Copyright © 2018 by Bastei Lübbe AG,
Schanzenstraße 6 – 20, 51063 Köln

Umschlaggestaltung: Cornelia Niere, München
Einbandmotiv: © Cornelia Niere, München
Satz: Dörlemann Satz, Lemförde
Gesetzt aus der Quadraat
Druck und Einband: GGP Media GmbH, Pößneck
Printed in Germany
ISBN 978-3-8466-0061-0

7 6 5

Sie finden uns im Internet unter: one-verlag.de
Bitte beachten Sie auch www.luebbe.de

Für Pien.
Die Welt ist deine Bühne.
Und ich bin dein allergrößter Fan.
Kuss, Mama.

Kapitel 1

Lara

Erinnerungen. Es gibt sie, aber ich bekomme sie nicht zu fassen. Wie Seifenblasen schweben sie in meinem Kopf. Ungreifbar und durchsichtig. Wie alt ich bin? Ich weiß es nicht. Wie ich heiße? Keine Ahnung. Da sind zwar Buchstaben, aber ich kann kein logisches Ganzes daraus formen. Wo ich wohne? Vielleicht in einer Villa, vielleicht in einem Apartment. Es fühlt sich an, als wäre mein Kopf zu einem Wichtelsack ohne Geschenke geworden: Es ist nur Sägemehl darin. Plötzlich muss ich kichern. Alles scheint so unwichtig.

Wer ich bin, beschränkt sich auf diesen Augenblick. Es gibt kein Gestern und auch kein Morgen. Es gibt nur noch Dunkelheit. Über mir, unter mir, neben mir. Ich treibe in einem schwarzen, warmen Meer ohne Geräusche. Meine Arme und Beine sind schwerelos. Eigentlich weiß ich nicht einmal mehr genau, ob ich noch Arme und Beine habe. Mein Körper scheint verschwunden. Ich könnte einen Quadratzentimeter groß sein, aber auch so groß wie ein Fußballfeld.

Vielleicht war das früher als Baby auch so. Dümpeln im lauwarmen Dunkeln im Bauch meiner Mutter, ohne jedwede Vorstellung davon, wie es draußen aussehen könnte. Bilder einer Frau huschen durch meinen Kopf. Sie hat lange braune Haare und zartrote Lippen. Ist das meine Mutter? Ihre grünen Augen leuchten mit einer seltsamen Intensität. Auf einmal ist es, als würde sie neben mir stehen. Ich möchte sie berühren und ihre warme Haut mit meiner Hand spüren.

Aber ich habe meinen Arm verloren. Irgendwo in diesem schwarzen Meer muss mein Arm treiben, aber wo? Mein Kopf sendet Signale an meine Muskeln: bewegen, bewegen, bewegen, oh bitte, bewegt euch doch! Es geschieht nichts. Hilflos schaue ich zu der Frau hinüber. Sie lächelt, und ihre Hand kommt auf mich zu, immer näher. Noch einen Meter, noch ein paar Zentimeter. Mir treten Tränen in die Augen. Ich möchte so gern, dass sie mich berührt. Ich möchte so gern von ihr gehalten werden.

Plötzlich zuckt ihre Hand zurück. Ihr Kopf dreht sich nach links und rechts, und ihre Augen sind weit aufgerissen. Offenbar erschrickt sie vor etwas. Auch ich werde unruhig. Die Dunkelheit lastet auf mir. Mir wird schwindelig. Die Frau ruft mir etwas zu. Es sind leere Worte ohne Ton. Ich glaube, sie versucht mich vor etwas zu warnen, denn ihre Lippen bewegen sich schnell und panisch. »Was ist los?«, will ich fragen. Aber die Dunkelheit quillt in meinen Mund und füllt meine Lunge. Ersticke ich jetzt? Seltsamerweise kann ich ganz normal weiteratmen, wie ein Fisch im Wasser.

Ihr Blick wird traurig. Wieder sagt sie etwas. Ich glaube, es ist »Sorry«. Dann dreht sie sich um.

»Nein, nicht weggehen, bleib bei mir!«, schreie ich, aber es kommt kein Laut über meine Lippen. Mit großen Schritten entfernt sie sich von mir, bis sie schließlich im Nichts verschwindet. Plötzlich fühle ich mich so müde. Wer war diese Frau? Warum möchte ich so gern bei ihr sein? Die Fragen kreisen in meinem Kopf, spielen Fangen, ohne sich zu kriegen. Nach einer Weile gebe ich es auf. Die Erinnerung an die Frau verschwimmt. Die Dunkelheit scheint allem die scharfen Ecken und Kanten zu nehmen.

Ich denke an das Meer. An azurblaues Wasser, das um meine Beine schwappt. Sand zwischen meinen Zehen. Bin ich je in einem solchen Meer geschwommen? Dieser Gedanke macht mich traurig. Ich blinzele. Das Wasser wird grün und verwandelt sich in Bäume. Die Bäume werden zu einem Wald. Ich kann die nassen Blätter auf dem Erdboden fast riechen, so lebensecht wirkt alles. Plötzlich fange ich an zu weinen. Die Tränen rollen über meine Wangen, tropfen ins schwarze Nichts, fließen über, wie eine Regenrinne, die das Wasser nicht mehr bewältigen kann. Zum ersten Mal denke ich: Was mache ich hier eigentlich?

Kapitel 2

Maud

Klick. Das Schwarz hinter meinen Augen verschwindet und wird rot. Jemand hat eine Lampe eingeschaltet.

»Wach werden, Mau-haud«, höre ich meinen kleinen Bruder sagen.

Ich kneife die Augen fest zusammen. Schwarze Flecken tanzen durch das Rot. Stocksteif bleibe ich liegen. Ich bin erst gegen vier eingeschlafen. Wieder dieser Traum, wieder bin ich in Panik aufgewacht und gegen halb sieben endlich in einen tiefen, traumlosen Schlaf gesunken. Und jetzt steht mein Bruder schon vor meinem Bett.

»Du bist wach, ich sehe es doch«, sagt er mit einem klagenden Tonfall in der Stimme.

Warum hält er nicht den Mund? Ich höre auf zu atmen. Vielleicht glaubt er dann, ich wäre tot.

Ich bekomme einen Knuff in die Rippen und schnappe nach Luft. Durch die Wimpern sehe ich, dass mein Bruder wie ein Boxer vor meinem Bett steht, mit erhobenen Fäusten. Hat er mich geschlagen? Was denkt der sich eigentlich?

»Geh weg!«, zische ich.

»Nein.«

Meine Decke wird weggezogen.

»Gib sie her, David.«

»Nein.«

Meine Körperwärme, die sich unter ihr angestaut hat, verfliegt. Zitternd winkele ich die Knie an. Ich habe große Lust, meinen Daumen in den Mund zu stecken, so wie früher. Und dann spüre ich etwas Nasses unter meinen Füßen. Mit einem Schrei sitze ich aufrecht im Bett. Das Gesicht meines Bruders grinst mich an.

»Was ...?«, stammele ich.

David hält einen nassen Waschlappen in den Händen. So ein gemeiner Kerl!

»Nicht witzig?«, fragt er.

»Nicht witzig«, schnauze ich. Am liebsten würde ich ihm mit dem Waschlappen den scheinheiligen Ausdruck vom Gesicht wischen. Aber in dem Moment ruft meine Mutter von unten: »Ist sie schon wach?«

»Ja«, brüllt mein Bruder zurück. »Sie ist wach!«

»Sag ihr, sie soll sich beeilen.«

Sie? Sie? Warum nennt Mama mich nicht einfach Maud?

Den Namen hat sie sich schließlich mit meinem Vater ausgedacht, als ich vor sechzehn Jahren und neun Monaten geboren wurde.

»Du sollst dich beeilen«, sagt David zu mir.

»Ich bin nicht taub.« Seufzend stehe ich auf. »Verschwinde.«

Er bleibt stehen.

»David, ich meine es ernst. Ich gehe duschen, verzieh dich.«

»Bist du wieder dicker geworden?«, fragt er plötzlich.

Einen Moment lang bin ich sprachlos. David schafft es immer, haargenau die Dinge zu sagen, die mich wahnsinnig verletzen. Jetzt fühle ich mich wie ein Elefant mit einem viel zu kurzen T-Shirt. Unbeholfen ziehe ich am Saum.

»Oh, sorry, hab ich was Falsches gesagt? Du machst auf einmal so ein komisches Gesicht.« Er lächelt. »Weißt du, so dick bist du nun auch wieder nicht. Sara aus deiner Klasse – die ist erst richtig dick! Ihre Beine sind wie Baumstämme. Dagegen hast du nur Stämmchen.«

Mit Daumen und Zeigefinger macht er einen Kreis und zeigt, wie dünn meine Beine seiner Ansicht nach sind. Die Art, wie er es sagt, mit diesem triezenden Unterton, und die viel zu großen, unschuldigen blauen Augen sagen mir, dass er nichts davon wirklich meint. Gott, wie ich ihn hasse! Ich werfe mein Kopfkissen in seine Richtung. Es trifft die Wand.

»Ich geh ja schon, ich geh ja schon!«, sagt er grinsend und schlägt die Zimmertür mit einem Knall hinter sich zu.

Wütend drehe ich mich um. Ich hoffe, er fällt die Treppe runter. Ich hoffe, dass er an seinem Frühstück erstickt. Ich hoffe, dass ich ihn nie wiedersehe. Ich gehe zum Fenster. Die Innenseiten meiner Oberschenkel reiben gegeneinander. David hat leider recht – ich habe zugenommen. Die Tüten mit Chips, Twix, KitKat und M&M's, die ich seit den Sommerferien gegessen habe, habe ich schon lange aufgehört zu zählen.

Plötzlich fühle ich mich so schmutzig. Breitbeinig stelle ich mich vor das Fenster und ziehe den Vorhang auf. Über dem Garten hängt eine seltsame Stille. Nichts bewegt sich, nicht mal ein Zweig. Zwischen den kahlen Bäumen hat sich grauer Nebel verfangen. Alles wirkt tot. Der Nebel wabert durch das geöffnete Fenster hinein, und über meine nackten Arme zieht sich eine Gänsehaut. Auch in meinem Kopf wird es kalt und neblig. Ich trete einen Schritt zurück. Und noch einen.

»Maud!« Die Stimme meiner Mutter klingt jetzt verärgert. »Es ist halb acht. In einer Dreiviertelstunde fängt die erste Stunde an.«

Der Nebel hebt sich und zieht wieder hinaus. »Jahaaa«, rufe ich heiser und laufe ins Badezimmer.

Sieben Minuten und zwanzig Sekunden später betrete ich die Küche. Ein neuer Rekord.

»Guten Morgen, Schatz«, sagt mein Vater. Er zwinkert mir über den Zeitungsrand zu.

»Hi Paps.« Ich schiebe einen Stuhl zurück und setze mich an den Küchentisch.

»Da bist du ja endlich«, sagt meine Mutter. Auf dem Weg zur Anrichte klackern ihre Absätze auf dem Parkett. Sie trägt einen Rock, in den nicht mal ein Bein von mir passt. Es ist mehr als deutlich, dass ich Papas Gene geerbt habe. Und David die von Mama.

Meine Mutter stellt mir sofort einen Teller vor die Nase, zwei Scheiben dunkles Brot mit Wurst. Auf einmal habe ich keinen Hunger mehr. Unauffällig schiebe ich den Teller von mir.

»Hast du heute Nacht ein wenig schlafen können?«, fragt mein Vater.

»Na ja, nicht so gut, ich ...«

»Kannst du David heute mit dem Auto in die Schule bringen?«, unterbricht meine Mutter unser Gespräch. Sie steht mit dem Rücken zur Anrichte und starrt meinen Vater an.

Er runzelt die Stirn. »Entschuldige, was sagtest du?«

»Ob du David heute in die Schule bringen kannst«, wiederholt sie gereizt.

Das Stirnrunzeln wird tiefer. Die Enden von Papas Augenbrauen berühren sich, und er sieht aus wie ein Comic-Schurke. Ob er noch weiß, dass er gerade mit mir gesprochen hat? Offenbar nicht, denn er sagt zu meiner Mutter: »Ich muss um neun im Büro sein, wir haben eine Besprechung wegen eines neuen Kunden in China.«

»David hat in der ersten Stunde eine wichtige Klassenarbeit. Mir wäre lieber, dass er nicht den ganzen Weg in die Schule mit dem Rad fährt.« Sie verschränkt die Arme vor der Brust und sieht ihn eindringlich an.

Ich schließe die Augen und stelle mir vor, dass ich jemand ganz anderes bin. Ein Popstar oder, noch besser, eine berühmte Schauspielerin. Dass ich Zehntausende Fans habe, die allesamt ein Autogramm von mir haben wollen. Dass mir alle zuhören.

»War das nicht die Klassenarbeit in Griechisch?« Der Ton in der Stimme meines Vaters sagt mir, dass sein Widerstand bröckelt.

»Ja«, antwortet meine Mutter. »Wenn er wieder eine gute Note schreibt, darf er mit auf die Studienreise nach Athen. Nur die zehn besten Schüler aus der Unterstufe bekommen einen Platz.«

»Na, dann los«, sagt mein Vater zögernd. »Wenn ich David jetzt wegbringe und danach sofort weiterfahre, wird es schon klappen.«

Ich öffne die Augen. Es ist immer dasselbe Lied. David ist so klein. David strengt sich so an, David bekommt so gute Noten, David bekommt immer seinen Willen.

»Danke schön, Papa«, sagt David und grinst.

Zum Glück gehen David und ich nicht zur selben Schule. Er ist in der Achten auf dem Gymnasium, ich bin in der letzten Klasse der Fachoberschule. Es muss eine große Erleichterung für meine Eltern gewesen sein, dass es wenigstens einer von uns aufs Gymnasium geschafft hat.

Mein Vater steht auf. »Wir müssen los, sonst schaffe ich es nicht rechtzeitig zu meiner Besprechung.«

David springt auf. Er kann seine Zufriedenheit kaum verbergen. Wie ein junger Hund läuft er hinter meinem Vater her – fehlt nur noch die hechelnde Zunge! Sie verschwinden durch die Seitentür der Küche in die kleine Diele.

»Beeilst du dich auch, Maud?«, fragt mich meine Mutter. »Hier, vergiss dein Pausenbrot nicht.«

Ich bekomme einen Frühstücksbeutel mit zwei dunklen Brotscheiben in die Hand gedrückt. Schnell stopfe ich ihn in meine Tasche.

»Bis wann hast du Schule?«, fragt meine Mutter, während sie den Tisch abräumt.

»Bis zwei.«

»Ich bin heute den ganzen Tag zu Hause.«

Meine Mutter arbeitet als Juristin bei einer Bank. Zu Hause sein bedeutet für sie, dass sie den ganzen Tag beruflich herumtelefoniert und mailt. David und ich dürfen dann keinen Lärm machen, sonst wird sie sauer. Wenn meine Mutter zu Hause ist, bin ich lieber nicht da. Zum Glück kommt das auch nicht so oft vor.

»Tschüs, mein Schatz.« Sie gibt mir einen Kuss. Ziemlich sicher habe ich jetzt einen Abdruck ihrer roten Lippen auf meiner Wange. Schnell wische ich mit dem Handrücken darüber.

»Fahr vorsichtig mit dem Rad!«

»Ja, klar.« Ich ziehe die Tür der Diele hinter mir zu. Es ist kaum genug Platz für mich. Ich zwänge mich zwischen Papa und David durch zur Garderobe.

»Tut mir leid, dass ich dich heute nicht wegbringen kann«, sagt mein Vater.

»Macht nichts, Paps.«

Er macht ein erleichtertes Gesicht. »Nächstes Mal bringe ich dich in die Schule.« Sanft zwickt er mich in die Wange.

»Heute Nacht hatte ich wieder diesen Traum«, sage ich und verstehe nicht, weshalb ich das jetzt plötzlich sage.

Einen Moment bleibt es still. Erst nach ein paar Sekunden nickt Papa.

»Es ist gerade erst passiert, Schätzchen. Die Wunde ist noch so frisch.«

»Das weiß ich, aber ...«

»Wo ist mein Schal?«, nörgelt David.

»Hier.« Mein Vater nimmt einen blauen Schal von der Garderobe.

An mich gewandt sagt er: »Wir reden heute Abend weiter, okay?«

»Ja.« Am liebsten würde ich heulen.

»Hast du alles?«, fragt er David. »Jacke? Rucksack? Brotdose? Bücher?«

»Der Schal kratzt«, jammert David.

»Dann zieh ihn wieder aus.« Mein Vater seufzt. »Wir fahren jetzt, sonst schaffe ich das nie mit der Besprechung. Bis heute Abend!«

»Tschüs.« Ich winke, aber sie sind schon zur Haustür raus. Plötzlich ist die kleine Diele ganz groß und ganz still.

Als würde ich einen Film anschauen, aus dem die Hauptpersonen verschwunden sind. Was mache ich hier eigentlich noch? Ich nehme meine Jacke von der Garderobe. Durch den Briefkastenschlitz rieche ich den Herbst: feuchter Dreck und welke Blätter. Ich öffne die Haustür, und winzige Regentropfen treffen mich im Gesicht. Sehen kann ich sie kaum, aber spüren. Wahrscheinlich bin ich patschnass, bis ich in der Schule ankomme. David nicht, der hockt schön warm und trocken bei Papa im Auto. Ich wische ein Spinnennetz vom Sattel und schwinge mich auf das Rad meiner Mutter. Mein eigenes ist letzte Woche geklaut worden, obwohl es abgeschlossen im Vorgarten stand. Nach langem Quengeln durfte ich mir das von meiner Mutter leihen. Langsam trete ich in die Pedale. Bei jeder Bewegung denke ich: Könnte ich die Zeit doch nur zurückdrehen.

Kapitel 3

Maud

Der Korridor ist wie ein Trichter, durch den alle Schüler müssen, um ihre Klassenräume zu erreichen. Nasse Jacken kleben an mir, Ellbogen piksen in meine Seiten, Stimmengewirr wird hohl und unverständlich von den Wänden zurückgeworfen, wie in einem überfüllten Schwimmbad. Ich lasse mich mit der Menge treiben und verlasse den Strom beim Raum 7A.

Es ist, als hätte ich eine Abzweigung in eine andere Welt genommen. Schüler sitzen an ihren Tischen und reden leise miteinander. Graues Tageslicht fällt durch die hohen Fenster des Klassenzimmers. Einen Moment bleibe ich stehen, als wüsste ich plötzlich nicht mehr, was ich machen soll.

»Hi Maud«, höre ich Nicole rufen.

Ich schaue zu ihr hinüber. Sie sitzt neben Christine und winkt. Christine lächelt mich an.

»Hi«, antworte ich und setze mich wieder in Bewegung.

»Wir dachten schon, du kämst nicht«, sagt Nicole.

Die Härchen in meinem Nacken stellen sich auf. »Warum?«

»Na ja, du weißt schon«, sagt sie vorsichtig. »Letzte Woche bist du auch ein paar Tage zu Hause geblieben.«

»Ach ja?« Heute habe ich keine Lust, es ihr leicht zu machen; ich tue so, als wüsste ich nicht, wovon sie spricht.

Sie seufzt. »Hör zu, ich habe mich gestern Abend auch in den Schlaf geweint. Du bist wirklich nicht die Einzige, die es momentan nicht leicht hat. Es war nur nett gemeint.«

Nicole ist manchmal wie Wasser: Wenn es nicht weiterkommt, fließt es eben in eine andere Richtung. Ob ich den Hahn auch irgendwo zudrehen könnte?

»Sorry«, murmele ich und setze mich an den Tisch hinter ihnen.

Christine dreht sich zu mir um. »Gibt es schon was Neues?«

»Nein.«

Kapieren Christine und Nicole denn nicht, dass ich jetzt nicht darüber reden möchte?

»Ich finde es so schlimm.« Ihr Kummer schimmert durch ihre Augen, als wären sie transparent.

»Hm-m«, sage ich und nicke.

Sie legt ihre Hand auf meinen Arm, und wo ihre Finger liegen, prickelt meine Haut. Unbehaglich ziehe ich meinen Arm zurück. Ich muss das hier beenden, sonst fange ich gleich an zu heulen.

»Was ist das für ein Nagellack?«, frage ich.

»Hä?« Sie sieht mich verblüfft an.

»Die Farbe.« Ich zeige auf ihre Finger. »Welche ist das?«

»Was?«

Nicole versteht schneller, was ich meine. »Nr. 57 von Etos, Misty Blue. Schön, oder? Ich hab den gleichen.«

»Ich leihe ihn dir gern«, sagt Christine. Trotzdem sieht sie mich ein wenig verletzt an, weil ich so schnell das Thema gewechselt habe.

»Guten Morgen!« Herr Woudstra kommt rein. Sein graues, gewelltes Haar klebt nass und strähnig an seiner Stirn, und die Brillengläser sind voller Wassertropfen. Er schaut sich um, ob wir alle da sind. »Und? Seid ihr alle bereit für eine Runde Mathe?«

Keiner antwortet.

»Schön«, murmelt er, während er seine Brille mit einem Taschentuch putzt. Am Pult zieht er ein Buch aus der Tasche. Und einen Stift. Und einen Stapel Papier. Im Fenster verfolge ich die Bewegungen seines Spiegelbilds. Regentropfen bedecken die Scheibe.

»Seht ihr den Papierstapel?«, zischt Nicole. »Hoffentlich lässt er keinen unangekündigten Test schreiben. Integralrechnung ist wirklich sauschwierig.«

»Hast du was gesagt, Nicole?« Woudstras Kopf dreht sich wie eine Radarantenne zu ihr. »Möchtest du es vielleicht mit dem Rest der Klasse teilen?«

Sie sieht ihn mit knallroten Wangen an. »Nein, nein. Ich habe nichts gesagt. Jedenfalls nichts Wichtiges. Ich, äh, ich habe nach einem Stift gefragt.«

»Tja, ohne Stift kannst du tatsächlich nicht schreiben, und du möchtest dir natürlich sehr gern Notizen machen während meines Unterrichts. Dein Einsatz gefällt mir. Hast du auch genauso viel Einsatz bei den Hausaufgaben gezeigt?«

Der Blick in ihren Augen ist verzweifelt. »Ja.«

»Würdest du dann mit Aufgabe 1 anfangen? Wie lautet das Integral einer Funktion f(x)? Das war nicht so schwierig, oder?«

Unter vielen Seufzern schlägt Nicole ein rosafarbenes Heft auf. »Ich, äh, die Antwort ist ... Ich dachte ...«

Während ich Nicoles Gestammel zuhöre, geht meine Hand automatisch zum leeren Platz neben mir. Hier saß sie immer. Er fühlt sich kalt an. Tot. Als wüsste selbst das Holz, was passiert ist.

Ich versuche, an etwas anderes zu denken, aber das will mir nicht so recht gelingen. Ich fange an zu schreiben. Willkürlich. *Nagellack. Taschentuch.* Die Buchstaben sind zittrig. *Socken, Schwimmbad.* Es hilft, ich werde etwas ruhiger.

»Maud, ich habe dich schon dreimal gefragt, ob du vielleicht die Antwort zu Aufgabe 1 weißt.«

Woudstra sieht mich sehr ernst an.

Nicole und Christine sehen mich an.

Alle in der Klasse sehen mich an.

Es dauert eine Ewigkeit, bis ich etwas erwidern kann.

»Ich ... ich habe meine Hausaufgaben nicht gemacht«, bringe ich heraus.

Es wird still. Ich weiß, was jetzt kommen wird. Woudstra wird sauer. Er wird mich vor dem Rest der Klasse bloßstellen. Er gibt mir eine Strafarbeit auf. Aber es bleibt still. Woudstra starrt mich an, als hätte er plötzlich unglaubliches Mitleid mit mir.

»Geht es denn?«, fragt er auf einmal.

Ich will es nicht, aber meine Lippe fängt an zu zittern. »Ja, danke«, sage ich mit brüchiger Stimme – ich höre mich an, als wäre ich mindestens achtzig!

Er kommt näher. Ich kann die Rippen seiner Cordhose zählen.

»Du kannst gern kurz zu den Waschräumen und einen Schluck Wasser trinken, wenn du willst.« Er tut ja gerade so, als wäre ich krank. Ich spüre etwas in mir aufsteigen. Plötzlich wird mir klar, dass ich gleich weinen werde. Nein, nicht hier. Nicht jetzt. Bitte nicht. Hinter meinen Lidern stauen sich Tränen an, und ich stehe auf.

»Soll dich jemand begleiten?«

»Nein«, flüstere ich.

»Ich gehe gern mit«, sagt Nicole schnell und dreht sich hoffnungsvoll zu mir um.

»Nein«, sage ich noch leiser. Langsam bewege ich mich Richtung Tür. Das Linoleum quietscht unter den Sohlen meiner Stiefel, und ich höre meinen eigenen Herzschlag, schnell und laut.

Noch drei Schritte, noch zwei, noch einen. So beherrscht wie möglich drücke ich die Türklinke hinunter. Lautlos trete ich über die Schwelle. Noch leiser ziehe ich die Tür hinter mir zu. Dann fange ich an zu rennen, immer schneller. Keuchend stürme ich die Treppe hinauf. Meine Stiefel poltern über die Steinstufen. Ich biege um die Ecke und pralle gegen einen Jungen.

»Pass doch auf, wo du hinläufst.«

»Sorry«, murmele ich. Ich habe Seitenstechen.

»Blöde Kuh«, ruft er noch, aber ich bin schon im Waschraum verschwunden.

Im Spiegel sehe ich, wie die Tränen über meine Wangen laufen. Geräuschvoll ziehe ich die Nase hoch. Meine Ohren summen, mein Darm grummelt, Galle steigt mir im Hals auf – es ist, als wollte sich der Schmerz aus allen Körperöffnungen pressen.

Kapitel 4

Lara

Wie lange bin ich schon hier? Ein paar Tage? Oder erst ein paar Stunden? Ich weiß es wirklich nicht. Ich schlafe, und ich werde wach, aber eigentlich ist es egal, denn es bleibt doch alles schwarz.

Erst dachte ich, dass ich träume. Manchmal will ich aus einem Traum aufwachen, aber es klappt nicht. Das fühlt sich ein wenig so an, als wäre man unter Wasser. Wie die letzten Zentimeter, die man schwimmen muss, bevor man die Wasseroberfläche durchbricht: Man weiß, dass dort oben eine Welt ist, aber sie ist noch nicht zu sehen. Meistens läutet dann der Wecker. Oder Mama weckt mich. Oder meine Augen gehen von selbst auf. Aber nie bleibt es schwarz.

Dann bekomme ich Angst. Ein Traum kann doch nicht so lange dauern, oder? Vielleicht bin ich ja krank und habe hohes Fieber? Aber das ist keine Erklärung für die Dunkelheit. Hatte ich möglicherweise einen Unfall? Wer weiß, vielleicht habe ich mich mit einem Auto überschlagen und liege jetzt in einer Schlucht. Oder, oder, oder ... bin ich mit einem Flugzeug abgestürzt?

Ich muss ständig daran denken, die Schlagzeilen sehe ich

förmlich vor mir. EINZIGE ÜBERLEBENDE NACH FLUGZEUGAB-
STURZ GEFUNDEN.

Aber ein Flugzeugabsturz bedeutet Schmerzen. Und ich habe
keine Schmerzen. Ich spüre gar nichts. Wie groß ist überhaupt
die Wahrscheinlichkeit, dass ich bei einem Flugzeugunglück dabei war? Eins zu fünfzehn Millionen? Sehr klein jedenfalls. Bin ich
vielleicht erblindet? Ja, das ist es! Ich muss fast über den Einfall lachen, so erleichtert bin ich. Ich muss einfach zu einem Augenarzt.
Dann wird das Problem im Handumdrehen gelöst.

Aber wenn ich blind wäre, dann würde ich doch mit meinen
Händen noch Dinge ertasten können? Warum spüre ich nichts?
Die Dunkelheit zieht mich runter. Und dann steigt dieser Gedanke
plötzlich in meinem Kopf auf. *Bumm*, einfach so. *Bin ich vielleicht
tot?* Es fühlt sich an, als hätte man mir die Luft aus der Lunge ge-
sogen. All meine Gedanken vor diesem Gedanken sind unwichtig.
Bin ich vielleicht tot? Ich ersticke fast, so groß ist meine Angst.

Nein! Hör auf!, rede ich mir selbst gut zu. Natürlich bist du nicht
tot. Es muss eine logische Erklärung für die Dunkelheit geben, du
hast sie nur noch nicht gefunden. Und tot kannst du nicht sein,
denn, na ja, es fühlt sich einfach nicht so an ... *Du lebst noch!*

Ich weiß nicht, wie oft ich diesen Satz wiederhole. Schließlich
fange ich an, daran zu glauben.

Plötzlich höre ich etwas. Ganz leise und sehr weit weg. Ist es
ein Flüstern? Gibt es vielleicht noch mehr Menschen im Nichts?

Ich versuche zu rufen. »Hier bin ich!« Aber es kommt kein Ton
aus meinem Mund.

Ich bin hier! Ich bin hier!, rufe ich in Gedanken. *Hört ihr mich?
Kommt ihr mich holen? Ich kann mich nicht bewegen.*

»Nicht bewegen.«

Habe ich das gesagt?
Oder war das jemand anders?
War es das Echo meiner eigenen Gedanken?
Angestrengt lausche ich. Es bleibt totenstill.

Kapitel 5

Maud

»Kommt ihr mit, einen Kaffee trinken?«, fragt Nicole und zündet sich eine Zigarette an.

»Gute Idee«, antwortet Christine. »Was für eine ätzende Stunde – wer braucht denn bitte Gewinn-und-Verlust-Rechnung?«

»Das kannst du laut sagen«, brummt Nicole, die Zigarette zwischen den Lippen.

»Darf ich mal ziehen?«, fragt Christine.

Nicole stößt den Rauch durch die Nase aus. »Klar. Hier.«

»Danke.« Christine schaut schüchtern über die Schulter zum Hausmeisterfenster, das zum Fahrradschuppen zeigt.

»Entspann dich«, sagt Nicole. »Das merkt der Typ eh nicht. Wahrscheinlich guckt er sich gerade versaute Bilder am Computer an.«

Christine grinst. »Allein die Vorstellung. Der Kerl ist so grau und verstaubt. Sex mit Schildkröten ist wahrscheinlich das Spannendste, was er je im Leben gesehen hat.«

Wir kichern alle drei.

»Willst du auch?«, fragt Christine und wedelt mit der Zigarette vor meiner Nase.

»Gern.« Ich nehme einen tiefen Zug. Der Filter ist weich und feucht.

»Du kommst doch auch mit Kaffee trinken, Maud?«, sagt Nicole und übernimmt die Zigarette von mir.

Ganz langsam blase ich den Rauch aus. »Ich weiß noch nicht.«

»Wieso nicht?«, fragt Nicole.

Weil ich müde bin. Weil ich Kopfschmerzen habe. Weil ich heute Nacht nur drei Stunden geschlafen habe. Weil ich auf dem Klo geheult habe. Weil ich allein sein will. Aber ich sage: »Ich muss noch Hausaufgaben machen.«

Sie sieht mich nachdenklich an. »Seit wann sind dir Hausaufgaben wichtig?«

»Weißt du was«, sagt Christine lächelnd, »ich gebe einen aus. Du bekommst einen leckeren Latte macchiato von mir, mit ganz viel Milchschaum. Und einen Schokodonut.«

Hoffnungsvoll schaut sie mich an. Sie weiß, dass ich normalerweise für einen Schokodonut wirklich alles tue. Aber nicht heute.

»Ein anderes Mal gern«, antworte ich.

»Maud«, seufzt Nicole vorwurfsvoll, als hätte ich etwas Dummes gesagt.

»Es ist zwei Uhr. Was willst du nach deinen Hausaufgaben machen? Zu Hause auf dem Sofa herumhängen? Fernsehen? Mit deinem kleinen Bruder spielen? Komm doch einfach mit uns.«

Zu Hause. Plötzlich fällt mir wieder ein, dass meine Mutter zu Hause ist. Das ändert alles.

Ich zucke mit den Schultern und seufze. »Okay, dann komme ich eben mit.«

»So gefällst du uns«, sagt Nicole zufrieden und schnipst ihre Zigarette weg. »Let's go, Ladys.«

Es ist viel los im Café. Die Fenster sind beschlagen, und überall sitzen Leute. Ganz hinten am Fenster ist noch ein Tisch frei.

»Der ist für uns«, zischt Nicole. »Schnell, sonst setzt sich noch jemand anders hin. Die Leute dahinten wollen auch einen Platz.« Sie zeigt zu einem Mann und einer Frau hinüber, die gleichzeitig mit uns hereingekommen sind und sich suchend umschauen.

»Setzt euch schon mal, dann hole ich Kaffee«, sagt Christine.

»Bringst du mir Süßstoff mit?«, ruft Nicole. Ein paar Leute schauen verärgert zu uns hinüber.

»Die haben ja gute Laune«, sagt Nicole, eine Spur zu laut.

Wir zwängen uns zwischen den Stühlen zu dem kleinen Tisch durch.

»Geschafft.« Nicole plumpst auf die Bank an der Fensterseite, als hätte sie gerade einen Marathon gewonnen.

Ich setze mich auf einen Stuhl auf der anderen Tischseite und ziehe meine Jacke aus.

»Hast du vielleicht ein Haargummi für mich?«, fragt Nicole, während sie in ihrer Handtasche kramt. »In dem Chaos hier kann man echt nichts finden.«

»Nein, tut mir leid.«

»Meine Haare machen mich noch verrückt. Sie hängen mir immer in die Augen.« Sie schüttelt ihre braunen Locken zurück. »Vielleicht lasse ich sie doch abschneiden.«

Ich glaube ihr kein Wort. Nicole hat die schönsten Haare von uns allen: lang, glänzend und gelockt, wie aus einer Shampoo-werbung. Und das weiß sie auch.

Sie fischt eine Haarklammer aus der Tasche und schiebt damit eine Strähne zurück. »So, schon viel besser.«

»Kaffee.« Christine stellt das Tablett auf den Tisch und setzt sich neben mich. Der Platz neben Nicole bleibt leer. Dort hätte Lara sitzen müssen. Es fühlt sich an, als würden wir auf einer Wippe sitzen, die nicht mehr im Gleichgewicht ist.

Nicole legt ihre Jacke und Tasche sehr umständlich auf den leeren Platz. Ob sie dasselbe denkt?

»Danke, Chris«, sagt sie und nimmt einen Kaffee vom Tablett. Christine reicht mir auch ein Glas, und ich verbrenne mir fast die Finger.

»Das war echt ein ätzender Tag.« Nicole schlürft geräuschvoll den Schaum von ihrem Kaffee. »Der blöde Veldhuizen wollte nach der Stunde mit mir reden.«

»Warum?«, fragt Christine.

»Weil ich diesen Monat zwei Sechsen in Englisch kassiert habe. Wenn das so weitergeht, schaffe ich meinen Abschluss nicht, meint er.«

»Woher will er das denn wissen?«

Sie beißt sich auf die Lippen. »Es ist nicht nur Englisch. In Mathe und Niederländisch stehe ich auch auf Sechs.«

»Ist nicht dein Ernst.« Christine macht ein erschrockenes Gesicht. »Du darfst nicht durchfallen, Mensch. Letztes Jahr auf deiner vorigen Schule bist du doch auch schon hängen geblieben.«

»Und dann hab ich euch kennengelernt. Alles Schlechte hat auch immer was Gutes.« Sie zwinkert uns zu. »Ich weiß sowieso noch nicht, was ich nächstes Jahr machen soll.«

»Pflegefachschule mit mir?«, schlägt Christine vor.

»Ja, tschüühüüs, echt nicht! Das Lernen hängt mir zum Hals raus. Und ich habe auch keinen Bock, Krankenschwester zu werden. Soll sich doch jeder den eigenen Hintern abwischen. Du willst bloß wie dein Pa was mit Medizin machen. Na, mein Vater ist Makler, das ist auch nicht wirklich mein Ding.«

Stille tritt ein. Plötzlich ist es, als hätten wir keine Gesprächsthemen mehr. Und über das eine, an das wir alle denken, *wollen* wir nicht reden. Ich jedenfalls nicht.

Christine trommelt mit den Fingernägeln an ihr Glas. »Hast du eigentlich noch was von Mees gehört, Nicky?«

»Nein«, schnaubt sie. »Was für ein Arsch, oder?«

»Du mochtest ihn, gib's zu.«

»Küssen konnte er. Aber ich habe ihm dieses Wochenende zweimal eine WhatsApp geschickt, und er hat nicht reagiert.«

»Dann ruf ihn doch mal an!«, schlägt Christine wie selbstverständlich vor.

»Bestimmt nicht.« Sie nimmt einen großen Schluck von ihrem Kaffee und wischt sich über den Mund. »Dann glaubt er noch, ich renne ihm nach. Ich bin doch nicht sein Schoßhündchen. Von mir aus kann er sich sonst was einfangen, und ich sehe ihn nie wieder.« Nicole seufzt. »Genug von Mees. Hast du noch was von dem Typen gehört, den wir vor zwei Wochen getroffen haben? Ihm hast du jedenfalls gut gefallen.«

»Er hat mich ein paarmal angerufen«, sagt Christine langsam.

»Was?« Nicole fallen fast die Augen aus dem Kopf. »Und das erzählst du mir erst jetzt? Ich will alles wissen. Was hat er gesagt? Habt ihr euch verabredet?«

Christine zuckt die Schultern. »Es gibt nichts zu erzählen, denn ich bin nicht ans Telefon gegangen.«

»Oh my God, das ist nicht dein Ernst!? Der war wirklich zum Anbeißen!« Nicole nimmt noch einen großen Schluck Kaffee. »Es wird Zeit, dass du über deinen Ex hinwegkommst. So wirst du nie mehr einen Neuen finden!«

Auf ihrer vorigen Schule war Christine von irgendeinem Idioten in den Wind geschossen worden. Offenbar hatte er sie wahnsinnig verletzt, denn sie wollte nie über ihn reden.

Und dieses Mal auch nicht, denn sie sagt: »Was hast du Mees eigentlich geschrieben?«

»Du meinst: Ich will nicht über meinen Ex reden?« Nicole grinst. »Ich hab dich durchschaut.«

»Nein, nein, ich will es wirklich wissen«, sagt Christine. »Oder ist das geheim?«

33

»Natürlich nicht. Guck, das hab ich geschrieben.« Nicole zeigt Christine ihr Handy.

Ich versuche, dem Gespräch zu folgen. Aber sie hätten genauso gut Russisch sprechen können. Die WhatsApps von Nicole an Mees, der Ex von Christine, wen interessiert's? Mit meinem Löffel rühre ich einen Strudel ins Getränk. Sturm im Kaffeeglas.

Jemand tritt mich unter dem Tisch. Erschrocken lasse ich den Löffel los. Nicole sieht mich grübelnd an.

»Wo bist du mit deinen Gedanken?«, sagt sie. »Ich habe dich was gefragt.«

»Was? Oh, äh ...«, stammele ich. »Sorry, ich habe, äh, gerührt.« Es klingt idiotisch.

»Ich sagte«, seufzt Nicole, »dass ich Laras Unfall im Schlaf gespürt habe.«

Bumm. Es fühlt sich an, als wäre ich von hinten angefahren worden. Lara!

»W-Wie meinst du das?«, stottere ich.

»Wie ich es sage.« Nicole senkt die Stimme. »Ich glaube, dass ich genau weiß, um wie viel Uhr Lara den Unfall hatte.«

Ein paar Sekunden bleibt es still. Ich starre auf meine Hand, die wieder im Kaffee rührt. Der Löffel kratzt über den Boden.

Nicole fährt flüsternd fort. »Meine Mutter sagt, ich hätte letzte Woche Samstag gegen drei Uhr ganz laut im Schlaf geschrien. Sie dachte erst, ich wäre aus dem Bett gefallen, so laut war es.«

»Echt?!« Christine runzelt die Stirn. »Laras Unfall war doch auch gegen drei Uhr nachts, oder?«

»Yep.« Nicole nickt. »Die Polizei vermutet, dass sie zu dem Zeitpunkt ins Wasser gefallen ist. Sie wissen es natürlich nicht ganz genau, aber so ungefähr können sie es aus der Körpertemperatur schließen. Das habe ich jedenfalls mal im Fernsehen gesehen. Alle fünfzehn Minuten in kaltem Wasser sinkt die Körpertemperatur um 0,1 Grad Celsius, oder so.«

»Ja, ja, klar.« Christine winkt ab, zum Zeichen, dass sie genug gehört hat. »Weißt du denn noch, was du geträumt hast?«

Wieder tritt eine Stille ein. Ich fange Gesprächsfetzen von anderen Tischen auf. Jemand lacht über etwas, ein Baby weint im Kinderwagen, ein Mann spricht laut in sein Telefon. Ich würde alles dafür geben, jetzt an einem anderen Tisch zu sitzen. Bitte, Nicole, sag es nicht, sag es nicht, sag es nicht.

Aber sie kann keine Gedanken lesen.

Als Nicole anfängt zu reden, klingt ihre Stimme traurig. »Es war ganz dunkel in meinem Traum, als würde ich durch einen Tunnel laufen. In der Ferne sah ich Lichtblitze. Und dann wurde es auf einmal ganz dunkel, und ich spürte Wasser. Ich konnte nicht mehr atmen.«

»Lieber Himmel«, flüstert Christine.

»Ja.« Nicole legt die Arme um sich, als wäre ihr kalt.

»Das ist wirklich ganz schön heftig, Nicky.«

»Ich habe mich nicht getraut, es jemandem zu erzählen«, sagt sie leise. »Ich kann schon seit ein paar Nächten nicht mehr richtig schlafen. Stell dir vor, ich würde wieder von Laras Unfall träumen.«

Christine beißt sich auf die Lippe. »Solltest du das nicht der Polizei erzählen? Vielleicht hilft das bei der Untersuchung?«

»Darauf hat die Polizei noch gewartet«, sagt Nicole. »Mädchen mit paranormalen Fähigkeiten träumt über Freundin. Die lachen mich eiskalt aus.«

»Paranormale Fähigkeiten?« Christines Augen weiten sich. »Hast du das vorher schon mal gehabt?«

»Ja, als mein Opa starb. In dem Moment, als er seinen letzten Atemzug machte, wurde mir total komisch. Wenig später kam mein Vater und sagte, mein Opa sei tot.«

»Shit aber auch.« Christine weiß eindeutig nicht mehr, was sie noch sagen soll.

Opa tot.

Lara.

Unfall.

Ihr Traum.

Mein Traum.

Das Wasser.

Meine Gedanken rasen. Der Sturm in meinem Glas ist wieder da. Kaffeewellen spritzen über den Rand.

»Maud?«, höre ich Christine plötzlich sagen.

Erschrocken schaue ich auf.

»Was machst du?«

Überall Kaffeespritzer. Auf der Untertasse, dem Tisch. Ungeschickt wische ich die Tropfen mit der Hand weg.

»Sorry«, murmele ich.

»Vielleicht sollten wir lieber über etwas anderes reden«, sagt sie.

»Warum?«, fragt Nicole. »Ist was?«

Christine nickt mit dem Kopf in meine Richtung. »Ich glaube, dieses Thema ist gerade nicht so angebracht.«

Nicole schaut mich jetzt auch an. »Oh, ich verstehe.«

Wieder diese Stille. Mein Herz hämmert in den Ohren. Wenn sie jetzt wieder von Lara anfangen, renne ich weg.

»Ups, fast vergessen«, sagt Christine. »Ich habe noch Donuts!« Sie lächelt und zieht eine Tüte mit Donuts aus ihrer Tasche.

»Hier.« Sie reicht mir einen mit einer dicken Schicht weißer Schokolade.

»Und einen für Nicky mit Cappuccino-Geschmack.«

»Danke«, murmelt Nicole.

»Und einen für mich mit Waldbeeren.«

»Lecker, Chris.« Nicole nimmt einen großen Bissen.

Vorsichtig beiße ich in den Donut. Wie ein Messer schneiden meine Zähne durch das Gebäck. Zucker, Fett und Teig mischen sich in meinem Mund. Für einen Moment ist nichts anderes in meinem Kopf als dieser Donut. Bissen für Bissen vertilge ich ihn. Und plötzlich ist er weg. Ich starre auf die leere Plastikschale, in der noch ein paar fettige Krümel liegen. Langsam kehrt das Chaos in meinen Kopf zurück. Wie viele Kalorien stecken in einem Donut? Bestimmt jede Menge. Warum habe ich das Ding eigentlich aufgegessen? So lecker war er nun auch wieder nicht. Mein Magen verkrampft sich. Ich fühle mich auf einmal dick, schmutzig und hässlich.

»Nein!« Abrupt schiebe ich meinen Stuhl zurück.

Nicole sieht mich erstaunt an. »Was ist los?«

»Nichts, nichts«, murmele ich. »Ich gehe mal zum Klo.«

Schnell schlängele ich mich zwischen den Tischen zu der Tür, auf der eine rosa Kaffeetasse prangt. Zum Glück ist keiner drin. Ich schließe ab und knie mich hin. Durch den Stoff meiner Jeans fühlen sich die Fliesen kalt an. Es passiert, ohne dass ich darüber nachdenke. Ich stecke mir den Finger in den Hals und fange automatisch an zu würgen. Ich schiebe den Finger noch ein Stück weiter, und plötzlich übergebe ich mich. Das Geräusch meiner Kotze, die in die Toilette spritzt, ist überwältigend. Hab ich das wirklich getan? Habe ich mir wirklich den Finger in den Hals gesteckt?

Donutstücke treiben im Klo wie Wrackteile nach einem Schiffbruch auf See. Ich stehe auf und ziehe ab. Gurgelnd verschwindet der Donut im Abfluss. Klares, frisches Wasser füllt die Kloschüssel. Auch mein Kopf fühlt sich durchgespült an. Kerzengerade gehe ich zum Tisch zurück.

Nicole und Christine warten in ihren Jacken.

»Wir wollen draußen eine rauchen«, sagt Nicole. »Kommst du mit?«

»Nein, ich gehe jetzt.«

»Hä, was?«

»Ich gehe jetzt«, wiederhole ich, weil ich nicht sicher bin, ob sie es gehört hat.

»Ja, das habe ich schon verstanden. Aber warum?«, fragt Nicole erstaunt.

»Tut mir leid, ich muss jetzt wirklich Hausaufgaben machen«, lüge ich.

Nicole und Christine nicken. Vielleicht lesen sie in meinen Augen, dass ich mich dieses Mal nicht überreden lasse.

Kapitel 6

Maud

Der Nebel ist noch dichter als am Morgen. Ich kann nur ein paar Meter weit sehen. Langsam fahre ich mit dem Rad die Straße hinunter. Ich höre Geräusche: die gedämpften Stimmen von Fußgängern, ein leises Hupen, Autos, die irgendwo in der Ferne anfahren. Es ist, als hätte der Nebel die scharfen Kanten der Stadt geglättet.

Ich habe mir den Finger in den Hals gesteckt und meinen Donut ausgekotzt.

Verrückt, wie leicht das war. Ich wusste nicht, dass ich mich das trauen würde. Aber es überrascht mich immer noch, dass es sich so gut anfühlt. Zum ersten Mal seit Laras Unfall habe ich das Gefühl, wieder ein wenig Kontrolle über das Chaos in meinem Kopf zu haben.

Ich fahre ziellos und ohne nachzudenken. Die Bewegung tut einfach gut. Es war so warm und beengt im Café. Aus dem nebligen Nichts taucht plötzlich der orangefarbene Löwe der ING-Bank auf. Ich reiße meinen Lenker herum und fahre auf den Bürgersteig. Wenn ich zwanzig Euro am Geldautomaten hole, kann ich ins Kino. Oder ein paar Zeitschriften kaufen. Oder Christines blauen Nagellack von Etos.

Es gibt noch mehr Leute, die Geld am Automaten ziehen wollen. Ich schließe mich den Wartenden an. Der Nebel umgibt mich wie eine kalte Decke. Zitternd stecke ich die Hände in die Taschen und schiebe mich Schritt für Schritt mit den Gestalten vor. Mal stellt sich jemand hinter mich, mal verschwindet jemand weiter vorn wieder im Nebel.

Als ich endlich an der Reihe bin, zeigt das Display an: IHR SALDO IST UNZUREICHEND. WOLLEN SIE FORTFAHREN? Verflixt, wie kann das sein? Hat Mama mein Taschengeld noch nicht überwiesen? Wütend drücke ich auf »Ja« und versuche es noch einmal. Extra langsam tippe ich die Ziffern ein, als hätte ich dadurch mehr Chancen. Aber ich bekomme wieder dieselbe Meldung vom erreichten Limit. Was jetzt?

»Beeil dich mal«, höre ich einen Mann hinter mir sagen.

»Sorry«, murmele ich und werfe einen Blick über die Schulter.

Ein älterer Herr im Regenmantel sieht mich verärgert an. Dahinter steht eine Frau, die seufzt, als hätte ich ihr den ganzen Tag verdorben. Und hinter ihrem Rücken spuckt ein Mann mit grauem Jogginganzug und schwarzer Basecap auf die Straße.

Meine Wangen glühen. Ungeschickt ziehe ich meine Bankkarte aus dem Automaten. »Sorry«, murmele ich noch einmal. Ohne jemanden anzusehen, gehe ich zu meinem Rad, springe auf den Sattel und fahre davon.

Die klamme Kälte kriecht in meinen Jackenkragen und lässt mich schaudern. Rechts, links, links, rechts; immer erst im letzten Moment beschließe ich, welche Straße ich nehme. Ampel grün? Dann fahre ich nach rechts. Ein großer Baum auf der Ecke? Dann nach links. Das Fahrrad meiner Mutter klappert bei jeder Unebenheit. Nach einer halben Stunde spüre ich meine Hände und Füße kaum noch. Rechts von mir taucht ein hoher Zaun mit Spitzen auf – dann der Eingang zum Vondelpark. Ich steuere in den Park hinein, steige ab und schiebe mein Rad weiter.

Die Geräusche der Stadt verstummen. Es herrscht Totenstille. Die Laternen an der Seite des asphaltierten Weges brennen orangefarbene Löcher in den Nebel. Nach einer Weile komme ich zu einer Bank unter einem großen Baum. Ich wische eine Schicht nasser Blätter von der Sitzfläche und setze mich. Der Nebel hängt in feinen silbernen Tröpfchen an den kahlen Ästen. Für einen Moment fühle ich mich wie der einzige Mensch auf Erden. Ich kneife mir in die Finger, um zu schauen, ob ich noch lebe. Es fühlt sich an, als würde Eiswasser durch meine Adern fließen.

Der Klingelton meines Handys dringt laut aus meiner Tasche. Ich erschrecke. Eine Millisekunde lang denke ich, dass es Lara ist. Aber dann wird mir wieder klar, dass Lara mich nicht mehr anrufen kann. Mit bleischweren Händen ziehe ich mein iPhone aus der Tasche. Auf dem Display sehe ich den Namen meiner Mutter. Ich warte, bis das Läuten aufhört, und atme die kalte Luft tief ein.

»Sei doch nicht so! Warum gehst du nicht mit?«, sagte Lara letzte Woche Samstagnachmittag zu mir am Telefon.

»Ich bin total müde.«

»Mensch, dann schläfst du dich eben morgen aus! Es wird bestimmt eine super Party, *Witches and Vampires*. Das Odeon ist komplett dekoriert, und alle kommen verkleidet.«

»Gehen Nicky und Christine auch hin?«

»Nein, die konnten nicht. Ist doch klasse, dann gehen wir beide schön zu zweit, so wie früher. Soll ich dich gegen neun mit dem Rad abholen?«

Die Leitung knisterte. Irgendwie hoffte ich, die Verbindung würde unterbrochen und ich bräuchte keine Antwort zu geben.

»Hallo Maud, bist du noch dran?«

»Ja.«

»Also, kommst du jetzt mit oder nicht, Miss Mega-Zweiflerin?« Sie klang aufgekratzt, fröhlich.

Ganz tief holte ich Luft und fühlte mich schon schuldig, bevor ich es gesagt hatte. »Tut mir leid, aber ich bleibe heute Abend zu Hause. Ich, äh ... ich fühle mich wirklich nicht gut.«

Es blieb still, nur kurz, doch ich konnte hören, dass sie den Atem anhielt.

»Ist es vielleicht, weil Bobby auch zur Party geht?«, sagte sie nach ein paar Sekunden. Ich erkannte ihre Stimme kaum, so distanziert klang sie.

»Wie kommst du denn darauf? Ich finde es prima, dass Bobby auch da ist«, log ich. »Ich bin einfach müde. Vermutlich eine Erkältung im Anflug. Mein Hals tut auch weh.«

»Halsschmerzen, ja, klar.«

Meine Gedanken kreisten. Warum wurde Lara nie sauer auf Christine und Nicole? Die gingen auch nie mit, wenn Bobby dabei war. Aber das war anscheinend weniger schlimm.

»Sollen wir vielleicht morgen was anderes Schönes machen?«, schlug ich vor, in einem Versuch, das Gespräch noch zu retten. »Ich könnte zu dir kommen?«

»Nein«, schnauzte sie mir ins Ohr.

Ich wusste nicht, wie ich mich verhalten sollte. »Oh, äh, dann komme ich eben ein anderes Mal zu dir, okay?«

Sie hörte nicht zu. »Was hast du bloß gegen Bobby?«, fragte sie.

Das Telefon flutschte mir fast aus den Händen, so sehr erschreckte mich ihre Frage. »N-Nichts.«

»Hör zu, Maud. Ich mag Bobby. Sehr sogar. Warum kannst du dich ihm gegenüber nicht einfach normal verhalten?«

Weil er ein Arsch ist. Weil ich ihm nicht traue. Weil du immer bei ihm bist und nicht bei mir. Aber das konnte ich natürlich nicht sagen. »Ich verhalte mich doch normal!«, rief ich verzweifelt.

»Stimmt nicht!«, rief sie zurück. Bei jedem Wort spürte ich, wie der Abstand zwischen uns wuchs.

»Du hast ihn noch nie gemocht.« Jetzt schrie sie fast. »Bist du vielleicht eifersüchtig? Ist es das?«

Ich spürte Tränen in meinen Augen aufsteigen. »Nein, nein.«

»Sieh zu, wo du bleibst. Ich gehe dann eben mit Bobby zu dieser Party. Wir sehen uns. Irgendwann.«

Das waren Laras letzte Worte zu mir. Dann legte sie auf. Am nächsten Tag weckte mich meine Mutter mit der furchtbaren Nachricht, dass man Lara in der Prinsengracht gefunden hatte, in der Nähe vom Restaurant Wenders.

Schon seit über einer Woche wiederhole ich im Geiste unser Telefonat. Schon seit über einer Woche wünschte ich, ich hätte etwas anderes zu ihr gesagt. Könnte ich die Zeit nur zurückdrehen. Dann hätte ich Lara sicher begleitet. Dann wäre ich mit ihr nach Hause geradelt. Dann wäre dieser Unfall nicht passiert. Aber ich habe sie im Stich gelassen. Ganz allein ist Lara nachts nach Hause gefahren. Ich lag im Bett und schlief. Erst nach einer Stunde hat man Lara im kalten Wasser der Prinsengracht gefunden.

So fest ich kann, schlage ich mit der flachen Hand auf die Parkbank und krümme mich vor Schmerz. Schnell drehe ich die Hand um. Irgendwie bin ich enttäuscht. Sie blutet nicht. Mit der anderen Hand ziehe ich eine Kippe aus dem Päckchen Mentholzigaretten, das ich meiner Mutter aus der Tasche geklaut habe. Die Flamme des Feuerzeugs flackert wie eine Feuerfliege im Nebel. Ich inhaliere tief. Der Rauch schmeckt nach verbrannten Pfefferminzbonbons.

Meine Beine hängen reglos über den Sitz der Bank, nur meine Hand mit der Zigarette bewegt sich. Und die Jogger, die manchmal aus dem Nebel zum Vorschein kommen. Mein Blick folgt ihren Anstrengungen, als würden sie ein Theaterstück vor mir aufführen: Sie zeigen, was sie können, und verschwinden wieder hinter dem dichten Vorhang.

Außer einem. Ein Mann in einem grauen Jogginganzug mit einer schwarzen Basecap. Er schlendert schon seit einer ganzen Weile auf der anderen Seite des Weges hin und her. Erst dachte ich, er würde sich ausruhen. Aber irgendetwas ist mit seinem Gang – er ist zu lässig. Als würde er sich große Mühe geben, nicht aufzufallen. Ich strecke den Rücken und schnipse die Zigarette weg. Was hat der Typ da vor? Sehr demonstrativ schaue ich zu ihm hinüber. Irgendwie erwarte ich, dass er jetzt weggeht, aber er bleibt stehen. Durch den Schatten seiner Cap kann ich sein Gesicht nicht sehen.

In meinem Kopf steigt ein Bild auf. Die Reihe am Geldautomaten. Ein älterer Mann, eine Frau und dahinter ... ein Mann mit einem grauen Jogginganzug und einer schwarzen Basecap! Ob das derselbe ist? Ich bin mir nicht sicher. In diesem Nebel sehen alle gleich aus. Und es gibt jede Menge Leute in grauen Jogginganzügen. *Aber trotzdem ist es schon verrückt.*

Unruhig stehe ich auf. Meine Beine sind steif und ungelenk. Wo sind all die Jogger geblieben? Der Park wirkt auf einmal wie ausgestorben. Ganz langsam klappe ich den Fahrradständer ein und gehe nach rechts. Aus den Augenwinkeln sehe ich, dass der Mann auch nach rechts geht. Zufall? Ich bleibe stehen. Er auch. Ich setze mich auf meinen Sattel. Er kommt näher. Wir sind nur noch ein paar Meter voneinander entfernt. Wenn ich wegfahre, kann er mich einfach festhalten. Gänsehaut kriecht über meine Arme.

Was will der Kerl von mir? Ob er glaubt, ich hätte ein Vermögen aus dem Geldautomaten gezogen? Will er jetzt meinen Geldbeutel klauen? Oder mache ich mich nur verrückt, und es ist gar nichts? Das könnte auch problemlos ein ganz normaler Mann sein, der einen Spaziergang durch den Park macht, oder? Aber warum starrt er mich dann immer noch so an? Ich tue so, als wollte ich losfahren. Unter dem Jogginganzug sehe ich, wie er seine Beinmuskeln anspannt. Das kann kein Zufall mehr sein. Ich hole ganz tief Luft, um loszuschreien. Bitte, bitte, lass jemand in der Nähe sein!

Dann höre ich Stimmen, die eine andere Sprache sprechen. Es klingt wie beim Chinesen bei uns auf der Ecke. Ich drehe den Kopf, sehe aber nichts. Und dann kommen sie aus dem Nebel zum Vorschein: eine Gruppe chinesischer Touristen. Vorn geht ein Mann mit einem Schirm, vermutlich der Reiseleiter.

Die Erleichterung steigt von meinen Zehen auf und breitet sich im ganzen Körper aus. Ich bin gerettet. Zittrig produziere ich ein Lächeln. Der chinesische Reiseleiter glaubt wahrscheinlich, ich lächele ihn an, denn er grinst zurück. Ich lasse sie vorbeigehen und schließe mich der Gruppe einfach an. Schüchtern werfe ich einen Blick über die Schulter. Der Mann im grauen Jogginganzug folgt in kurzer Entfernung. Warum haut der Typ nicht ab? Ruhig, denke ich, bleib ruhig. Dir kann jetzt nichts mehr passieren.

Die Chinesen lachen laut und fotografieren sich gegenseitig. Wenn sie anhalten, bleibe ich auch stehen. Ich fühle mich wie ein Stalker. Plötzlich dreht sich einer der Chinesen um. Vor lauter Schreck lasse ich fast das Rad fallen.

»You take picture?«, fragt er.

Das ist wirklich das Allerletzte, worauf ich jetzt Lust habe, aber ich traue mich nicht, Nein zu sagen, sonst laufen sie noch ohne mich weiter.

»Äh, okay«, sage ich stotternd.

»Thank you, thank you, very kind of you«, sagt er mit einem Lächeln.

Nervös erwidere ich es.

Er ruft etwas auf Chinesisch in die Gruppe, und man drückt mir eine riesige Fotokamera in die Hand. Die Chinesen wimmeln wie Ameisen durcheinander. Ich spähe noch einmal über die Schulter. Der Mann tut so, als würde er sich die Schnürsenkel seiner Sportschuhe binden.

»Ready?«, fragt einer der Chinesen.

»Oh, äh, sorry.« Ich wende mich ihnen wieder zu. Sie stehen alle kerzengerade nebeneinander. »Äh, one, two, three, cheese!«

Sie lachen alle.

Ich gebe die Kamera zurück und schaue mich sofort wieder um. Der Mann ist weg! Ein wenig unbehaglich starre ich in den Nebel. Er kann überall sein. Hinter mir, vor mir, neben mir. Und vielleicht ist er auch wirklich verschwunden. Was würde passieren, wenn ich hier jetzt stehen bliebe? Ich habe keine Lust, das herauszufinden, springe auf meinen Sattel und spurte an der Chinesengruppe vorbei zum Parkausgang. Noch nie hatte ich es so eilig, nach Hause zu kommen.

Kapitel 7

Maud

Keuchend werfe ich das Rad meiner Mutter gegen den Gartenzaun. Meine Lunge brennt, und ich habe Seitenstechen. Ich kann mich kaum noch an den Weg hierher erinnern, so schnell bin ich gefahren. Mit zitternden Händen versuche ich, den Schlüssel ins Schloss zu stecken. Verdammt, weshalb klappt das denn nicht? Was ist, wenn der Mann plötzlich hinter meinem Rücken auftaucht? Mein Kopf schießt hin und her. Die Straße ist verlassen.

Klick. Der Schlüssel ist im Schloss. Schnell trete ich ein und schmettere die Haustür zu. Ein paar Sekunden lehne ich an der geschlossenen Tür. Mein Herz wummert, das Blut saust in meinen Ohren. Der Typ hätte sich ohne Weiteres an mir vergreifen können! Plötzlich finde ich es so richtig dumm von mir, bei diesem Nebel im Vondelpark gewesen zu sein. Nachts darf ich ja auch nicht dorthin, das haben mir meine Eltern verboten. Ich nehme all meinen Mut zusammen und spähe durch das kleine Fenster der Haustür. Der Nachbar werkelt in seinem Vorgarten herum. Ein paar Scheinwerfer leuchten im Nebel. Die Welt sieht normal aus.

Mit einem tiefen Seufzer hänge ich meine Jacke an die Garderobe. Ich muss den unangenehmen Typen einfach schnell aus dem Kopf kriegen. Schließlich ist ja nichts passiert. Meine Eltern dürfen nur nie dahinterkommen, die Predigt meiner Mutter kann ich mir schon vorstellen. »Habe ich dir nicht gesagt, dass der Park gefährlich ist für ein Mädchen, das allein unterwegs ist? Warum hörst du nie auf mich?« Sie kann so nerven! Wer weiß, nachher lässt sie mich gar nicht mehr allein raus.

Wie gern würde ich jetzt einfach in mein Zimmer gehen, aber ich muss Mama erst Hallo sagen, sonst flippt sie aus. Das Haus riecht nach teuren Duftkerzen. Lavendel mit Vanille oder so was. Ich finde, sie stinken, aber Mama glaubt, dass es sie beruhigt, wie die Yogastunde, die sie samstags immer hat. Ich hoffe, dass diese Kerzen wirklich funktionieren und sie im Augenblick ganz Zen und tiefenentspannt ist.

Langsam öffne ich die Tür zum Wohnzimmer. Ich erschrecke mich fast zu Tode. Mama sitzt kerzengerade auf dem Sofa. Ihr Gesicht ist wütend, und ihre Lippen sind aufeinander gepresst. Am liebsten wäre ich zurück in die Diele geflüchtet, aber meine Mutter hat nicht vor, mich so davonkommen zu lassen.

»Wo warst du?« Ihre Stimme klingt scharf. »Es ist halb sechs. Und du bist nicht ans Telefon gegangen.«

»Ja, em, ich war, äh ... beschäftigt.«

Ich starre auf meine Stiefel, das Eichenholzparkett im Fischgrätmuster und den teuren Designertisch neben dem Sofa, damit ich meine Mutter nicht ansehen muss.

»Und, kommt da noch was?«, sagt sie. »Warum bist du nicht ans Telefon gegangen?«

»Äh ... mein Telefon war aus.«

Das ist gelogen, und meine Mutter weiß das auch.

»Was soll der Quatsch? Du machst dein Telefon nie aus, nicht einmal nachts. Du bist mit deinem iPhone verheiratet. Weißt du überhaupt, was für Sorgen ich mir gemacht habe? Du hättest unter einem Auto liegen können.«

»Ma-ma, sei nicht albern«, greife ich sie an. »Ich kann prima selbst auf mich aufpassen. Ich bin fast siebzehn.«

»Maud.« In der Stimme meiner Mutter liegt ein warnender Unterton. »Ich will nicht, dass du so mit mir redest.«

»Sorry«, entschuldige ich mich, weil ich weiß, dass sie sonst nie damit aufhört.

»Liebes, so geht das nicht weiter.«

»Was geht so nicht weiter?«

»Es geht so nicht weiter mit dir«, seufzt sie. »Seit den Sommerferien bist du nicht mehr du selbst. Du hockst nur noch in deinem Zimmer, wir sehen dich nie mehr unten. Ich dachte erst, es würde bestimmt bald vorübergehen und das wäre nur so eine Phase. Aber jetzt auch noch Laras Unfall ...«

Lara, sie darf nicht von Lara anfangen! Meine Gedanken springen hin und her. Warum sage ich ihr nicht einfach, sie soll den Mund halten? Warum sage ich ihr nicht, sie soll sich nicht um meine Angelegenheiten kümmern?

»Wir sind der Ansicht, du solltest mit einem Therapeuten reden«, dröhnt ihre Stimme.

Es dauert ein paar Sekunden, bevor Mamas Worte wirklich zu mir durchdringen. Sagte sie gerade Therapeut? Ist sie verrückt geworden?

»Nein«, murmele ich.

Sie hört es nicht. »Ich habe heute am Telefon mit einem Therapeuten hier aus dem Viertel gesprochen. Er hat morgen Nachmittag einen Termin frei, du kannst um vier vorbeikommen. Dann braucht niemand in der Schule etwas davon mitzukriegen.«

Meine Mutter sagt das so, als würde sie sich für mich schämen. Als wäre sie nach sechzehn Jahren endlich dahintergekommen, dass ich nicht so geworden bin, wie sie es wollte, während mir das schon seit meinem zehnten Lebensjahr klar ist.

»Nein!«, sage ich noch einmal, jetzt viel lauter.

Dieses Mal kann sie es nicht ignorieren. Sie seufzt. »Warum solltest du nicht einmal mit einem Therapeuten reden? Ich kenne so viele Leute, die das tun.«

»Das war sicher deine Idee, was?«, sage ich. »Weiß Papa davon?«

Sie lächelt. »Dein Vater ist auch der Ansicht, du solltest mal mit einem Professionellen darüber reden. Wir machen uns beide Sorgen um dich.«

»Ich glaube kein Wort, dass Papa das gesagt haben soll«, sage ich mürrisch.

»Dann glaub es eben nicht«, sagt sie schulterzuckend. »Oder frag ihn doch selbst.«

»Das mache ich bestimmt heute Abend.«

»Heute Abend wird nicht klappen. Er kommt erst sehr spät nach Hause.«

»Hä? Aber er sagte heute Morgen ...«

»Er hat gerade angerufen. Es ist etwas dazwischengekommen, er muss heute Abend mit einem Kunden essen gehen.«

Ich spüre Tränen aufsteigen und schlucke sie krampfhaft runter. Ich will nicht in Gegenwart meiner Mutter weinen. »Aber er hatte mir versprochen, heute Abend da zu sein«, sage ich halsstarrig.

»Hör zu, Maud. Deinem Vater gefällt es auch nicht, dass er so hart arbeiten muss. Aber er tut es für uns. Du solltest es nicht schwieriger machen, als es schon ist.«

Das alte Lied. Ich habe diese Geschichte schon wer weiß wie oft gehört. Papa arbeitet so hart. Wir müssen dankbar sein. Er mag auch keine Überstunden. Ich soll nicht jammern, denn ich kann dreimal im Jahr in Urlaub, und wir haben zwei Autos.

Irgendwas in mir zerspringt. »Du hast ihn überredet!«

»Warum musst du es dir nur immer selbst so schwer machen?«, schnauzt sie.

Wahrscheinlich ist sie über ihren eigenen Ton erschrocken, denn sie fährt viel leiser fort. »Liebes, dein Vater und ich wollen nur das Beste. Das ist keine leichte Zeit für dich, das versteht jeder.«

Ach ja, und warum fragst du dann nie, wie es mir geht?

»Ich gehe nicht dahin!«, schreie ich.

Sie stellt sich mit verschränkten Armen vor mich. Nichts bewegt sich, nicht einmal ein kleiner Muskel unter ihrem Auge. Das ist nicht meine Mutter, das ist eine Statue. Am liebsten würde ich sie zertrümmern.

Dann beginnt ihr Mund sich zu bewegen. »Du gehst morgen zu diesem Therapeuten«, sagt sie in autoritärem Tonfall.

»Du kommandierst mich herum!«

»Das darf ich, denn ich bin deine Mutter. Du gehst, Schluss aus. Hörst du mich?«

»Ich *hasse* dich!« Ich stampfe in die Diele.

»Maud, um Himmels willen!«, höre ich sie noch rufen. Zum Glück kann ich ihr Gesicht nicht mehr sehen. Auf der Treppe nehme ich immer zwei Stufen auf einmal und renne nach oben. Jetzt strömen die Tränen nur so über meine Wangen. Auf dem Treppenabsatz späht das Gesicht meines Bruders durch einen Spalt seiner Zimmertür.

»Zisch ab, David!«, sage ich.

Und jetzt zeigen sich auch ein Fuß und ein Arm. »Hast du Streit mit Mama?«

»Das geht dich einen feuchten Dreck an!«, schreie ich.

»Du weinst.« Er klingt begeistert.

»Kümmere dich nicht drum.«

»Sei doch nicht so. Es ist nicht meine Schuld, dass Mama sauer auf dich ist. Ich will dich doch nur trösten.«

»Jaja.«

Die Wände wackeln, als ich meine Zimmertür mit einem Knall zuwerfe.

Kapitel 8

Lara

Es gibt andere Menschen in der Dunkelheit! Ich bin ganz sicher. Erst waren die Stimmen nicht mehr als ein Flüstern im Wind. Aber jetzt höre ich sie wirklich reden. Es ist, als stünden sie hinter einer Wand. Ich verstehe die Worte nicht, aber aus den Klängen und Rhythmen begreife ich dennoch, wie sich die Menschen fühlen. Manchmal reden sie sehr langsam mit großen Pausen. Offenbar geht es dann um ein schwieriges Thema, und sie müssen gut nachdenken, bevor sie antworten. Aber manchmal folgen die Sätze schnell aufeinander. Die Stimmen klingen dann höher und gehetzt. Vielleicht haben sie Streit? Ab und zu wird auch gelacht. Das klingt wie Bläschen, die durch die Dunkelheit blubbern. Es beruhigt mich, dass die Menschen auf der anderen Seite der Dunkelheit Spaß haben.

So allmählich erkenne ich die Stimmen auch. Hin und wieder ist da ein Mann, zumindest glaube ich, dass es ein Mann ist, denn seine Stimme klingt dunkel, schwer und von allen am ernstesten. Ich höre ihn nie lachen, und der Rhythmus seiner Sätze ist sehr monoton, als würde er die Acht-Uhr-Nachrichten vorlesen. Und dann gibt es noch eine Frau. Manchmal höre ich sie mit der dunklen Männerstimme reden, aber meistens ist sie allein, dann erzählt sie sich ganze Geschichten. Vielleicht übt sie für ein Theaterstück? Sie ist meine Lieblingsstimme. Aber es gibt auch eine, die mich traurig macht. Und wütend. Am liebsten würde ich mich vor dieser Stimme verstecken. Wenn ich höre, dass sie kommt, summe ich innerlich ganz laut ein Lied. So laut, dass ich die Stimme nicht mehr hören kann.

Schlaf, Kindlein, schlaf, der Vater hüt't die Schaf', die Mutter schüttelt's Bäumelein ...

Plötzlich zuckt ein Bild durch meinen Kopf. Ich bin klein, so um die sechs Jahre alt, und liege im Bett. In den Armen halte ich ein Kuscheltier, ein Plüschkaninchen mit langen Ohren. Auf einmal weiß ich wieder, wie es hieß: Doopy. Ihm fehlte ein Auge, und er hatte überall kahle Stellen vom Schmusen. Es ist dunkel im Schlafzimmer. Ich habe meine Nase in Doopys Ohr vergraben. Auf der anderen Seite der Wand höre ich Menschen reden, wahrscheinlich meine Eltern. Ich fühle mich sicher. In diesem Dunkel kann mir nichts geschehen.

Die Erinnerung ist bezaubernd. Ich muss die ganze Zeit daran denken. Immer mehr Details steigen auf. Die Knöpfe meines Pyjamas: rosa! Die Tapete: kleine Blümchen auf weißem Hintergrund. Die Decke: kratzig! Ich merke, wie ich immer stärker werde. Wenn ich mich an etwas erinnere, dann existiere ich auch! Und dann treiben bestimmt noch mehr Erinnerungen an die Oberfläche, bis ich alles wieder weiß. Meine Arme werden zurückkommen und meine Beine auch. Und dann stehe ich auf und verlasse die Dunkelheit, laufe auf die Stimmen zu. Sie werden mich begrüßen und mir den Weg nach Hause zeigen.

Aber dann wird es plötzlich still auf der anderen Seite der Wand. Die Stimmen im Dunkel schweigen. Kommt zurück, flehe ich in Gedanken. Ihr dürft mich nicht allein lassen! Es bleibt still. Totenstill.

Wut steigt in mir auf. Wie können sie es wagen wegzugehen! Ich habe große Lust, ganz laut zu schreien, gegen die Dunkelheit zu treten, meine Nägel hineinzuschlagen. Scheißdunkelheit! Scheißstimmen! Ich bin so wütend, dass ich fast platze. Ich will dem Dunkel wehtun. Ich will, dass es mir wehtut. Ganz egal, was. Ich will spüren, dass ich noch lebe.

Kapitel 9

Maud

»Erzähl doch einmal, weshalb du hier bist.«

Weil meine Eltern das wollen. »Nur so«, antworte ich.

Stille tritt ein. Ich zupfe an einem losen Hautfetzen an meinem Daumennagel. Der Zeiger der Wanduhr tickt die Sekunden laut weg. Ich habe schon eine Viertelstunde im Wartezimmer verbracht. Im senfgelben Bodenbelag waren verschlissene Stellen, und die Klappstühle aus Plastik stammten wahrscheinlich aus dem Sozialkaufhaus, so hässlich und alt wie sie waren. Das Regal an der Wand war gefüllt mit Prospekten über Psychosen, Depressionen und Burnouts. Wäre ich noch nicht unglücklich, würde ich es hier bestimmt werden. Und das alles mit einem großen Dankeschön an meine Eltern.

Ich seufze.

Er lächelt.

»Deine Mutter und ich haben gestern miteinander telefoniert.«

O Gott.

Er schiebt die Brille höher auf seine Nase und blättert durch die Papiere, die auf seinem Schreibtisch liegen. »Mit deiner Freundin ist etwas sehr Schlimmes passiert, nicht wahr?«

Da wären wir wieder. »Ja.«

»Sie hatte einen Unfall?«

»Ja.«

Wieder tritt Stille ein. Mein Herz schlägt jetzt so laut wie die Uhrzeiger.

»Das ist keine Kleinigkeit«, sagt er. Er schenkt mir ein abscheulich mitleidiges Lächeln.

»Nein«, murmele ich.

Ob er jetzt weiter Fragen stellt und alles über Laras Unfall wissen will? Ich schaue zur Tür, die zum Wartezimmer führt. Mit acht Schritten könnte ich sie erreichen. Unauffällig spanne ich die Muskeln an und hebe meinen Po leicht vom Stuhl.

»Schauen wir uns doch erst einmal die Beziehung zwischen dir und deiner Freundin an«, höre ich ihn sagen. »Lara hieß sie, oder?«

Bis hierher ist das Gelände noch sicher. Ich lasse mich auf den Stuhl zurückfallen und sehe ihn an. »Äh ja, so heißt sie tatsächlich.«

»Wie lange kennst du Lara schon?«

»Seit meinem zwölften Lebensjahr.«

»Und woher kennt ihr euch?«

»Ich, äh, wir kamen in dieselbe Orientierungsstufe. Sie wohnte in Amstelveen und ich in Amsterdam.«

»Erzähl doch noch ein wenig«, sagt er, während er sich auf einem weißen Blatt Papier Notizen macht. »Was habt ihr so alles zusammen gemacht?«

In meinem Kopf wird eine Schublade mit Bildern aufgezogen. Sie purzeln durcheinander. Lara und ich, wie wir zusammen Hausaufgaben machen. Lara und ich, wie wir uns vor Lachen biegen. Lara und ich, wie wir heimlich unsere erste Zigarette rauchen. Lara und ich auf dem Campingplatz in Salou, bei unserem ersten Urlaub ohne Eltern. Wir haben alles gemeinsam gemacht. In der

Schule nannten sie uns Ahörnchen und Behörnchen, weil wir unzertrennlich waren.

»Habt ihr euch auch viel außerhalb der Schule getroffen?«

Die Schublade in meinem Kopf wird zugeschoben. »Fast täglich, auch am Wochenende und in den Ferien.«

Aber in der letzten Zeit viel seltener, sagt eine leise Stimme in meinem Kopf.

»Hast du noch andere Freundinnen, oder war Lara die einzige?«

Es klingt ziemlich blöd, so wie er das fragt, als wäre ich ein totaler Nerd. »Nein«, beeile ich mich zu sagen, »ich habe auch noch zwei andere Freundinnen, Christine und Nicole. Sie sind nach dem Sommer zu uns in die Schule gekommen, weil sie im Gymnasium sitzen geblieben waren. Sie wollten dann einen anderen Zweig wählen, und den gab es an ihren alten Schulen nicht.«

Sein Stift schreibt fleißig mit, was ich erzähle. Das bereitet mir ein unbehagliches Gefühl, als läge alles, was ich sage, unter der Lupe.

»Beschreib mal deine Beziehung zu den beiden Mädchen«, bittet er mich.

»Die ist ganz gut. Wir sehen uns ziemlich oft.«

»Mit welcher der beiden kommst du besser aus?«

»Mit Christine«, sage ich ohne Zögern.

»Kannst du mit ihr über Lara reden?«

»Schon.«

»Aber?«

»Aber nicht ganz.«

Seine Augenbrauen heben sich. Ich fühle mich zu einer Erklärung verpflichtet.

»Ich kenne Christine noch nicht so lange, erst seit ein paar Monaten. Sie ist total nett, aber sie kennt Lara nicht so, wie ich sie kenne.«

Wieder tritt Schweigen ein.

»Gut.« Er tippt seine Fingerspitzen gegeneinander. »Dann möchte ich jetzt gern zu Laras Unfall kommen. Würdest du mir erzählen, was genau passiert ist?«

Lara! Mein Blick wandert zur Tür: eins, zwei, drei ...

»Maud, ich verstehe, dass das sehr schwer für dich ist. Aber darüber zu reden könnte helfen. Wirklich.«

Er rückt seinen Stuhl ein Stück zur Seite, bis er zwischen mir und der Tür sitzt. Ob er mich durchschaut hat? Da geht er hin, mein Fluchtplan. Ich beiße mir auf die Lippe. Er wird so lange fragen, bis ich ihm alles erzählt habe. Er lässt mich erst durch die Tür gehen, wenn ich ihm Antwort gegeben habe. Und ich möchte so gern nach Hause. Ich hole tief Luft.

»Sie ist am Samstag vor anderthalb Wochen in die Prinsengracht gefallen«, sage ich leise.

»Wie ist das passiert?«

Ich beiße mir noch fester auf die Lippe. »Das weiß niemand. Sie war auf einer Party im Odeon und ist gegen drei Uhr nachts allein nach Hause geradelt. Die Polizei glaubt, dass sie zu viel getrunken und nicht gut aufgepasst hat. Sie wurde erst nach einer Stunde von einem Fußgänger im Wasser gefunden.«

»Fürchterlich«, sagt er kopfschüttelnd.

Ja, denke ich, und dieses Gespräch ist auch fürchterlich. Ob es jetzt vorbei ist?

Leider nicht, denn er fragt: »Mit wem war sie auf dieser Party?«

»Mit, äh, ihrem Freund Bobby. Und seinen Mitbewohnern, aber die kenne ich nicht. Das sind alles Studenten.«

»Und wo warst du?«

Das ist wie ein Polizeiverhör.

»Zu Hause.«

»Hattest du keine Lust mitzugehen?«

Mein Herz setzt einen Schlag aus. Warum will er das alles wissen? »Ich wollte nicht mit«, sage ich heiser.

»Warum nicht?«

Das sind Worte, die ich kaum aussprechen kann. »Weil Bobby auch mitgegangen ist.«

»Oh?«

Ich vergehe fast vor Scham und drehe den Kopf weg.

»Erklär das bitte mal etwas genauer«, sagt er. »Warum fandest du es blöd, dass Bobby auch mitgegangen ist?«

Was soll ich jetzt sagen? Ich kämpfe mit den Sätzen in meinem Kopf. »Weil Lara dann den ganzen Abend nur mit ihm zusammen ist. Dann bin ich Luft für sie.«

»Aha.« Er dreht das vollgeschriebene Blatt um und lässt seinen Stift über einem neuen weißen Papier ruhen. »Wie lange kannte sie Bobby schon?«

»Seit September.«

»Fast drei Monate also.« Der Stift beginnt wieder zu schreiben. »Hat sich eure Beziehung dadurch verändert?«

Ja!, schreit alles in meinem Kopf. Alles wurde anders!

Aber ich antworte: »Äh. Ein bisschen. Wir haben uns in der letzten Zeit etwas seltener gesehen.«

Er macht eine kurze Pause. »Hast du selbst einen Freund?«

»Nein.«

»Haben deine beiden anderen Freundinnen, Nicole und Christine, einen Freund?«

Ich habe keine Lust, ihm zu erzählen, dass Nicole hinter jedem Jungen herläuft, der sich nach ihr umdreht, und dass Christine noch immer nicht über ihren Ex hinweg ist.

»Nein«, sage ich wieder.

Er lächelt. »Also war Lara die Ausnahme in eurem Grüppchen. Es kann ziemlich schwierig sein, die Aufmerksamkeit zwischen einem Freund und Freundinnen zu verteilen.«

»Vielleicht.«

Wie grässlich, mit diesem Mann darüber reden zu müssen. Ich

wickele eine Haarsträhne um meinen Zeigefinger, bis sie so fest ist, dass ich spüre, wie das Blut in meiner Fingerspitze klopft.

»Kamen du und Bobby denn einigermaßen miteinander aus?«, fragt er.

Wieder so eine elende Frage. »Geht so. Wir waren, äh, gegenseitig wohl nicht so unser Typ.«

Das ist gelogen. Ich hielt Bobby für einen totalen Arsch. Ein eingebildeter Student mit teurer Markenkleidung und glattem Geschwätz. Ich traute ihm überhaupt nicht. Er ist so ein Typ, der mit dem nächstbesten Mädel knutscht, bevor man sich auch nur rumgedreht hat. Und ich begreife nicht, weshalb Lara das nicht sah.

»Hm, das wird es dir nicht leichter gemacht haben.« Er notiert sich noch etwas auf seinem Papier.

Wir schweigen. Der Zeiger rückt vor. Noch zehn Minuten. Noch zehn schreckliche Minuten.

Er blättert durch den Papierstapel. Ob er jetzt genug hat? O Gott, lass ihn genügend Informationen gesammelt haben. Ich möchte so gern weg.

»Wir haben eigentlich noch nicht darüber gesprochen, was Laras Unfall mit dir gemacht hat. Wie fühlst du dich jetzt?«

Meine Hände beginnen zu zittern. Mir wird schwindelig. Es fühlt sich an, als würde ich über den Rand einer ganz tiefen Schlucht spähen. Er will wissen, wie es mir geht? Nun, schlecht. Es ist, als wäre in meinem Kopf ein ganzer Schrank aufgegangen, aus dem nur Gerümpel fällt. Ganze Berge voll. Ich bin innerlich zu einem kompletten Trümmerhaufen geworden. Und der Berg in meinem Kopf wächst noch täglich.

»Maud?«

»Äh, ja.« Ich kneife mir ganz fest in die Hände.

»Ich habe gefragt, wie es dir geht.«

Er erwartet eine Antwort. Also suche ich ein paar Wörter zusammen. »Es, äh, es geht so, und ähem, manchmal nicht ... ich, äh, ich schlafe in letzter Zeit sehr schlecht.«

Offenbar findet er es interessant, sich weiter danach zu erkundigen. »Hast du Schwierigkeiten mit dem Einschlafen?«

»Ja.«

»Und das Schlafen selbst? Träumst du viel von Lara?«

Unbehaglich rutsche ich auf meinem Stuhl vor und wische meine verschwitzten Hände an der Jeans ab. Jede Nacht träume ich von Lara. Sogar ein paarmal jede Nacht. Und jedes Mal werde ich schreiend wach.

»Ab und zu«, sage ich.

»Kannst du einen solchen Traum beschreiben?«

Ich kann ihn nicht länger anschauen und schließe die Augen. Die Bilder kommen von ganz allein. »Lara liegt im Wasser, der Oberkörper ruht halb auf einer Enteninsel. So hat die Polizei sie auch gefunden. Wahrscheinlich ist sie ins Wasser gefallen, und später ist ihr Körper zur Enteninsel getrieben.«

Die Bilder tun mir im Kopf weh. Plötzlich habe ich das Gefühl, selbst auch im Wasser zu liegen, so kalt ist mir.

»In meinem Traum sehe ich alles«, fahre ich fort. »Ihren Mund, der leicht geöffnet ist, die Ohrringe in ihren Ohrläppchen, ihre weiße Haut, die knallblaue Jacke von Zara, die sie trug. Das ist alles so ... echt. Als würde ich neben ihr stehen.«

»Und dann?«, höre ich ihn sagen. »Was passiert dann?«

»Äh, ja, dann ... In meinem Traum verschwindet sie dann unter Wasser.«

»Und was machst du dann?«

»Ich ... ich renne weg ... und lasse sie allein.«

Ich reiße die Augen auf. Reglos schaut er mich an. Seine Ellbogen sind auf dem Schreibtisch abgestützt, und sein Kopf ruht auf seinen Händen. Ich höre mich atmen. Es klingt, als hätte ich eine schwere Lungenentzündung.

»Das nennen wir in der Psychologie Projektion«, sagt er. »Träume sind für dein Gehirn eine Möglichkeit, Spannungen loszuwerden. Momentan stehst du unter extremer Spannung, weswegen dein Gehirn nachts Überstunden macht. Deine Gedanken schaffen sozusagen ihre eigene Wahrheit. Diese Art Träume werden vermutlich erst wieder verschwinden, wenn du Laras Unfall einen festen Platz hast geben können. Verstehst du das?«

»Aber es wirkt so echt«, sage ich leise. »Manchmal kann ich im Traum sogar das Wasser der Prinsengracht riechen. Das ist doch nicht normal?«

Er lächelt. »Es gibt sogar Menschen, die in ihrem Traum Dinge schmecken konnten. Das ist völlig normal.«

Ich bin zu müde, um ihm zu widersprechen, also nicke ich nur.

»Fühlst du dich schuldig, weil du Lara allein zur Party hast gehen lassen?«

Wieder schweige ich.

»Schuld ist eine nutzlose Emotion. Du hast Lara nicht ins Wasser geschubst. Sie ist allein reingefallen.«

Auf meiner Wange kribbelt etwas. Weine ich? Shit, das will ich echt nicht. Ich bekomme ein Taschentuch. Er lächelt wie jemand, der glaubt, ein gutes Werk getan zu haben.

»Ich möchte, dass du Lara zu Hause einen Brief schreibst. Du musst so tun, als wollten wir ihn auch wirklich verschicken. In diesem Brief kannst du über alles schreiben. Deine Schuldgefühle, eure Freundschaft, wie sehr du sie vermisst und so weiter. Dann können wir bei unserem nächsten Termin darüber sprechen. Hast du das verstanden?«

Er spricht mit mir, als wäre ich vier.

»Ja, ich verstehe es«, sage ich leise.

Ich kann mir nicht vorstellen, dass ich Lara einen Brief schreibe. Ich kann mir nicht vorstellen, dass ich jemals wieder hierherkomme.

Kapitel 10

Maud

Im Haus ist es dunkel und still. Nur das leise Brummen des Kühl-
schranks kommt aus der Küche wie der immer anwesende Herzschlag des Hauses. Erst wenn ich dieses Geräusch nicht mehr
höre, mache ich mir Sorgen. Manchmal glaube ich, dass ich
mit dem Kühlschrank zusammenlebe: Wenn ich aus der Schule
komme, ist selten jemand anders daheim. Heute Abend bin ich
auch wieder allein. Mama geht mit einer Freundin essen, David
ist beim Fußballtraining, und Papa hockt immer bis mindestens
acht Uhr in seinem Büro. Ich hänge meine Jacke an die Garderobe.
Meine Muskeln schmerzen, und mich fröstelt, als hätte ich Grippe.

Mit einem Glas Cola light gehe ich in mein Zimmer, lege mich
aufs Bett und angele meinen iPod aus dem Nachttisch. *I walked
across an empty land, I knew the pathway like the back of my hand,*
kommt Keanes Stimme durch meinen Kopfhörer, als ich auf Play
drücke. Ich denke an letztes Jahr und wie einfach da alles war. So
ziemlich das Schlimmste, was mir da passieren konnte, waren
eine Sechs in der Schule und das Gezeter meiner Eltern darüber.
Jetzt verstehe ich nicht mehr, dass ich mich jemals darüber aufgeregt habe.

Oh simple thing where have you gone?, geht das Lied weiter. Ich vermisse Lara so. Alles in mir vermisst Lara, jede Sekunde des Tages. Warum hat sie beim Radfahren nicht besser aufgepasst? Warum ist sie in dieses blöde Dreckswasser gefallen? Mit ihrem Sturz hat auch mein Leben aufgehört. Und wir hatten einander so fest versprochen, für immer zusammenzubleiben. Ich erinnere mich noch sehr gut an jenen Augustnachmittag vor einem Jahr.

Wir lagen auf dem Rücken im Garten, ihr nackter Arm berührte meinen. Die Sonne war warm. Ihre Haut war warm. Die Luft roch nach frisch gemähtem Gras. Lara fasste meine Hand.

»Guck mal«, sagte sie und zeigte mit ihrer freien Hand nach oben. »Die Wolke sieht Hans ähnlich.«

»Hä?«, sagte ich träge. »Wie das denn?«

»Na, der Wolkenbausch da in der Mitte sieht aus wie seine große Nase. Und die Wolke hat auch ein Doppelkinn. Und keine Haare. Das könnte glatt ein Bruder von ihm sein, findest du nicht?«

Ich musste kichern. Hans war seit ein paar Wochen der Freund von Laras Mutter. Lara konnte ihn nicht ausstehen, sie nannte ihn das Große Fiese Ekel, weil er sie heimlich anstarrte, wenn sie kurze Röcke trug.

»Und die lange Wolke da rechts«, sagte ich, »das ist meine Mutter.«

»Ja, ja, du hast vollkommen recht!«, rief Lara. »Wie eine Hexe auf dem Besenstiel.«

»Und sie fliegt zu Hans.«

»Kann sie ihn nicht für immer wegzaubern?«

»Hm, ich fürchte, das ist nicht so einfach.«

Wir schwiegen eine Weile.

»Hier.« Lara reichte mir einen langen Grashalm. Sie selbst hatte auch einen im Mund.

Ich steckte die Spitze zwischen meine Zähne und biss vorsichtig hinein. Er schmeckte nach Spinat mit Nüssen.

»Jetzt sind wir wie zwei Kühe«, sagte ich grinsend.

Lara prustete vor Lachen. »Muuuuuuuuuuuh.«

»Muuuuuuh«, antwortete ich und lachte.

»Guck!«, sagte Lara und zeigte wieder zum Himmel. »Die Wolke da hinten sieht aus wie ein Herz.«

Ich folgte ihrem Finger. »Stimmt, total süß.«

Sie drehte den Kopf zu mir. Ihre Nasenspitze an meiner, so dicht lagen wir nebeneinander. Ich konnte ihre Sommersprossen zählen.

»Weißt du was«, sagte sie. »Das ist unsere Wolke.«

»Besser als die da hinten, die sieht aus wie Hundekacke«, kicherte ich.

Aber sie lachte nicht mit, sondern sah mich mit ihren grünen Augen ernst an. »Das ist ein Zeichen von oben.«

Einen kurzen Moment wusste ich nicht, was ich sagen sollte. Meinte sie das wirklich? »Ein Zeichen von oben?«

»Ja, dass wir immer Freundinnen bleiben.«

Stille trat ein. Ihr Atem kitzelte meine Wange. Ich atmete tief ein. Es fühlte sich an, als würde ich Lara einatmen. Mir wurde ein wenig schwindelig.

»Wir bleiben Freundinnen, was auch geschieht«, sagte sie. »Versprich es mir.«

»Natürlich«, sagte ich mit rauer Stimme. »Werd nicht komisch.«

»Versprich es mir!« Sie klang so streitlustig, wie es nur Lara kann.

»Ich verspreche es dir.«

»Dann ist es gut.« Sie nahm ihren Grashalm aus dem Mund. »Der ist für dich.«

Wir tauschten unsere Halme. Ihrer schmeckte anders als meiner, süßer. So schmeckte Lara also.

»Jetzt sind wir für immer miteinander verbunden«, sagte sie feierlich. »Amen.«

Es fühlte sich an, als hätten wir an diesem Nachmittag geheiratet. Wie hätte ich wissen sollen, dass die Welt ein Jahr später so viel komplexer werden würde als ein paar Wölkchen, Grashalme und leere Versprechen. Jetzt fließen die Tränen wieder. Ich muss meine Gedanken auf etwas anderes lenken. Mein Blick flüchtet zum Fenster. Es wird schon dunkel. Fast wieder ein Tag vorbei.

Plötzlich stockt mein Atem. Aus den Augenwinkeln sehe ich, dass mein Stifthalter rechts von meinem Computer steht. Das ist seltsam, denn ich weiß fast sicher, dass er heute Morgen links stand. Ich habe mir sogar noch einen Stift herausgenommen, bevor ich zur Schule bin. Ich rappele mich auf und gehe zum Schreibtisch.

Ein paar Sekunden lang starre ich auf den Stifthalter. Ich versuche, in meinem Kopf das Bild von meinem Schreibtisch am Morgen wiederzufinden. Aber es versteckt sich zwischen Hunderten anderer Bilder von heute. Ich will gerade wieder zurück zu meinem Bett, als mir noch etwas auffällt. Irgendetwas ist mit dem Papierstapel auf meinem Tisch. Es sieht fast so aus, als würden die Unterlagen in einer anderen Reihenfolge liegen. Obenauf liegt mein Stundenplan vom Vorjahr. Das letzte Mal habe ich vor den Sommerferien einen Blick darauf geworfen. Da bin ich ganz sicher. Ein unbehagliches Gefühl kriecht meinen Rücken hinauf. Jemand ist an meinen Sachen gewesen!

Ein Windstoß bauscht den Vorhang auf. Jetzt erst sehe ich, dass das Fenster offen steht. Habe ich heute Morgen vergessen, es zu schließen? Mein Blick geht hinaus. Die Regenrinne, das Flachdach der Garage unter meinem Fenster, der Vorgarten mit dem niedrigen Zaun; es ist sehr leicht, in mein Zimmer zu klettern.

Plötzlich klopft mein Herz überall in meinem Körper, als hätte es sich verirrt.

Durch den Vorhang spähe ich auf die Straße. Irgendwie erwarte ich, den Typen aus dem Park zu entdecken. Aber ich sehe keinen Mann im grauen Jogginganzug mit einer schwarzen Basecap, sondern nur den weiß-violetten Transporter vom Supermarkt. Der Fahrer schiebt eine Sackkarre voller Kisten ins Haus der Nachbarn. Ich sehe Klopapier, Katzenstreu und Milchpackungen. Auf einmal fühle ich mich wie ein Idiot, dass ich die Einkäufe der Nachbarn belauere.

Mit einem Knall schließe ich das Fenster. Ich muss aufhören mit diesem paranoiden Getue! Wahrscheinlich hat meine Mutter über meinen Schreibtisch gewischt und ein paar Dinge verrückt. Oder David war wieder an meinem Kram, obwohl er weiß, dass er das nicht darf. Verärgert stelle ich den Stifthalter wieder auf die linke Seite des Computers und zerknülle meinen alten Stundenplan. Vielleicht sollte ich mein Zimmer von jetzt an einfach abschließen.

In hohem Bogen werfe ich den Papierball in den Papierkorb. Genau in dem Moment gellt der laute Ton der Türklingel durchs Haus. Vor lauter Schreck macht mein Herz einen Satz. Wumm, wumm, wumm, trommelt es gegen meine Rippen. Mit zwei Schritten bin ich wieder am Fenster und schaue hinaus, aber ich kann nicht sehen, wer vor der Tür steht. Die Garage ist im Weg.

Shit. Was jetzt? Es klingelt noch einmal. Die Angst kehrt in meinen Körper zurück, und mein Gehirn ist wie aus Gummi. Es weigert sich nachzudenken. Mein Blick folgt dem Zusteller vom Supermarkt, der zu seinem Transporter zurückgeht. Wenn ich jetzt die Haustür aufmache und es passiert etwas, kann er mir helfen. Du spinnst echt, sagt eine Stimme in meinem Kopf. Es klingelt, und du denkst sofort, da steht ein Psychopath.

Es klingelt erneut, und der Ton hält jetzt ein paar Sekunden an, als wäre derjenige, der da vor der Tür steht, verärgert, weil ich noch nicht aufgemacht habe. Sollte diese Person wissen, dass ich zu Hause bin? Plötzlich kapiere ich es. Wie blöd! Ich stehe im erleuchteten Fenster wie eine Königin auf dem Balkon: Von der Straße aus kann mich jeder sehen. Fehlt nur noch, dass ich winke!

Schnell trete ich ein paar Schritte zurück. Wieder wird geklingelt, jetzt dreimal hintereinander. Verflixt, diese Person hat eindeutig nicht vor, ihren Plan aufzugeben. Es gibt nur eine Lösung: nach unten gehen. Aber nicht ohne Vorsorgemaßnahmen. Aus meiner Hosentasche nehme ich mein Handy und tippe 112 ein. Den Finger über der Anruftaste, laufe ich nach unten. Die Treppe knarrt, und mein Herz macht einen Satz. Durch das kleine Fenster in der Tür sehe ich eine Silhouette – ein Mann. Das macht mich noch ängstlicher.

»Ja, wer ist da?«, rufe ich, so mutig es geht.

»Ich bin's. Mach bitte auf, Maud. Warum dauert das denn so lange?«

Ich kenne diese Stimme. Und die Stimme kennt mich. Aber ich kann sie nicht mit einem Gesicht verbinden. Ist es der Nachbar oder jemand von der Schule? Oh, ich weiß es nicht mehr.

»He, hallo, hast du vor, diese Tür irgendwann noch aufzumachen? Ich erfriere fast.«

Das klingt nicht nach einem Psychopathen, sondern nach jemandem, dem kalt ist. Meine Angst ist weg, und ich öffne die Tür einen Spalt. Vor Schreck lasse ich fast mein iPhone fallen.

Kapitel 11

Maud

Ich schaue direkt in Bobbys Gesicht und weiß nicht, was ich sagen soll. Er ist wirklich der letzte Mensch auf Erden, den ich hier vor unserer Tür erwartet hätte.

»He, Maud, darf ich reinkommen?«, fragt er lächelnd.

Meine erste Reaktion ist, die Tür zuzuwerfen. Aber er ist schneller und stellt seinen Fuß zwischen Tür und Pfosten.

»Bitte, Maud, ich will nur kurz mit dir reden.«

Ich antworte nicht.

Bobby zwängt jetzt auch sein Knie dazwischen. Dieses Spielchen werde ich verlieren. Er ist fast zwei Köpfe größer als ich.

»Es geht um Lara«, sagt er.

Ich versuche ruhig zu bleiben, als ich frage: »Was ... was ist denn?«

»Es ist ... Ich ... ich ... ich vermisse sie.« Er sieht mich ein wenig hilflos an.

Einen kurzen Moment vergesse ich zu atmen. Ich vermisse sie auch. Aber ich habe keine Lust, mit ihm darüber zu reden. Also sage ich: »Ich muss noch Hausaufgaben machen. Ich habe keine Zeit.«

»Nur fünf Minuten.« Seine Schulter kommt jetzt auch in die Türöffnung.

»Nein, tut mir leid.«

Er wirft sich mit seinem ganzen Gewicht gegen die Tür. Ich kann sie nicht mehr länger halten. Die Tür knallt auf, und Bobby stolpert in die Diele. Erschrocken mache ich einen Schritt zurück und pralle gegen die Wand.

»Geht's noch?«, sage ich. »Das kannst du nicht bringen. Ich habe doch gesagt, dass ich keine Zeit habe.«

»Sorry, tut mir leid«, stammelt er. »Ich bin einfach nach vorn gefallen, ich ... Hör zu, Maud, ich bin wirklich gleich wieder weg. Bitte.«

Stille tritt ein. Unbehaglich starren wir uns an. Neben seinem Kopf hängen Familienfotos, die meine Mutter ordentlich nach Jahren sortiert hat. Babyfotos von David und mir. Und Kinderfotos. Ein Urlaubsfoto, auf dem ich im Badeanzug bin, mit viel zu dicken und weißen Beinen. Ich sterbe, wenn er das Foto sieht. Schnell treffe ich eine Entscheidung.

»Willst du vielleicht einen Tee?«, frage ich.

Überrascht sieht er mich an. Offenbar hatte er nicht erwartet, dass ich meinen Widerstand so schnell aufgeben würde. »Äh, Tee? Ja, gern.«

Ich räuspere mich und sage: »Hier entlang.«

Zum Glück dreht er sich um, weg von dem Badeanzugfoto.

»Kann ich meine Jacke da aufhängen?« Er zeigt zur Garderobe.

»Ja.«

Ich warte und tue so, als würde es mich nicht interessieren. Aber heimlich verfolge ich durch die Wimpern, was er tut. Unter seiner Jacke trägt er ein schwarzes, eng anliegendes, langärmeliges Shirt. Durch den Stoff kann ich seine Armmuskeln sehen. Wahrscheinlich verbringt er etliche Stunden in der Muckibude.

»So.«

»Oh.« Ein wenig ertappt schaue ich ihn an. »Wir gehen in die Küche.«

Er folgt mir mit ein paar Schritten Abstand. Auf einmal wünschte ich, ich hätte heute Morgen einen langen Pullover angezogen, etwas, das über meinen dicken Hintern reicht.

»Das ist, äh, die Küche«, sage ich vollkommen überflüssig. Als könnte er das nicht selbst sehen. »Setz dich.«

»Danke.«

Bobby nimmt den Stuhl am Kopfende des Tischs. Dort sitzt immer mein Vater. Es ist, als würden zwei Filme gleichzeitig abgespielt: der Film meines normalen Lebens und der Film, in dem Bobby mitspielt. Sie passen nicht zusammen.

»Darf ich hier rauchen?« Er zieht ein zerknautschtes Päckchen Marlboro aus seiner Hosentasche.

»Rauchen? Nein, natürlich nicht«, sage ich. »Meine Mutter flippt aus, wenn sie gleich Zigaretten riecht.«

»Ja, ja, logisch. Dumm von mir, entschuldige.«

Stille.

»Also, dann mache ich jetzt mal Tee«, murmele ich.

»Ja.«

Nervös krame ich auf der Anrichte herum. Ich bin froh, dass ich etwas tun kann: den Wasserkocher füllen, Teebeutel nehmen, die Teekanne ausspülen, Schokokekse aus dem Schrank holen. Was hätte Lara dazu gesagt, dass ich ihrem Freund Tee koche?

Mit zwei vollen Teetassen gehe ich zum Tisch. »Kekse?«, frage ich.

»Gern.«

»Hier.« Ich reiche ihm die Rolle.

Bobby schnippt einen Keks heraus und beißt in die gezuckerte Schokoglasur. Ich liebe diese Kekse. Fast kann ich die dunkelbraune Schokolade schmecken.

»Willst du keinen?«, fragt er mit vollem Mund.

Heute Morgen hatte die Waage ein Kilo weniger angezeigt. Ich habe ganz lange auf die roten Digitalzahlen gestarrt, so gut fühlte sich das an. Als hätte ich einen Wettkampf gewonnen. Auf dem Weg zur Schule habe ich meine Brote ins Gebüsch geworfen.

»Ich mag keine Schokolade«, lüge ich.

Bobby nickt und zuckt die Schultern.

Schweigend trinken wir Tee. Warum sagt er nichts? In meinem Bauch wächst die Unsicherheit.

»Warst du zufällig in der Nähe?«, frage ich, um irgendwas zu sagen.

»Nein.«

»Warum bist du dann hier?«, rutscht es mir einfach so raus. Bestimmt hält er mich für ziemlich merkwürdig, aber das interessiert mich nicht.

»Ich dachte ... ich ... Du bist ihre beste Freundin. Wahrscheinlich verstehst du, wie ich mich fühle.«

Er klingt bedauernswert, und trotzdem vertraue ich ihm nicht. Er kann noch so jämmerlich tun, das ändert nichts an meinem Bild von ihm.

»Hm«, sage ich.

»Ich will einfach ein wenig über sie reden, das ist alles.«

Aber ich nicht. Umständlich schaue ich auf meine Uhr. Hoffentlich kapiert er den Wink: *und tschüs.*

Zögernd schaut er mich an.

Los jetzt. Steh bitte auf und geh.

»Ich fühle mich so schuldig«, sagt er plötzlich.

Ich erstarre.

»An dem Abend habe ich sie allein nach Hause radeln lassen«, fährt Bobby fort.

Ich versuche, ihm nicht zuzuhören. Ich will das nicht hören. Es klappt nicht.

»Ich hasse mich«, sagt er. »Es wäre nichts passiert, wenn ich sie nach Hause begleitet hätte. Aber das wollte sie nicht.«

Mein Magen verkrampft sich. Auf einmal habe ich das Gefühl, draußen in der Kälte zu stehen.

Er schüttelt verzweifelt den Kopf. »Sie war so betrunken. Wir hatten Wodka Orange getrunken und ein paar Shots. Als wir rausgingen, konnte sie kaum noch gerade stehen.«

Alles verschwimmt. Ich bin nicht mehr in der Küche, ich bin bei Lara. Ihre Augenlider hängen, und auf den Wangen hat sie rote Flecken. So sieht Lara aus, wenn sie zu viel getrunken hat.

Bobbys Stimme fährt fort. »Ich sagte, ich würde sie nach Hause bringen, weil sie zu viel getrunken hätte. Aber das hielt sie für Unsinn. So betrunken sei sie nicht. Ich sagte, ich würde darauf bestehen, sie zu begleiten. Da wurde sie wütend und nicht gerade wenig. Sie explodierte einfach. Was mir einfiele, sie könnte wirklich allein fahren, schließlich wäre sie kein kleines Kind mehr.«

Lara schreit. Das tut sie immer, wenn sie wütend ist. Und sie wirft auch manchmal mit Dingen. Das erleichtert so schön, meint sie. Wenn ich wütend bin, verschwinde ich in meinem Kopf, damit ich nichts und niemanden mehr sehe.

»Ich glaube, was auch eine Rolle spielte, war, dass Hans an diesem Abend bei ihrer Mutter war«, höre ich Bobby sagen. »Lara wollte nie, dass er uns zusammen sah, denn dann fing er immer an, so blöde zweideutige Bemerkungen zu machen. Ob's ihr gefallen hätte und ob sie nett gewesen wäre zu mir. Solche Sachen. Er passte aber schon auf, dass Laras Mutter nichts mitbekam. Wenn ich dem Typen mal begegne, hau ich ihm aufs Maul, das schwöre ich dir.«

Lara schaut mich an. Ich kann sie fast anfassen, so nah bin ich ihr in Gedanken. »Lass Bobby dich nach Hause bringen«, sage ich. »Bitte!« Aber sie hört mich nicht.

»Sie zankte immer weiter«, fuhr er fort. »Auf der Straße schauten uns alle an, so laut schrie sie. Und dann habe ich den dümmsten Fehler meines Lebens gemacht: Ich bin wütend geworden auf sie. ›Dann fahr doch allein heim‹, habe ich gerufen. ›Das werde ich ganz sicher machen!‹, antwortete sie, ist auf ihr Rad gestiegen, und das ist das Letzte, was ich von ihr gesehen habe.«

Um mich herum wird es schwarz. Und kalt. Ich habe das Gefühl, mich verirrt zu haben. »Lara?«, ruft eine Stimme in meinem Kopf. Sie antwortet nicht. Wo ist sie? Ich gerate in Panik. Meine Hände wühlen in der Schwärze. Sie sickert zwischen meinen Fingern durch wie Wasser. Plötzlich sehe ich Laras knallblaue Jacke – wie ein Lampion taucht sie aus der Finsternis auf. »Gott sei Dank!«, rufe ich. »Da bist du!« Ihr Kopf dreht sich um. Zwei leblose Augen schauen mich an.

»Nein!«, rufe ich.

Ihr Mund öffnet sich, sie will etwas sagen, aber nur Wasser strömt aus ihrem Mund.

»Maud, hallo?« Ganz weit entfernt höre ich Bobbys Stimme. »Bist du noch da?«

Lara löst sich auf.

»Nein!«, rufe ich.

Die Finsternis löst sich auf.

»Komm zurück!«

Ich sitze wieder in der Küche.

»Komm zurück? Was meinst du?« Bobby schaut mich besorgt an.

»Was, äh, sorry, ich ...« Ich sauge meine Lunge voll Luft.

»Geht's denn?«, fragt er. »Du guckst so komisch.«

»Ich ... Es war Lara«, murmele ich. »Es ... es war, als wäre sie hier.«

Einen Moment bleibt es still. Dann nickt Bobby. »Ich verstehe, was du meinst. Manchmal denke ich auch, ich sehe sie auf der

Straße laufen oder in der Straßenbahn sitzen. Dann vergesse ich kurz, was passiert ist.«

Es glitzert etwas in seinen Augen. »Aber eine Millisekunde später weiß ich es wieder. Das tut so weh.«

Aus seinem Augenwinkel rollt eine Träne, die an seinen Wimpern hängen bleibt.

»Ich gäbe wirklich alles dafür, diesen Abend noch einmal anders laufen zu lassen. Es ist alles meine Schuld.«

Am liebsten würde ich sagen, es sei tatsächlich seine Schuld, aber den Kummer in seinen Augen kenne ich nur zu gut.

»Es ist nicht deine Schuld«, sage ich heiser. »Du konntest doch nicht wissen, was passieren würde.«

Reglos schaut Bobby mich an. Unbehaglich rutsche ich auf meinem Stuhl herum. Findet er es seltsam, was ich gesagt habe? Gerade als mir meine Bemerkung anfängt leidzutun, erwacht Bobby zum Leben.

»Danke«, sagt er mit rauer Stimme und wischt sich mit dem Handrücken die Träne von der Wange. Sofort kommt die nächste. »Danke, dass du das sagst. Das bedeutet mir viel.«

»Ach, es ist die Wahrheit.« Aber ich spüre an meinen Wangen, dass ich rot werde.

Bobby zieht die Nase hoch. »Lara hat viel von dir erzählt.«

»Wirklich?« Meine Augen fangen an zu jucken.

»Ja, ich habe das Gefühl, ich kenne dich schon gut durch ihre Geschichten.«

»Oh«, sage ich. Meine Tränen erreichen den Rand meines Augenlids.

»Für dich ist es bestimmt auch nicht leicht.«

»Nein.« Heftig schüttele ich den Kopf. Dass ausgerechnet er das alles sagen muss.

Er lächelt. »Ihr wart so was wie Schwestern. Zumindest sagte Lara das.«

Ich fließe über. Die Tränen rollen aus meinen Augen. Es ist mir völlig egal.

»Weißt du, dass ich auch ständig grübele, wie das nur passieren konnte?«, sagt Bobby leise.

»Hä?«

Unter dem Tisch berühren seine Knie meine Beine. Ich spüre seine Wärme durch die Jeans. Erschrocken ziehe ich meine Beine zurück. Er scheint es nicht zu merken.

»Ich meine, man fährt doch nicht einfach so in die Prinsengracht. Auch nicht, wenn man betrunken ist, oder?« Hilflos zuckt er die Schultern.

»Äh, nein.«

Plötzlich müssen wir beide lachen.

»Da sitzen wir jetzt«, sagt er. »Wir sollten eine Therapiegruppe gründen. Hier, ein Taschentuch.«

»Danke.« Ich tupfe mir die Augen. »Wahrscheinlich ist Lara gegen irgendwas gefahren, ein geparktes Auto, oder auf eine lose Platte im Bürgersteig. Es kann alles Mögliche gewesen sein. Als sie fiel, hat sie sich den Kopf gestoßen und dadurch das Bewusstsein verloren. Sie hatte keine Chance im Wasser.«

»Denkst du das?«

»Das sagt die Polizei.«

Ich zerknülle das feuchte Taschentuch und presse es fest zusammen.

»Die Polizei?« Bobby sieht sie mit großen Augen an. »Hast du denn mit der gesprochen?«

»Nein. Laras Mutter hat es mir erzählt. Die Polizei ist bei ihr gewesen.«

»Warum?«

»Das machen sie immer nach einem Unfall«, sage ich und zucke die Schultern.

»Was haben sie sonst noch zu Laras Mutter gesagt?«

»Nicht viel, bloß dass Laras Fahrrad auf der Straße lag, auf Höhe vom Restaurant Wenders.«

»Das wusste ich alles nicht«, sagt er leise.

»Hat Laras Mutter dich denn nicht angerufen?«

»Nein.«

Bobby lässt die Hände auf den Tisch fallen und die Schultern sinken. Ich glaube nicht, dass ich je zuvor einen Jungen so traurig habe gucken sehen. David zieht schon mal ein bedauernswertes Gesicht, aber dann will er nur seinen Willen kriegen oder mir die Schuld für etwas in die Schuhe schieben. Bobby guckt ganz anders. Es ist, als könnte ich ihm geradewegs ins Herz schauen.

Plötzlich möchte ich ihn gern trösten. »Komm, mach dir nichts draus«, sage ich so munter wie möglich. »Wahrscheinlich hat Laras Mutter es einfach vergessen.«

»Das glaube ich nicht«, sagt er missmutig. »Sie hielt es offenbar nicht für nötig, mich anzurufen. Sie hat mich nie gemocht.«

Ich weiß nicht, was ich sagen soll.

Er kratzt mit dem Fingernagel über die Tischplatte. »Genug von mir. Hast du an diesem Wochenende eigentlich noch mit Lara gesprochen?«

»Ja, wir haben Samstagmittag telefoniert.« *Und ich wollte nicht mit ins Odeon, weil du auch dort warst. Ich hoffe inständig, dass er mich nicht fragt, worüber wir geredet haben.*

»Und sonst habt ihr euch nicht mehr gesprochen?«

»Nein.«

Bobby muss lächeln. »Lara hing ständig am Telefon, was?«

»Ja, ihr iPhone haben sie aber nicht mehr finden können. Wahrscheinlich liegt es auf dem Grund der Prinsengracht. Das würde Lara echt schlimm finden.«

Einen Moment bleibt es still.

»Weißt du«, sagt er leise, »ich gehe jeden Tag zu Lara. Dann rede ich mit ihr, als könnte sie mich hören. Es ist so ruhig dort.«

»Hm.«

»Gehst du auch oft zu ihr? Ich habe dich noch nie dort getroffen.«

»Geht so«, murmele ich. Ich starre auf meine Hände, die nervös am Taschentuch zupfen. Ich will Bobby nicht sagen, dass ich noch nicht dort war. Jedes Mal, wenn ich mir vorstelle, bei ihr zu sein, wird mir ganz schlecht.

»Vielleicht können wir einmal zusammen hingehen?«, fragt er.

Fieberhaft suche ich nach einer Ausrede, etwas, das nicht unfreundlich klingt. Aber es ist nicht mehr nötig, denn Bobby steht auf und sagt: »Sorry, ich sehe jetzt erst, dass es schon fast sechs ist, ich bin viel zu lange geblieben.«

»Macht nichts. Ich fand es gut, mal mit dir zu reden.« Ich bin erstaunt, dass ich das sage, und noch viel mehr, dass ich es auch meine.

»Na, ich mach mich mal wieder auf die Socken. Dann kannst du deine Hausaufgaben machen.«

»Hausaufgaben?« Eine Sekunde habe ich meine eigene Ausrede vergessen. »Oh, äh, ja, natürlich, meine Hausaufgaben. Warte, ich bring dich raus.«

Wir gehen in die Diele, und er schlüpft in seine Jacke. Ich öffne die Haustür. Plötzlich fasst er meine Hände. Ich spüre sein Blut unter meinen Fingern klopfen.

»Dieses Gespräch hat mir viel bedeutet«, sagt er leise. »Danke schön.«

»Okay«, murmele ich.

Er küsst mich dreimal auf die Wangen, als wären wir gute Freunde. Es fühlt sich nicht unangenehm an.

Bobby lässt mich los. »Wir sehen uns.«

Bedeutet das, dass er mich noch einmal sehen will? Ich schaue ihn an, um zu sehen, ob er es ernst meint. Er lächelt.

»Äh, ja«, sage ich.

»Bis bald dann!«

Er winkt und geht raus. Schnell schließe ich die Haustür hinter ihm, weil ich nicht weiß, was ich sonst noch sagen soll. Durch das Türfensterchen sehe ich, wie er sein Rad nimmt. Er schaut sich noch einmal um, blickt genau auf die Haustür, als wüsste er, dass ich ihn heimlich beobachte. Ich bücke mich schnell und kauere mich hin. Langsam zähle ich bis zwanzig. Dann spähe ich ganz vorsichtig durch den Briefkasten. Die Straße ist verlassen.

Kapitel 12

Lara

Im einen Moment ist alles nur schwarz, groß, undurchdringlich und kalt. Und im nächsten Moment weiß ich alles wieder, einfach so, als hätte jemand einen Schalter in meinem Kopf umgelegt. Aus allen Ecken und Löchern kommen die Erinnerungen, sie springen mich an, rasen durch meinen Kopf, lassen mich lächeln. Es fühlt sich an, als säße ich in einem 3-D-Film: Ich weiß nicht, wo ich hinschauen soll, so viel kommt auf mich zu.

Fang bei dir selbst an. Oh ja. Ich bin Lara Willemsen, sechzehn Jahre, geboren am 23. März. Und ich habe ein Zuhause! Ja, ja, ja, ich sehe das Haus genau vor mir! Es steht an der Graaf Florislaan 7 in Amstelveen. Wir haben einen Garten, in dem wir im Sommer oft grillen. Schatten unter der Maiblüte. Birneneis. Der Picknicktisch, den Mama selbst gestrichen hat.

Schon steigt das nächste Bild wieder auf. Eine Frau mit langen braunen Haaren, zartroten Lippen, grünen Augen – meine Mutter. Wir haben uns aus den Sofakissen ein Zelt gebaut, und wir essen so viele Marshmallows, dass uns schlecht wird. Nächstes Bild: Wir sind mit einem kleinen Wohnmobil im Frankreichurlaub. Mama läuft den ganzen Tag barfuß, und ich darf so spät ins Bett, wie ich will. Ich liebe meine Mutter. Und ich hasse meinen Vater, weil er ihr so wehgetan hat. Leider erinnere ich mich auch wieder an die Scheidung vor zwei Jahren. Ich hatte eigentlich vor, nie wieder an meinen Vater zu denken. Also auch nicht jetzt. Hopp, ich werfe Papa aus meinen Gedanken. Soll er doch zu der blöden Schnalle gehen, mit der er abgehauen ist.

Wieder ein neues Bild. Ein großes Gebäude mit zwei Türen und sehr vielen Fenstern. Meine Schule. Ein Mädchen radelt ins Bild; ihre rötlichen Haare sind zu einem Pferdeschwanz gebunden, und sie muss über irgendwas lachen. Ich sehe, wie sie ihr Rad im Fahrradschuppen unterstellt, ich schaue zu, wie sie die Nase kräuselt, als sie den Schlüssel im Fahrradschloss umdreht, ich sehe, wie sie etwas in ihrer Tasche sucht. Ich schaue sie minutenlang an, und ich wünschte, ich wäre jetzt bei ihr, um sie zu fragen, was ich jetzt machen soll. Maud hat immer für alles eine Lösung: wie man aus Plastiktüten einen Schirm basteln kann, wenn es heftig regnet, wie man mit Weihrauch den Zigarettendunst aus seinem Zimmer vertreiben kann. Maud würde sich nie in einem Wald verirren, ich schon. Ich vermisse sie so sehr, dass es wehtut.

Maud huscht davon, stattdessen kommt ein junger Mann ins Bild. Seine dunklen Haare hängen ihm in die Stirn. Es ist Bobby. Bei seinem Anblick überläuft mich eine Gänsehaut. Er sitzt auf einem Barhocker, zwei andere Jungs neben sich. So habe ich ihn im September kennengelernt.

Maud konnte an dem Abend nicht. Also hatte ich Nicole, ein neues Mädchen aus meiner Klasse, gefragt, ob sie Lust hätte, mitzugehen, weil ich keinen Bock hatte, den ganzen Samstagabend allein zu Hause zu sitzen. Und Nicole schien mir ganz nett.

Wir fingen gegen neun in einer Kneipe im Zentrum an und verstanden uns auf Anhieb. Nicole redete ohne Punkt und Komma – über die Lehrer an ihrer alten Schule (»Alles Ärsche, die mich absichtlich haben sitzen lassen, damit ich von der Schule musste«).

Über ihre Mutter (»Sie arbeitet bei der größten Werbeagentur des Landes und kennt alle Berühmtheiten, irre komisch«). Über einen Jungen, mit dem sie in der Woche davor geknutscht hatte (»Nett für den Abend, aber sonst nichts«), und dass sie in der Klasse neben Christine säße, auch einer Neuen (»Die ist supernett.«). Am Montag würde sie mir Christine vorstellen.

Nach der Kneipe fuhren wir mit dem Rad zu einem Club, der hauptsächlich von Studenten besucht wird.

»Wow, guck mal«, flüsterte Nicole, als wir reinkamen. »Das Prachtexemplar dahinten an der Bar.« Sie meinte Bobby.

Ein paar Sekunden beobachtete ich ihn, wie er da so selbstsicher an der Theke hing, wie laut er über eine Bemerkung von einem seiner Freunde lachen musste. Ich seufzte. »Siehst du nicht, wie das Schild da über seinem Kopf blinkt?«

»Schild? Was meinst du?«, fragte Nicole erstaunt.

»Das Schild, auf dem steht: Pass auf, komm nicht näher, ich bin ein Arsch.«

»Wieso? Kennst du ihn vielleicht?«

»Nein.« Ich musste lachen. »Aber das sieht doch jeder, dass der aalglatt ist. Von solchen Typen sollte man sich unbedingt fernhalten.«

»Hm.« Nicole schien gar nicht zuzuhören. »Ich mag die Art Typen durchaus. Komm.«

Nicole zog mich mit zur Bar und stellte sich direkt neben die Gruppe. Viel zu laut wollte sie zwei Bier bestellen. Natürlich stieß sie dann aus Versehen gegen einen der Kerle. Und natürlich fingen sie ein Gespräch mit ihr an. Sie lachte ziemlich übertrieben, und der Junge stellte sich als Dexter vor. Seine beiden Freunde drehten sich auch zu uns um. Der mit den halblangen braunen Haaren hieß Arthur, und der Typ, den Nicole so klasse fand, war Bobby. Sie studierten Jura in Amsterdam und wohnten zusammen.

Dexter fragte Nicole, ob sie in Amsterdam wohnte, und sie

fing sofort an, eine ewig lange Geschichte zu erzählen. Ich stand schweigend neben Bobby. Er sah mich an, ich schaute starr zurück. Ich wollte nichts von ihm wissen. Irgendwas war an dem Blick in seinen braunen Augen, den teuren Markenklamotten, die er trug, den weißen Zähnen. Es war alles zu perfekt. Alles in mir rief: »Nichts wie weg!«

Ich zog Nicole am Arm.

»Ja?«, fragte sie, ohne mich anzusehen.

»Sollen wir gehen? Ich bin müde.«

»Gleich. In fünf Minuten, okay?«

Ich seufzte.

»Doof, dass sie nicht auf dich hören will, was?«, hörte ich Bobby neben mir sagen, und in seinen Augen lag ein leicht amüsierter Blick. Am liebsten hätte ich ihn angeschnauzt, er solle die Klappe halten. Aber er war schneller.

»Weißt du was?«, sagte er.

»Nein?«, sagte ich angespannt.

»Kann ich dir vielleicht etwas zu trinken anbieten?«, fragte er. »Ich fühle mich ein bisschen schuldig, dass deine Freundin die ganze Zeit mit meinem Mitbewohner redet. Was hättest du denn gern?«

Mit offenem Mund starrte ich ihn an. Ich hatte alles Mögliche erwartet: eine blöde Bemerkung über Nicole. Dumme Witze über Mädchenanmachen. Aber nein, er bot mir etwas zu trinken an! Und dabei klang er auch noch freundlich, gar nicht glatt und oberflächlich. Ich wusste nicht, was ich antworten sollte.

»Na, das ist ja nicht viel«, sagte Bobby und grinste. »Dann vielleicht ein Gläschen Luft?«

»Ehem, nein, ich, äh ...«, stammelte ich. »Gern ein Bier.«

»Kommt sofort.«

Bobby wandte sich zur Bar und hob die Hand. Das Mädchen hinter der Theke kam sofort zu ihm und ignorierte alle anderen ausgestreckten Hände. Er lächelte, und sie grinste zurück. Ich bin noch nie so schnell mit zwei Bier versorgt worden. Bobby hatte offensichtlich eine unwiderstehliche Anziehungskraft auf Mädchen. »Nichts wie weg«, wiederholte mein Körper noch einmal, aber er tönte nicht mehr so laut wie am Anfang.

»Hier, setz dich.« Er schob einen Barhocker zu mir rüber.

Ich setzte mich.

»Auf diesen Abend«, Bobby hob sein Bier zu mir, »der plötzlich ganz besonders wurde.«

Er sah mich eindringlich an. Sein Blick verschlang mich mit Haut und Haar.

Mit mir passierte etwas sehr Merkwürdiges. Das »Nichts wie weg« schrumpfte, bis es nur noch ein unverständliches Flüstern geworden war.

»Auf diesen Abend«, sagte ich leise.

Bobby fing an zu reden. Über sein Studium, seine Mitbewohner, die politischen Entscheidungen der letzten Zeit zum Nachteil der Studenten. Er klang erwachsen, so ganz anders als die Jungs meines Alters. Dann fing er an, mir Fragen zu stellen. Wie mir die Schule gefiele, ob ich schon wüsste, was ich nach dem Abschluss machen wollte. Ich erzählte ihm, dass ich nächstes Jahr zur Journalistenschule und danach für Greenpeace arbeiten wollte, um mich für eine bessere Welt einzusetzen. Die meisten Leute lachen darüber, wenn ich das sage. Wieder so ein unrealistischer Teenagertraum, höre ich sie dann fast denken. Aber Bobby nicht. Der hörte mir zu, ohne mich zu unterbrechen oder ein Urteil zu fällen. Ich vergaß Nicole, ich vergaß die Zeit, ich ging vollkommen in unserem Gespräch auf.

Später erzählte Nicole, sie wäre so was von stinksauer gewesen, dass ich ihr Bobby vor der Nase weggeschnappt hätte, schließlich hätte sie ihn als Erste entdeckt. Ich habe mich entschuldigt, aber ich meinte es nicht wirklich. Was hätte ich denn machen sollen? Der Funken zwischen Bobby und mir war so heftig, dass das ganze Lokal ihn mitgekriegt haben musste.

Gegen zwei gingen Nicole, Dexter und Arthur nach Hause, während ich mit Bobby zurückblieb. Wir verließen die Kneipe erst, als schon die Barhocker auf die Theke gestellt wurden. Draußen setzten wir uns auf die Treppenstufen. Der Himmel über uns war voller Sterne. Mir war schwindelig, und ich erzählte Bobby Dinge, die ich noch nie jemandem erzählt hatte. Dass ich am liebsten gestorben wäre, als mein Vater sich in eine andere Frau verliebt hatte, und ich mich jeden Abend in den Schlaf geweint hatte, dass meine Mutter heimlich weinte, wenn sie glaubte, dass ich es nicht hörte. Dass es uns nach einem halben Jahr endlich wieder etwas besser ginge und ich allmählich die Hoffnung hatte, meine Mutter und ich würden es zusammen schon schaffen, aber zu dem Zeitpunkt sei dann Hans in das Leben meiner Mutter getreten, der abscheulichste Typ, der mir je begegnet war.

Bobby hörte zu, die braunen Augen ganz dunkel.

»Es tut mir total leid, dass du so unglücklich gewesen bist«, sagte er und verschränkte seine Hand mit meiner. Ich wusste nicht mehr, wo meine Finger endeten und seine anfingen. Bobby beugte sich zu mir, und ich konnte nur noch zuschauen, wie sein perfekter Mund immer näher kam. Er küsste mich. Fast kann ich seine Lippen wieder auf meinen spüren: warm und ein wenig rau. Diese Erinnerung dürfte von mir aus endlos dauern, aber das Bild dreht ab.

Andere Erinnerungen tauchen auf. Eine Liege am Strand von Salou. Neben mir Maud. Die neue Tasche, die ich gekauft habe: eine Armytasche mit Camouflage-Print. Cappuccino trinken mit Nicole, Christine und Maud. Die Dunkelheit fängt fast an zu leuchten bei all den Bildern, die mir durch den Kopf huschen. Mit jedem Erinnerungsfetzen werde ich mehr. Ich fülle mich wie ein Ballon, der aufgeblasen wird. Es gibt mich wieder!

Die Erinnerungen liegen immer weniger lang zurück. Ich sitze an meinem Computer und arbeite an einer Aufgabe für Biologie. Es geht um Mikroben in der Tiefsee, nicht sonderlich interessant. Ich habe es Mittwoch abgegeben und noch nicht zurückbekommen. Am Donnerstag übernachtet Hans bei meiner Mutter, und ich schließe meine Tür ab, sicher ist sicher, bei dem fiesen Typen. Freitagnachmittag habe ich die letzte Stunde frei. Und dann ist es Samstagmorgen.

Ausschlafen, frühstücken, duschen. Einkaufen mit Mama im Supermarkt. Meine Nägel lackieren, eine Stunde Facebook, Christine war auch online. Und dann dieses abscheuliche Telefonat mit Maud. Sie wollte nicht mit zur Party. »Sieh zu, wo du bleibst. Ich gehe dann eben mit Bobby zu diesem Fest. Wir sehen uns. Irgendwann«, hatte ich gesagt, als ich auflegte. Und dafür schäme ich mich jetzt so furchtbar. Eigentlich wollte ich sagen: »Du fehlst mir. Warum können Bobby und du nicht einfach Freunde sein?« Aber ich war zu wütend, um diese Worte zu finden.

Schnell springe ich ein paar Erinnerungen weiter.

Abendessen.

Abwasch.

Es klingelt. Ich öffne, es ist Hans. Er macht eine blöde Bemerkung zu meinem Pulli, der läge zu eng an. Dabei starrt er auf meine Brüste. Natürlich kriegt meine Mutter wieder nichts mit, und ich verschwinde wütend in meinem Zimmer.

Und dann passiert etwas Komisches in meinem Kopf. Die Erinnerungen tröpfeln nur noch wie in Zeitlupe. Der Film läuft immer langsamer, stockt und zerfällt in einzelne Bilder und Fragmente.

Klick.

Aus meinem Schrank ziehe ich ein schwarzes Kleid und eine Zipfelmütze. Lara, die Hexe.

Klick.

»Fahr vorsichtig«, sagt meine Mutter, als ich losfahre. Hans steht mit scheinheiligem Blick hinter ihr.

Klick.

Ich betrete das Odeon. Überall Theaterblut. Fledermäuse und Besenstiele. Bobby und seine Mitbewohner Arthur und Dexter sind schon da. Bobby küsst mich auf den Mund und bestellt einen Wodka Orange für mich. Er trägt ein schwarzes Cape.

Klick. Klick. Der Film überspringt ein Stück.

Wir tanzen. Bobby legt die Hände um meine Taille und flüstert mir ins Ohr, ich sei ein liebes, süßes Hexchen.

Klick. Klick.

Arthur kommt mit noch mehr Drinks. Wir prosten uns zu.

Klick. Klick.

Ich bin auf dem Mädchenklo und übergebe mich. Alles dreht sich.

Klick.

Bobby sagt lachend, ich könne trinken wie ein Mann. Ich erwidere das Lachen und setze noch einen Shot drauf.

Klick. Klick. Klick. Die Bilder fliegen vorbei, ohne dass ich sie richtig sehe. Schwarze Löcher. Bilder, die mittendurch gerissen sind. Der Film in meinem Kopf ist anscheinend defekt.

Und dann ist es plötzlich ein paar Stunden später. Ich radele nach Hause. Das Bild ist superscharf, meine Gefühle sind es nicht. Ich bin wütend, verwirrt, gehetzt, aber ich weiß nicht, warum. Die Laternen entlang der Prinsengracht verbreiten ein gelbes Licht.

Klick.

Lichtblitze zucken über den Himmel, als würde irgendwo ein Feuerwerk entzündet. Ich höre ein Keuchen hinter mir, schwer und lang. Ängstlich schaue ich über meine Schulter. Ein Hund stöbert auf der Straße herum, sonst nichts. Trotzdem klopft mein Herz wie irre.

Musik. Ich höre wirklich Musik.

Geigen, ein Klavier, jemand singt.

Es ist, als würde ich im Konzertsaal fahren. Ist das echt, oder spielt mir mein Kopf einen Streich?

Ich steige vom Rad und versuche zu verstehen, was passiert.

Und dann wird es plötzlich still. Totenstill. Ich höre nur noch meinen eigenen Atem. Die Laternen erlöschen. Alles wird dunkel.

Plötzlich kann ich nicht mehr atmen. Überall ist Wasser, in meinen Augen, meiner Nase, dem Mund.

Ein dunkler Schatten fällt auf mich. Jemand schaut nach mir. Ein Passant?

»Hilfe«, will ich sagen.

Noch mehr Wasser in meinem Mund.

Und dann wird alles schwarz. Pechschwarz.

O mein Gott.

O Gott, o Gott, o Gott.

Ich bin ertrunken.

NEIN!
  NEIN!
  NEIN!

Das kann nicht ... Ich kann nicht tot sein.

Denk an den Urlaub in Spanien. Denk an die Sonne auf deiner Haut. Tequila Sunrise. O Gott, ich werde nie wieder in Urlaub fahren, ich bin tot.

Hör auf, hör auf, hör auf. Denk an etwas anderes.

Wie ist die Wurzel aus 144?

12.

Wie viel Liter passen in einen Hektoliter?

100.

Wer hat Amerika entdeckt?

Kolumbus.

Ich werde verrückt.

Denk an Mama. Denk daran, wie sie summt, wenn sie glücklich ist. Denk an ihr Lachen. Ob sie jetzt traurig ist? Mama, hol mich hier weg, bitte! Ich habe solche Angst!

Keine Angst haben, keine Angst haben, keine Angst haben. Es wird alles gut, wirklich, irgendwann wird alles gut. Ich kann doch nicht ewig in dieser Dunkelheit bleiben?

Doch, wenn du tot bist.

Aber wo ist dann der Himmel? Wo ist Gott? Jesus? Wo sind die Engel? Oder ist diese ganze Bibelsache nur erfunden?

Ja.

Nein, das stimmt nicht! Es darf nicht stimmen. Ich bin nicht tot.

Plötzlich höre ich ein Flüstern. Die Stimmen sind wieder da. Sind das andere Menschen, die tot sind? Geht weg, denke ich. Lasst mich bitte in Ruhe!

Die Stimmen lachen. Ich hole tief Luft und will schreien: »Ich bin nicht tot!« Aber es kommt kein Ton über meine Lippen.

Sie lassen mich allein. Es wird still.

Ich habe solche Angst.

So eine Angst hatte ich noch nie im Leben.

Kapitel 13

Maud

»Ist das ein Scherz?« Nicole schaut mich mit zusammengekniffe-nen Augen an. »Es ist ein Scherz, oder? Gib's ruhig zu, ich sehe es dir an.«

Wir schweigen. Das Stimmengewirr in der Kantine füllt die Lücke in unserem Gespräch.

»Nein«, seufze ich. »Kein Scherz. Bobby ist gestern wirklich bei mir vorbeigekommen. Ich fand es auch ein wenig seltsam.«

»Na, das kannst du laut sagen.« Sie schüttelt ungläubig den Kopf. »Ich dachte, du kannst ihn nicht ausstehen.«

»Das ist auch so, aber ...«

»Aber?«

»Aber ... er liebt Lara wirklich. Er wollte nur über sie reden, das war alles.«

Nicole steckt sich den Finger in den Hals und tut so, als müsste sie sich übergeben. »Das bringt mich echt zum Kotzen. Unser Ro-mantiker Bobby? Dass ich nicht lache. Da hast du dich ganz schön einwickeln lassen.«

Ich starre sie an. Sie reckt ihr Kinn vor. Was für eine blöde Ziege! Sie braucht doch nicht so zu tun, als wäre es meine Schuld, dass Bobby vorbeigekommen ist. Das ist wieder so ein Moment, in dem ich mich frage, ob ich Nicole eigentlich wirklich mag.

»Ich dachte, dir gefiele Bobby«, sage ich.

»Wie meinst du das?«, fragt sie.

»Na ja, wenn ich mich richtig erinnere, wolltest du dir Bobby doch schnappen im Club, und Lara hat ihn dir vor der Nase ausgespannt? Klingelt es?«

»Pfff.« Nicole verschränkt die Arme. »Aus der Entfernung sah er gut aus. Aber zu sagen, dass ich ihn nett fand, wäre wirklich schwer übertrieben.«

»Du bist einfach eifersüchtig.«

»Jetzt hör aber auf«, schnappt sie. »Im Gegenteil, ich bin unendlich froh, dass ich nichts mit ihm angefangen habe. Allein der Gedanke!«

»Jaja.«

»Ja!«

»Könnt ihr bitte mit diesem Gezänk aufhören?« Christine sieht uns flehend an. Fast hätte ich vergessen, dass sie auch noch am Tisch saß, so wenig hat sie bis jetzt gesagt.

»Wir zanken nicht«, sagt Nicole und lächelt honigsüß. »Wir haben nur eine kleine Meinungsverschiedenheit. Was hältst du eigentlich davon, dass Bobby bei Maud vorbeikam?«

Einen Moment scheint Christine nicht zu wissen, was sie antworten soll. Aber dann zuckt sie mit den Schultern. »Ich habe dazu keine Meinung«, sagt sie. »Eigentlich interessiert es mich nicht so.«

»Was? Bist du vielleicht krank?«, ruft Nicole. »Bobby ist bei Maud zu Hause gewesen. Hallo? Das sind weltbewegende Neuigkeiten. Ich sitze wirklich mit einem Haufen Idioten am Tisch.« Sie wendet sich wieder mir zu. »Was ich mich gefragt habe ... Musste Bobby gestern auch weinen?«

Perplex starre ich sie an.

Nicole grinst. »Auf mich wirkt er nämlich wie ein kalter Frosch. Ich bin einfach neugierig.«

Ich denke an Bobbys Tränen. Irgendwie fühlt es sich an, als würde ich ihn verpetzen, wenn ich Nicole davon erzählte.

»Wir haben nur geredet«, sage ich kurz angebunden und schaue auf meine Uhr. »Sollen wir gehen?«

»Echt nicht«, sagt Nicole. »Der Unterricht beginnt erst in fünf Minuten. Ich will nicht als Erste in der Klasse sitzen. Hast du nicht mehr Klatschgeschichten über Bobby?«

»Keinen Klatsch«, seufze ich. »Bloß ... er will mal mit mir zusammen zu Lara.«

»Ist nicht dein Ernst! Ist das seine Vorstellung von einem Date? Schön morbide. Machst du es?«

Ihr Blick sticht in meine Augen. Wie ein Geier, auf der Suche nach den letzten Resten seiner Beute.

»Nein, natürlich gehe ich nicht mit ihm zu Lara«, sage ich verärgert. Ich hoffe, dass Nicole aufhört, mich so anzustarren.

Christine räuspert sich. »Bist du schon mal bei ihr gewesen?«

»Nein«, murmele ich.

»Willst du das nicht?«, fragt sie leise.

»Ja ... Nein ... Ich traue mich nicht ...«, antworte ich noch leiser.

Christine nimmt meine Hand, und ich spüre ihre warme, weiche Haut.

»Das verstehe ich«, sagt sie. »Ich fand es auch schlimm, hinzugehen. Aber weißt du was? Als ich erst einmal dort war, gab es mir auch ein Gefühl der Ruhe.«

Es klingelt, und Nicole steht auf. »Shit, noch eine Stunde Französisch von der wandelnden Leiche. Und ich habe meine Hausaufgaben nicht gemacht.«

Christine hält weiterhin meine Hand fest. »Sollen wir vielleicht morgen Nachmittag zusammen zu Lara gehen?«

Mein Magen verkrampft sich vor Angst. »Z-Zusammen?«

»Ja, zusammen. Dann ist es vielleicht weniger schlimm.«

»Ich weiß nicht ...«

»Irgendwann musst du ja doch mal hin«, sagt sie ruhig. »Sie ist deine beste Freundin.«

Ich habe Angst, dass ich mich gleich übergeben muss. Fieberhaft suche ich nach einer Ausrede, um mich zu drücken.

»Oder hast du morgen etwas anderes vor?«, fragt Christine.

Es gelingt mir nicht, den Kopf zu schütteln.

Christine lächelt. »Schön, dann also morgen.« Sie lässt meine Hand los und steht auf. »Nicky, willst du vielleicht auch mit?«

»Mit euch?« Nicole zuckt die Schultern. »Ach, warum nicht. Ich mag sowieso keine Samstagnachmittage. Meine Mutter will dann immer, dass ich mit ihr die Einkäufe erledige.«

»Okay, Deal. Dann gehen wir zu dritt«, sagt Christine und nickt.

Kapitel 14

Maud

Die Haltestelle der 16 ist verlassen. Ein rauer Wind bläst durch das offene Wartehäuschen. Zitternd verkrieche ich mich im Kragen meiner Jacke. Mein Körper ist anscheinend noch im Schlafmodus. Meine Augen sind verquollen und brennen, ich habe einen ekligen Geschmack im Mund, und mein Nacken ist steif. In den vergangenen zwei Wochen habe ich höchstens vier Stunden pro Nacht geschlafen und oft noch weniger. Die letzte Nacht war die Hölle, bis halb fünf lag ich wach. Und als ich endlich eingeschlafen war, habe ich ganz furchtbar geträumt.

Wieder war ich an der Unglücksstelle, und wieder sah ich Lara im Wasser liegen. Ich bückte mich und streckte die Hand aus, um sie zu retten. So ist das immer, wenn ich von Lara träume. Danach verschwindet sie unter Wasser, und ich renne weg. Aber dieses Mal passierte etwas Merkwürdiges. Es wurde totenstill und pechschwarz. Mit einem unbehaglichen Gefühl richtete ich mich auf. Der Wind frischte auf. Die Dunkelheit schien sich zu bewegen. »Hallo?«, rief ich. »Ist da jemand?« In dem Moment trat eine vage Gestalt aus dem Dunkel. Ich konnte ihr Gesicht nicht sehen, aber es ging etwas Bedrohliches von ihr aus.

Mein Magen wurde zu einem Eisklumpen. Schnell trat ich einen Schritt zurück. Die Gestalt machte zwei Schritte nach vorn. Was sollte ich tun? Der Schemen machte noch einen Schritt auf mich zu und konnte mich fast anfassen. Meine Muskeln spannten sich, und mein Körper drehte sich um. Plötzlich begann ich zu rennen. Schritte erklangen hinter mir – die Gestalt folgte mir! So schnell ich konnte, rannte ich über die Straße. Zwei Spitzdächer ragten wie Monster aus der Dunkelheit vor mir auf. Ein Graffiti-wort auf der Wand: BITCH. Ich rannte um mein Leben.

Plötzlich lief jemand neben mir. Panisch sah ich zur Seite – Bobby! Er weinte. »Du brauchst keine Angst zu haben!«, rief er. »Es ist meine Schuld.« Ich wollte ihn warnen: Pass auf, ich werde verfolgt! Aber es kam kein Laut aus meinem Mund. Und dann blieb mein Fuß an einer Gehwegplatte hängen. Alles ver-langsamte sich. In Zeitlupe flog ich durch die Luft. Bobby schrie: »Nein!« Die Schritte hinter mir holten mich langsam ein, der Bo-den kam näher. Ich streckte die Arme vor. Ein harter Aufprall, und alles wurde schwarz.

Sogar jetzt, am helllichten Tag, jagt mir dieser Traum noch kalte Schauder über den Rücken. Es ist, als würde mein Kopf nachts ein Eigenleben führen, auf das ich keinerlei Einfluss habe. Am liebsten würde ich mich jetzt umdrehen und nach Hause zu-rückgehen. Aber ich habe es Nicole und Christine versprochen. Sie sitzen in der nächsten Straßenbahn. Ich stampfe mit den Fü-ßen, um mich warm zu halten, und laufe ein Ründchen.

Da entdecke ich eine Widerspiegelung im Glas des Warte-häuschens. Eine Gestalt mit einer Basecap. Mir ist, als würde ein schwarzer, kalter Schatten über mich fallen. Ganz langsam drehe ich mich um. Von der anderen Straßenseite starrt mich ein Mann reglos an. Einen Moment glaube ich zu ersticken. Grauer Jogging-anzug, schwarze Basecap. Das ist der Mann aus dem Park! Das kann kein Zufall mehr sein, der Typ verfolgt mich wirklich!

Ein lautes Klingeln von links. Vor lauter Schreck macht mein Herz einen Satz – die Straßenbahn! Ich atme ganz tief ein. Die 16 fährt zwischen dem Mann und mir ein, und der Mann verschwindet aus meinem Blickfeld. Noch ehe die Türen ganz offen sind, schlüpfe ich hinein. Ein Piepen ertönt, als ich meine Chipkarte vor das Lesegerät halte. Die Bahn ist voll. Viele Leute stehen dicht gedrängt im Gang. Ich zwänge mich zwischen ihnen durch und schaue gleichzeitig aus dem Fenster. Die Straße ist verlassen. Wo ist der Typ abgeblieben? Er kann doch nicht einfach so verschwunden sein? Mein Kopf ruckt verängstigt von links nach rechts. Ist er vielleicht doch in die Bahn gestiegen? Oh nein, bitte nicht!

»Hier sind wir!«, höre ich Christine rufen.

Ich schaue in die Richtung, aus der ihre Stimme kam. Christine und Nicole sitzen auf der Rückbank und winken mir fröhlich zu. Ich will zurückwinken, aber meine Arme sind wie aus Gummi.

»Kommst du noch, du Trantüte?«, ruft Nicole. »Wir können dir ja nicht ewig einen Platz frei halten.«

Ich nicke. Noch ein letztes Mal geht mein Blick durch die Straßenbahn: kein grauer Jogginganzug, keine schwarze Basecap. Schritt für Schritt schiebe ich mich durch den ruckelnden, überfüllten Wagen. Ellbogen stoßen in meine Seite, Knie drücken gegen meine Beine. Es fühlt sich an, als würde ich in einem Schwimmbad mit dem Kopf unter Wasser gedrückt. Nach Luft schnappend, lasse ich mich zwischen Nicole und Christine fallen.

»Geht es?«, fragt Christine besorgt. »Du siehst ja aus, als hättest du einen Geist gesehen.«

Ich schaffe es nicht, etwas zu antworten.

»Maud? Hallo?«

Alles verschwimmt. Mein Kopf knickt nach vorn, und ich sehe nur noch schwarze Flecken.

»Maud!«

Christine klingt so weit weg. Ich bin so weit weg.

»Himmel, sie wird ohnmächtig! Nicky, mach ihre Jacke auf!«

»O Gott«, höre ich Nicole jammern.

Das Geräusch von einem Reißverschluss.

Hände bedecken meinen Mund.

»Einatmen!«, sagt Christine.

Spricht sie mit mir? Mir ist schwarz vor Augen.

»Maud, mach, was ich sage! Einatmen! Jetzt!«

Zittrig schnappe ich nach Luft. Ein kleiner Zug rutscht in meine Lunge.

»Ausatmen.«

Ich versuche es, bin aber nicht sicher, ob es klappt, aus meiner Kehle kommt ein seltsamer Laut.

»Einatmen.«

Mein Mund geht wieder auf.

»Ausatmen.«

Mit einem tiefen Seufzer atme ich aus. Langsam verschwinden die schwarzen Flecken.

»Noch einmal einatmen.«

Meine Lunge saugt sich voll, und ich atme aus, ohne dass Christine etwas sagen muss.

»Gut so.« Sie nimmt die Hände von meinem Mund.

Alles ist wieder scharf. Ein paar Leute in der Straßenbahn starren mich an. Ein warmes Kribbeln zieht von meinem Nacken in meine Wangen.

»Mach dir nichts draus«, sagt Christine ruhig. »Sie schauen gleich wieder woandershin.«

»W-Was ...?«, stottere ich.

»Du hast hyperventiliert.«

»H-Hä?«

»Das kommt, wenn man zu oberflächlich eingeatmet hat. Davon wird einem ganz schwindelig. Es kann nicht wirklich schaden, aber es fühlt sich sehr unangenehm an.« Sie klingt wie die Krankenschwester, die sie werden möchte. »Wenn du in eine Tüte atmest oder in die Hände von jemandem, ist es gleich wieder vorbei.«

»Mensch, ich dachte, du gehst uns hier drauf!«, seufzt Nicole. Sie sieht mich an, als wäre ich schon tot. »Sorry, aber davon muss ich mich echt erst mal erholen.«

Christine ignoriert sie. »Hattest du das schon mal, Maud?«

»N-Nein.« Sprechen ist immer noch anstrengend.

»Ist denn vielleicht etwas passiert, das dich in Panik versetzt hat?«

Mein Kopf antwortet mit einem Nicken.

»Willst du es uns erzählen?«

Noch ein Nicken meines Kopfes. »Jemand ... ein Mann ... er ... auf der anderen Seite ...«, stottere ich.

Christine sieht mich fragend an.

So geht es nicht. Ich atme noch einmal ganz tief ein.

»Gerade stand da ein Mann bei der Straßenbahn, der mich angestarrt hat«, bringe ich heraus.

»Hä? Ein Mann?« Christine bekommt große Augen. »Wie meinst du das? Einer, den du kennst?«

»Nein, ja, nein, ich ...«

Die Straßenbahn wird langsamer und hält an.

Eine Stimme sagt die Haltestelle an. Die Türen surren auf, und ein bedrohliches Vorgefühl nestelt sich in meinen Magen ein. Was, wenn der Kerl plötzlich hier einsteigt? Ich mache mich so klein, ich kann, will verschwinden, irgendwo sein, wo er mich nicht sehen kann. Ich beobachte die Zusteigenden: eine Mutter mit Kinderwagen, zwei Jungen, aber kein Mann in einem grauen Jogginganzug mit einer schwarzen Basecap.

»Maud?«, höre ich Christine fragen. »Bist du noch da?«

»Was?«

»Ich habe dich was gefragt.«

»Oh.«

»Geht's denn wirklich? Deine Hände zittern.«

Erstaunt schaue ich auf meine Hände. Wie von einer alten Frau, so heftig beben sie. Ich presse sie fest zusammen.

»W... was hast du gefragt?«, sage ich heiser.

»Dieser Mann ... kennst du ihn?«

»Nein.« Ich beiße mir auf die Lippe und muss mich zusammenreißen, damit ich nicht anfange zu heulen. »Aber ich habe ihn schon einmal gesehen. Letzten Mittwoch in der Schlange am Geldautomaten und danach im Vondelpark. Da hat er mich auch angestarrt.«

»Im Vondelpark?«, wiederholt Nicole. »Wie kann das denn sein? Du warst doch mit uns Kaffee trinken?«

»Ja«, seufze ich. »Aber ich bin durch den Park nach Hause gefahren.«

Sie runzelt die Stirn. »Warum hast du uns nicht früher von dem Mann erzählt? Wir sind doch Freundinnen.«

Sie nimmt es mir übel, das ist mehr als deutlich.

»Ich weiß nicht ...« Meine Stimme ist dünn wie Seidenpapier. »Bis vor fünf Minuten habe ich mir nichts dabei gedacht. Ich, äh, ich hatte es eigentlich schon wieder vergessen. Sorry ...«

»Mensch, ist doch egal. Ich bin froh, dass du es uns jetzt erzählst.«

Christine klingt, als wollte sie Nicoles Bemerkung wiedergutmachen. »Bist du sicher, dass es derselbe Mann ist?«

»Ja.« Ich nicke heftig. »Er trug wieder einen grauen Jogginganzug und eine schwarze Basecap.«

»Was genau hat er getan?«

»Er hat mich angestarrt, wie im Park.«

»Und dann?«

»Dann kam zum Glück die Straßenbahn.«

»Ist er auch eingestiegen?«

»Äh, nein.«

Wir schweigen. Plötzlich wünschte ich, ich könnte erzählen, er sei in die Straßenbahn gesprungen und ich sei im letzten Moment entkommen. Dann hätte mich Christine vielleicht nicht so mitleidig angeschaut.

»Hm«, höre ich Nicole sagen. Ich drehe mich zu ihr um. Ihr Gesicht ist wie eine Maske mit der dicken Make-up-Schicht. Plötzlich bricht die Maske auf, und ihr roter Mund grinst. »Du hast also einen Stalker«, sagt sie. »Ich dachte, so was hätten nur berühmte Leute.«

Vielleicht hätte ich in einem anderen Moment mit ihr lachen können, so in der Art von »Haha, ja, sehr witzig, so ein Stalker«. Aber jetzt nicht. Perplex starre ich sie an.

»Ja, tut mir leid«, sagt sie lachend. »Aber es gibt natürlich jede Menge Männer mit grauen Jogginganzügen.«

»Wie meinst du das?«, frage ich.

»Die ganze Stadt ist voller grauer Jogginganzüge. Ich wollte ja nicht tot darin gefunden werden, aber offenbar hält der Rest von Amsterdam es für *High Fashion*.«

»Du meinst also, ich stelle mich an?«, frage ich eisig ruhig. »Dass ich Dinge sehe, die nicht da sind?«

»Wie kommst du denn jetzt darauf?« Nicole macht ein empörtes Gesicht, als würde ich sie angreifen und nicht umgekehrt. »Ich sage nur, dass es mehr Männer in grauen Jogginganzügen gibt und dass du momentan nicht gerade in Bestform bist. Du bist müde und traurig ... Dann sieht man die Dinge schon mal ein wenig anders, oder?«

Wut steigt in mir auf. Am liebsten würde ich Nicole mitten ins Gesicht schlagen. Aber ich habe noch nie jemanden geschlagen. Und Christine sitzt neben mir.

»Was Nicole zu sagen versucht, ist, dass wir uns manchmal

schon Sorgen um dich machen. Das ist für dich echt eine heftige Zeit.«

Ihr Blick ist freundlich mit einem Anflug von Sorge darin. Aber ich will kein Mitleid, ich will, dass sie mir glaubt. Ich suche nach Verständnis in ihren Augen.

»Er verfolgt mich wirklich«, sage ich verzweifelt. »Du glaubst mir doch?«

Sie schaut zu Boden. »Natürlich glaube ich dir«, sagt sie leise.

Ich schweige.

»Ich glaube dir wirklich«, wiederholt sie.

Die Durchsage kündigt die nächste Haltestelle an, die Türen öffnen sich, und die Bahn wird leerer.

»Was soll ich machen? Was soll ich denn jetzt machen?«, jammere ich. Ich spüre ihren Blick auf mir.

»Hör zu, ich weiß, was du machst«, sagt Nicole plötzlich. Sie wirft ihre Locken zurück. »Das nächste Mal, wenn du diesen Kerl siehst, fotografierst du ihn mit deinem Handy. Und dann rufst du die Polizei an. Wetten, dass der sofort abhaut?«

Mir bleibt der Mund offen. Ein Foto! Dass ich darauf nicht selbst gekommen bin! Wie einfach kann es sein?

»So siehst du nicht gerade besonders intelligent aus!«, sagt Nicole und grinst.

»Oh.« Ich klappe den Mund zu.

»Himmel, was für eine gute Idee mit dem Foto«, sagt Christine.

»I know.« Nicole klimpert übertrieben mit den Wimpern. »Ich bin großartig.«

Ausnahmsweise vergebe ich ihr. »Das bist du wirklich«, sage ich.

»Warte, bis ich dir die Rechnung für diesen Tipp schicke.«

Wir grinsen alle drei.

»Lakritz?« Nicole zaubert eine spitze Tüte aus ihrer Tasche. Offenbar ist das Thema für sie beendet.

»Nein danke«, sagt Christine.

Ich schüttele den Kopf. Allein schon die Vorstellung verursacht mir Übelkeit.

»Dann nicht.« Nicole steckt sich zwei Lakritze auf einmal in den Mund. »Sollen wir für Lara Blumen besorgen?«, fragt sie schmatzend.

»Hast du denn Geld?«, fragt Christine. »Ich bin pleite.«

»Nein, aber vielleicht hat Maud ein paar Euro mit?«

Sie schauen mich hoffnungsvoll an.

»Sorry, aber ich kann schon seit ein paar Tagen kein Geld mehr abheben.«

Nicole zuckt die Schultern. »Dann eben nicht. Eigentlich ja auch schade ums Geld – Lara merkt es eh nicht.«

Von der Seite schaue ich sie forschend an. Ist das ihr Ernst?

»Kleiner Scherz«, grinst Nicole. »Guck nicht so.«

»Haha«, sage ich, ohne zu lachen.

Nicole wirft sich noch ein Lakritz ein. »Wisst ihr übrigens, wer mich gestern angerufen hat? Mees!«

Ein paar Sekunden bleibt es still.

»Oh, äh, Mees?«, sagt Christine, die ganz offensichtlich erst einmal umschalten muss.

»Yep.«

»Ach, das hatte ich nicht mehr erwartet. Was hat er gesagt?«

»Dass sein Telefon kaputt wäre und er deswegen meine Whats-Apps nicht gelesen hätte. Und surprise, surprise ... Er will sich mit mir verabreden.«

Seufzend lehne ich mich zurück. Was Mees gesagt hat, interessiert mich noch weniger als absolut nicht. Wir fahren unter dem Autobahnring durch, und ein Strom von Autos rast über uns hinweg. Könnte ich doch nur in eines dieser Autos einsteigen und davonfahren. Ganz weit weg von hier. Wir biegen um die Kurve.

Mit einem Ruck bleibt die Straßenbahn stehen. »Endstation«, sagt die Stimme des Fahrers. »Bitte alle aussteigen.«

Ich schlurfe hinter Nicole und Christine nach draußen. Die Türen der Straßenbahn schließen sich, und mit lautem Klingeln entfernt sich die 16.

»So«, sagt Nicole. »Da wären wir. Was jetzt?«

»Dort ist es«, sagt Christine. Sie zeigt zur anderen Seite der Straße.

Ich folge ihrem Finger. Alles ist grau. Der Bürgersteig, die Gebäude, der Himmel. Und überall sind Leute, die sich wie Ameisen auf den Eingang zubewegen. Ein Kleinkind mit einer Milchflasche in den Händen schaut mich von seinem Buggy aus an, ein alter Mann bewegt sich mühsam mit seinem Rollator voran. Vielleicht liegt ja seine Frau hier, und gleich schlurft er einsam wieder nach Hause. Am Taxistand geht es zu wie am Fließband: Menschen steigen ein und aus. Ich bin umringt von Kummer und Elend. Ich will hier nicht sein.

»Alles okay?«, fragt Christine leise.

Als ich keine Antwort gebe, fasst sie meine Hände.

»Maud? Sagst du mal was? Du wirst doch nicht wieder hyperventilieren?« Sie macht ein besorgtes Gesicht.

»Nein«, sage ich heiser.

»Zum Glück.« Sie schiebt ihren Arm durch meinen. »Wir lotsen dich irgendwie hier durch.«

»Himmel, was für ein deprimierender Ort.« Nicole verbirgt ihr Gesicht im Kragen ihrer Jacke. »Ich will eine Kippe.«

»Gleich.« Christine zieht sie mit zum Zebrastreifen. »Wenn wir bei Lara gewesen sind.«

»Du bist doch nicht meine Mutter«, murrt Nicole, aber sie folgt uns trotzdem.

Kapitel 15

Lara

Tot.

Dutzende Male habe ich das Wort schon wiederholt. Ich habe mir Reimwörter dazu ausgedacht – Kot. Rot. Not. Ich habe das Wort von hinten nach vorn buchstabiert: TOT. Und die Buchstaben untereinandergestellt:

T

O

T

In meinem Kopf knirscht es von all den Dingen, die ich mir ausgedacht habe. Aber ich lande immer wieder bei demselben: TOT.

Bin ich wirklich tot? Es fühlt sich so an, als wären meine letzten Momente auf Erden hinter eine dicke Wand gemauert. Ich erinnere mich nur an vage Dinge. Offenbar waren diese letzten irdischen Minuten so nichtssagend, dass sich mein Gedächtnis gar nicht erst die Mühe gemacht hat, sie zu speichern. Eine andere Erklärung fällt mir dafür nicht ein.

Hör auf zu grübeln, Lara! Das Warum ist egal. Tot ist tot.

Stimmt nicht!

Man könnte sich allerlei Ereignisse ausdenken, die meinen Tod um einiges sinnvoller machen würden.

Vielleicht bin ich ja ertrunken, weil ich ein Kind aus dem Wasser gerettet habe. Lara, die Heldin!

Wer weiß, vielleicht habe ich ja einen Bankräuber verfolgt, der mich schließlich ins Wasser gestoßen hat. Lara, die Mutige!

Aber ich will nicht tot sein, weil ich auf dem Rad telefoniert und nicht gut aufgepasst habe. Lara, der Nerd!

Wie es wohl war, zu ertrinken? Habe ich Angst gehabt, als das Wasser in meinen Mund eindrang? Habe ich um mein Leben gekämpft? Oder bin ich einfach weggeglitten wie eine Stoffpuppe? Irgendwo habe ich mal gelesen, Tod durch Ertrinken sei sehr angenehm. Die ersten beiden Minuten müssen zwar schrecklich sein, aber wenn die Lunge erst einmal voller Wasser ist, fängt man an zu halluzinieren. Und dann sinkt man langsam weg in eine Art schönen Traum.

Ich fange wieder an zu weinen, und mit jeder Träne werde ich durchsichtiger und leerer, bis nichts mehr von mir übrig ist.

Ich will nicht tot sein!

Ich habe noch längst nicht alles gemacht, was ich machen will. Kleinigkeiten, wie Gesangsunterricht nehmen oder das Buch auslesen, das ich gerade angefangen hatte. Und ich würde so gern noch einmal einen Schokoladenmuffin essen!

An die Liste mit meinen großen Träumen für später will ich gar nicht erst denken. Jetzt würde ich nie studieren, nicht bei Greenpeace arbeiten, nicht in die Zeitung kommen, weil ich etwas Besonderes getan hätte, kein Haus kaufen, keine Kinder bekommen, kein ... nichts mehr. Es war so selbstverständlich gewesen, dass nach jedem Tag ein neuer kam.

Welchen Sinn hat mein Leben gehabt?

Keinen einzigen.

Ja, doch, mein Leben hat einen Sinn gehabt, für meine Mutter. Hab ich ihr je gesagt, dass ich sie liebe? Ich weiß es nicht mehr.

Mama, ich liebe dich. Gemeinsam waren wir stark. Ich vergebe dir, dass du dich in diesen Arsch von Hans verliebt hast. Du warst so traurig ohne Papa, das weiß ich. Ich konnte dich nachts weinen hören, wenn du glaubtest, dass ich schlafe. Und ich wusste, dass du die Miete nicht bezahlen konntest mit deinen Bildern. Und da hast du bei einer Ausstellung deiner Bilder Hans getroffen. Er war nett zu dir und hat deine Mietschulden übernommen. Er hat gesagt, deine Sorgen hätten ein Ende – er wusste immer genau, was er sagen musste.

Wenn ich wirklich tot bin – wo ist dann mein Körper? Zu Hause, in meinem Zimmer? Oder in so einem unheimlichen Leichenschauhaus, wo ich zwischen all den anderen Toten einen Platz gefunden habe? Vielleicht bin ich schon begraben? Schließlich habe ich keine Ahnung, wie lange ich schon hier in der Dunkelheit liege. Ich versuche mir vorzustellen, dass ich unter der Erde bin, in meinem weißen Sommerkleid, das Mama immer so gut an mir gefallen hat. Wahrscheinlich trage ich dann auch meine roten Stiefeletten. Meine Hände sind gefaltet, und meine Augen geschlossen. Hoffentlich hat mich kein Begräbnisunternehmer geschminkt, das sieht in Filmen immer so blöd aus. Als hätten Tote immer blauen Lidschatten aufgetragen und viel zu rote Wangen. Es wäre schön, wenn mir Mama ein paar Dinge in den Sarg gelegt hätte: ein paar Bücher, mein altes Kuscheltier Doopy, eine Taschenlampe für den Fall, dass ich im Dunkeln Angst bekäme. Denn es ist pechschwarz hier im Sarg. Und sehr kalt und einsam.

Ich werde panisch – die Dunkelheit lastet auf mir wie ein Berg nasser, kalter Schlamm. Holt mich hier raus! O Gott, bitte, holt mich aus dieser Finsternis! Ich will nicht, dass meine Zehen abfallen und ich von Würmern aufgefressen werde. Ich will nicht wie eine Mumie verschrumpeln.

Hör auf damit! Das ist sinnlos, denk an etwas anderes!

Bobby.

Wie Ertrinkende schwimmen meine Gedanken zu seinem Namen.

Bobby konnte mich immer zum Lachen bringen. Als ich einmal Grippe hatte, hat er mir jede Menge Mandarinen durch den Briefkastenschlitz geworfen – die ganze Diele lag voll davon. Das war witzig. Denk dir noch was aus.

Bobby wollte in den Weihnachtsferien gern zum Skifahren mit mir. Er wollte mein Flugticket bezahlen und das Hotel. Ich bin vor Freude in die Luft gesprungen, als er mir das erzählte. Mit wem würde er jetzt fahren? Einem Freund?

Sei nicht blöd! Natürlich fährt er nicht Ski, wenn du tot bist.

Tot.

Kenne ich Leute, die tot sind? Ja, ein Mädchen aus meiner Grundschule, die an Leukämie starb. Florine, Feline, Fleur ... Fleur Bosman! Ich habe einmal bei ihr zu Hause gespielt. Aber nach ihrem Tod habe ich eigentlich nie wieder an sie gedacht.

In ein paar Jahren werden die Leute auch dich vergessen haben.

Nein!

Mama heiratet Hans, und vielleicht bekommt sie noch ein Kind von ihm.

Nein! Nein!

Bobby verliebt sich in ein anderes Mädchen, sie heiraten, und mein Name wird eine vage Erinnerung.

Nein! Nein! Nein! Ich bin nicht tot!

»Fass mich nicht an!«

Die Stimme kommt so hart und unerwartet aus dem Dunkel, dass ich wahrscheinlich an einem Herzinfarkt gestorben wäre, wenn ich nicht schon tot wäre. Erschrocken schaue ich mich um. Wer sagt das? Ist da jemand?

»Fass mich nicht an!«

Wieder diese Stimme, lang gezogen und nicht zu erkennen. Ich habe das Gefühl, kopfüber in die Dunkelheit zu taumeln. Im Höllentempo falle ich durch das schwarze Nichts. Alles in mir schreit um Hilfe.

»Fass mich nicht an!«

Die Worte sind so nah, vielleicht existieren sie ja nur in meinem Kopf. Die Dunkelheit schlägt Wellen, plötzlich steigen Bilder auf. Ich sehe mich auf einer Bank sitzen, Panik in den Augen. Ganz langsam stehe ich auf und gehe durch einen Gang. Alles bewegt sich: die Wände, der Boden, die Lampen. Über die Decke huschen finstere Schatten. In der Ferne höre ich, wie sich eine Tür öffnet, und ich weiß, dass ich mich beeilen muss. Ich habe nicht mehr viel Zeit.

Die Bilder erlöschen, und die Dunkelheit umschließt mich wieder wie ein Gefängnis.

Angst kriecht in alle Ecken und Winkel meines Kopfes. Ist das wirklich passiert, oder habe ich einen Kurzschluss im Hirn? Bin ich verrückt geworden?

»Hier ist es.«

Wieder eine Stimme. O mein Gott, was passiert jetzt mit mir?

Ruhig, das ist eine andere Stimme. Freundlicher. So eine habe ich schon einmal gehört, auf der anderen Seite der Dunkelheit. Aber jetzt kann ich die Worte verstehen. Das ist ein gutes Zeichen! Kommt und holt mich, bitte, flehe ich. Bringt mich auf eure Seite. Lasst mich hier nicht allein, ich habe so große Angst – auf meiner Seite hier passieren die schrecklichsten Dinge.

»Lara.«

In dem Moment, in dem mein Name ausgesprochen wird, bricht mir das Herz. Ich weiß, wer das sagt: meine allerliebste Maud.

Kapitel 16

Maud

»Hier ist es«, sagt Christine leise.

»Lara«, flüstere ich heiser.

Wir betreten ein typisches Krankenhauszimmer: hellgrünes Linoleum, ein Waschbecken in der Ecke hinter einem Metallschrank, eine Vase mit gelben Tulpen auf der Fensterbank, ein paar Karten an einer Pinnwand, der Geruch von Desinfektionsmitteln. Das leise monotone Rauschen der Klimaanlage schluckt alle Außengeräusche. Würde auf der Straße ein Krieg ausbrechen, bekämen wir es in diesem Zimmer vermutlich nicht mit. Das ist eine Welt in einer Welt. Und in der Mitte dieser Welt steht ein Bett. Laras Bett.

Wie versteinert starre ich zu ihr hinüber. Sie wirkt sehr klein und weiß zwischen den Laken. Ihre langen blonden Haare liegen wie ein Fächer aus Algen auf dem Kissen. Es ist, als hätte das Kanalwasser alle Farbe aus ihrem Gesicht gezogen. Aus Mund und Nase ragen zwei Schläuche. Der aus ihrem Mund läuft zu einem Gerät mit einem Sauger, das sich hebt und senkt. Das Laken auf ihrer Brust bewegt sich im gleichen Rhythmus mit.

Ich will zu ihr laufen und ihre Hand festhalten, ihr sagen, wie sehr sie mir fehlt, aber meine Beine bewegen sich nicht. Plötzlich ist mir so schrecklich warm. Der Kragen meines Pullis drückt mir die Luft ab, mein Atem pfeift und rasselt, das Zimmer beginnt sich zu drehen.

Eine Hand fasst nach meinem Arm.

»Ruhig«, sagt Christine. »Einatmen, ausatmen, weißt du noch?«

Ganz tief atme ich ein, und die Luft füllt meine Lunge. Langsam atme ich wieder aus. Das Krankenzimmer dreht sich schon ein wenig langsamer. Eins, zwei einatmen, eins, zwei ausatmen. Alles steht wieder an seinem Platz.

»Geht es wieder?«, fragt Christine.

Ich nicke.

»Ihr dürft sie ruhig anfassen«, sagt eine Stimme hinter uns.

Erschrocken schaue ich mich um. Auf der Türschwelle steht eine Krankenschwester. Sie hat ein freundliches, offenes Gesicht, und sie ist rund wie ein Apfel.

»Seid ihr ihre Freundinnen?«, fragt sie lächelnd, und in ihren dicken Wangen zeigen sich Grübchen.

»Ja«, antwortet Christine. »Wir gehen in die gleiche Klasse.«

»Wie nett, dass ihr vorbeikommt«, sagt sie und nickt. »Das wird Lara freuen.«

»Äh, ja, sicher.« Nicole schaut sie an, als wäre sie verrückt.

Die Krankenschwester watschelt zu Laras Bett. Sie heißt Joyce, lese ich auf ihrem Namensschild.

»Mal sehen, ob alles noch funktioniert. Ach, seht ihr – eure Freundin hat Durst. Zeit für eine neue Infusion.« Joyce nimmt einen leeren Beutel von einem Metallgestell neben Laras Bett und zieht einen neuen aus ihrer Tasche. »Das Mädchen ist ja ein richtiger Schluckspecht. Das ist schon der dritte Beutel heute.«

»Wem erzählt sie das«, flüstert Nicole. »An der Bar trinkt sie mich auch immer unter den Tisch.«

Ich könnte vor Scham im Boden versinken. Wie kann sie hier bloß so was sagen?

»Hast du was gesagt?« Joyce dreht sich lächelnd um.

»Nein, nein«, sagt Nicole. »Ich wollte nur wissen, wie spät es ist.«

»Halb zwei«, antwortet Joyce.

Schweigen tritt ein. Die Krankenschwester runzelt die Augenbrauen, als hätte sie durchschaut, dass Nicole sie veräppelt, und ich hoffe inständig, dass Nicole ausnahmsweise mal ihren vorlauten Mund hält.

Christine räuspert sich. »Wissen Sie eigentlich, ob Lara uns hören kann?«

Joyce lächelt wieder, sehe ich erleichtert.

»Das ist eine interessante Frage«, sagt sie. »Ich denke schon, dass sie etwas davon mitkriegt. Aber viele Ärzte behaupten, Komapatienten könnten keine Reize von außen registrieren.«

»Könnte sie plötzlich die Augen aufschlagen?«, fragt Nicole.

»Wie im Film?« Joyces Lächeln ist jetzt so breit geworden, dass ihre Mundwinkel fast in ihren dicken Backen verschwinden.

»Äh, ja.«

»Damit würde ich nicht rechnen, Mädchen. Wir sehen allerdings oft, dass Komapatienten ganz langsam aus ihrem Zustand erwachen. Häufig treten erst ein paar unwillkürliche Reaktionen auf, wie ein Augenzwinkern, oder plötzlich bewegt sich ein Finger. Ganz selten öffnet ein Patient die Augen und steht auf, als wäre nichts gewesen.«

»Aber Lara wird doch wieder gesund, oder?«, fragt Christine leise.

Joyce senkt die Mundwinkel, und ihre Lippen formen einen schmalen Strich. »Das musst du ihren behandelnden Arzt fragen. Tut mir leid, dazu kann ich nichts sagen.«

Sie geht zur Tür. »Ich lasse euch mal mit ihr allein.« Mit einem freundlichen Nicken verschwindet sie auf den Gang.

»Was für eine Tante«, sagt Nicole. »Weißt du, Chris, ich verstehe einfach nicht, dass du in die Krankenpflege willst. Dann wirst du wie diese Joyce, dick, alt und hässlich!«

Christine seufzt. »Ich fand sie nett. Kommt, setzen wir uns zu Lara, deswegen sind wir schließlich hier.«

»Ich mach mich vom Acker«, sagt Nicole.

»Hä?«

»Ich habe ganz vergessen, dass ich Krankenhäuser nicht ausstehen kann. Schon allein die Luft! Noch einen Augenblick, und ich falle um. Sorry, aber ich brauche 'ne Kippe!«

Nicoles Gesicht ist weiß, und sie starrt uns störrisch an.

»Aber ...?«, stammelt Christine.

»Ciao, ich sehe euch draußen.« Mit großen Schritten läuft sie davon.

»Na ja«, murmele ich, »die ist ja wohl ein bisschen durchgeknallt.«

»Lass sie nur«, sagt Christine und seufzt tief. »Wenn sie wirklich nicht will, können wir sie ja schlecht zwingen.« Sie nimmt meine Hand. »Sieh es positiv: Es ist deutlich ruhiger so ohne Nicole, meinst du nicht auch?«

Ich nicke.

Wir gehen zu Lara und setzen uns auf die Stühle neben ihrem Bett. So saß ich auch neben meiner Oma, als sie im Krankenhaus aufgebahrt war. Der einzige Unterschied ist, dass sich Laras Brustkorb noch hebt und senkt.

Christine nimmt Laras Hand. »Wie geht es dir?«, sagt sie. »Du fehlst uns in der Schule. Es ist so langweilig ohne dich.«

Die Worte klingen so natürlich, als würde sie sich ganz normal unterhalten. Ich wünschte, das könnte ich auch. Aber ich traue mich nicht einmal, Lara ins Gesicht zu schauen. Ich halte mich an der eisernen Bettumrandung fest und habe einen Mordsbammel, Lara könnte sich kalt anfühlen. Ich habe Angst, dass sie plötzlich aufhört zu atmen. Ich habe eine Riesenangst vor ihr.

Das grüne Krankenhausnachthemd schlägt bei jedem Atemzug Falten. Es sieht fast so aus, als hätte das grüne Hemd Lara verschluckt. Skinny Jeans weg, Lederjacke weg, Lara weg.

»Na los«, sagt Christine. »Fass sie ruhig an.«

Mir stockt der Atem. Ich habe das Gefühl, ich müsste einen Test machen: Wie groß ist die Freundschaft zwischen mir und Lara? Meine Hand schwebt in der Luft. Wo war ich, als sie mich wirklich brauchte? Was bin ich für eine Freundin, dass ich sie nicht früher besucht habe?

Christine nickt.

Ich schließe die Augen und berühre Laras Arm. Sie fühlt sich warm an und weich. Sie fühlt sich an wie Lara.

»Oh Lara«, sage ich kaum hörbar, und eine Träne rollt über meine Wange.

Meine Finger streicheln ihren Arm. Sie ist wie eine Puppe, eine schöne, leblose, warme Puppe.

»Es tut mir leid«, murmele ich. »Es tut mir so leid.«

Ich kann nicht aufhören, sie zu streicheln.

Hinter uns öffnet sich die Tür. Joyce kommt ins Zimmer.

»Die Besuchszeit ist gleich vorbei, meine Damen«, sagt sie. Sie lächelt und hat sich schon fast wieder umgedreht, aber da fällt ihr wohl noch etwas ein.

»War Lara in der Schule auch so beliebt?«, fragt sie.

»Wie meinen Sie das?«, fragt Christine.

»Diese junge Dame bekommt an einem Tag mehr Besuch als alle anderen Patienten in einer Woche. Gerade war auch schon jemand bei ihr.«

»Wirklich?«, fragt Christine.

»Ja«, sagt sie. »Ich habe gesehen, wie er aus dem Zimmer kam, kurz vor eurem Besuch. Seid ihr ihm nicht begegnet?«

»Wie sah er aus?«, fragt Christine.

Joyce zuckt die Schultern, und ihr ganzer Oberkörper bewegt

sich mit. »Das weiß ich nicht mehr, Mädchen. Ich erinnere mich nur noch, dass er eine Basecap trug. Idiotisch, so was in einem Krankenhaus zu tragen. Die Mode heutzutage, ich kann's nicht nachvollziehen.«

Meine Kehle wird so eng, dass ich kaum Luft kriege.

»War die Basecap schwarz?«

Ihr Kopf nickt bestätigend.

»Und trug er vielleicht einen grauen Jogginganzug?«, frage ich heiser.

»Ja, ja, jetzt, wo du es sagst! Er hatte tatsächlich einen grauen Jogginganzug an.« Sie lächelt. »Seht ihr, dann seid ihr ihm doch begegnet.«

Kapitel 17

Maud

»Ja?« Die Frau am Schalter schaut mich nicht an, sondern starrt weiterhin auf ihren Bildschirm.

Es klingt so unfreundlich und desinteressiert, dass ich einen Moment lang nicht weiß, was ich sagen soll.

Nicole gibt mir einen kräftigen Schubs und zischt: »Jetzt mach schon.«

»Äh, oh ja, ich möchte etwas anzeigen«, sage ich.

Keine Reaktion. Ihre Finger fliegen über die Tastatur. Versteht sie mich vielleicht nicht?

»Anzeige erstatten, so heißt das doch, wenn man ... wenn man etwas zur Anzeige bringen will?«

»Was willst du anzeigen?« Sie schaut immer noch nicht auf.

»Einen ... äh, Mann.«

»Einen Mann?« Einer ihrer Mundwinkel zuckt leicht, als würde sie mich auslachen. »Da müsstest du schon ein wenig deutlicher werden, Mädchen.«

Sie dreht sich um, rollt mitsamt Stuhl zum Drucker, und ich betrachte jetzt ihren Rücken und ihre braunen Haare, die zu einem Knoten gesteckt sind. Würde sie sich auch so verhalten, wenn ich ihr erzählte, dass jemand ermordet wurde? Fast hätte ich Lust, es zu testen.

»Dieser Mann ...«, sage ich leise. »Er war im Vondelpark. Und danach an der Haltestelle. Und dann im Krankenhaus.«

Der Stuhl rollt wieder zurück. »Wo sind die Etiketten?«, murmelt sie.

Nicole stützt die Ellbogen auf den Tresen und sagt laut: »Hören Sie, meine Freundin wird schon seit ein paar Tagen von einem Typen verfolgt. Einem Stalker. Vielleicht will er ihr ja was antun.«

»Oh.« Der Kopf der Frau fährt mit einem Ruck hoch. Endlich sehe ich ihre Augen, grau mit einem kleinen braunen Rand. »Ein Stalker, sagst du? Himmel, das kann einen ganz schön erschrecken. Gut, dass du Anzeige erstatten willst.«

Sie lächelt.

Ich müsste froh sein, dass ich jetzt endlich ihre Aufmerksamkeit habe, aber ich fühle mich wie ein kleines Kind, das nicht in der Lage ist, seine Angelegenheiten selbst zu regeln.

»Wie heißt du?«, fragt die Frau.

»Maud.«

»Und mit Nachnamen?« Ganz langsam notiert sie meine Daten. »Ihr könnt dort hinten warten.« Sie zeigt zu einer Reihe grauer Klappstühle. »Dann werdet ihr gleich abgeholt.«

Wir setzen uns. An der weißen Wand vor uns hängen ein Regal voller Prospekte und eine Uhr, die langsam die Sekunden wegtickt. Irgendwie erwarte ich, dass mich augenblicklich jemand abholt, aber es kommt niemand. Auf der Polizeiwache ist es so still, dass ich den Verkehr von draußen hören kann. Offenbar gibt es wichtigere Dinge als meinen Stalker. Ich weiß nicht, ob ich mich darüber ärgern oder freuen soll.

Christine lächelt ermutigend. »Bestimmt kommt gleich jemand.«

Ich nicke. »Danke, dass ihr mitgegangen seid, ich darf nicht daran denken, dass ich hier allein sitzen müsste.«

»He, das ist doch selbstverständlich. Dafür sind wir doch Freundinnen.«

Nicole schaut auf ihre Uhr. »Shit, ich habe um vier eine Verabredung. Die muss ich einhalten, sonst habe ich ein Problem.«

»Mit wem denn?«, fragt Christine.

»Nur so, mit jemandem. Nichts Wichtiges.« Nicole schließt die Augen und lehnt sich zurück. »Seid ihr auch so müde?«

Christine zuckt die Schultern. »Geht so.«

Auf der Uhr ist der Sekundenzeiger wieder oben angekommen. Fünf Minuten sind verstrichen, sehe ich.

»Ich verstehe nicht, dass sie hier keine Zeitschriften haben.« Nicole hat die Augen wieder offen und schaut sich suchend um. »Wo sind die Cosmos und Elles? Lesen Gangster vielleicht keine Illustrierten?«

Sie wirft noch einen Blick auf ihre Uhr. »Wenn sie sich nicht ein bisschen beeilen, hau ich ab.«

»Jetzt sei doch mal still«, sagt Christine. »Du machst mich wahnsinnig. Du kommst mir vor, als hättest du ADHS. Vielleicht solltest du ...«

»Wer von euch ist Maud?«, unterbricht uns eine Männerstimme.

»Äh, das bin ich«, sage ich.

»Jack Doornbos«, stellt er sich vor.

Er trägt eine graue Hose mit einem weißen Hemd. Eigentlich trägt mein Vater genau die gleichen Sachen bei seiner Arbeit.

»Kommst du mit?«, fragt er.

Den Gedanken, mit ihm allein zu sein, finde ich plötzlich sehr unangenehm. »Dürfen meine Freundinnen mit?«, frage ich schnell.

Er kneift die Augen zusammen. Die Falten auf seiner Stirn werden tiefer.

»Nun, das ist eigentlich nicht üblich. Es sei denn, sie haben wichtige Informationen.«

»Die haben wir«, sagt Nicole und steht auf. »Wir sind Zeugen.«

»Zeugen?«, wiederholt Doornbos ungläubig.

»Ja, wir haben den Stalker auch gesehen. Oder zumindest sind wir in derselben Umgebung gewesen wie ihr Stalker. Also sind wir sozusagen Zeugen. Umgebungszeugen, verstehen Sie?«

»Umgebungszeugen? Der Begriff ist mir neu.«

Doornbos' Falten werden jetzt so tief, dass ich seine Augen kaum noch erkennen kann. Plötzlich lächelt er, wodurch alles wieder glatt ist. »Ach, warum nicht. Es ist Wochenende. Dann kommt mal alle mit.«

Wir folgen ihm durch den Gang.

»Er kann doch nicht wissen, dass ich mal eine Tüte Süßigkeiten im Supermarkt geklaut habe?«, zischt Nicole. »Sonst werde ich vielleicht noch bestraft.«

»Halt den Mund«, zischt Christine zurück.

Doornbos öffnet eine Tür mit einem Schild, auf dem steht: Verhörraum 3. Es ist ein kleiner Raum mit einem Tisch und vier Stühlen. An der Wand hängt ein Spiegel. Ob sich dahinter eine Kamera verbirgt? Plötzlich habe ich das Gefühl, selbst verdächtig zu sein. Zögernd trete ich über die Schwelle.

»Setzt euch«, sagt Doornbos.

Christine und Nicole setzen sich nebeneinander, wodurch ich gezwungen bin, mich neben Doornbos zu setzen. Ein wenig unbehaglich rutsche ich auf dem Stuhl herum.

Er lächelt. »Also, Mädchen, erzähl mal. Was führt dich zu uns?«

»Ich habe einen Stalker«, sage ich.

»Wie unangenehm.«

Wahrscheinlich sagt er das aus reiner Höflichkeit, denn ich sehe nicht die Spur von Besorgtheit in seinem Gesicht.

»Und wie oft hat dich dieser Stalker schon gestalkt?«, fragt er.

»Äh, zweimal. Oder nein, eigentlich dreimal. Aber das letzte Mal im Krankenhaus habe ich ihn nicht selbst gesehen.«

»Hm.«

Ich höre ihn fast denken: zweimal? Das ist doch kein Stalker?

Mit aller Überzeugungskraft, die in mir steckt, rattere ich: »Der Typ will was von mir. Es kann kein Zufall sein, dass ich ihm immer wieder begegne. Im Park waren zum Glück noch andere Leute. Aber wer weiß, irgendwann bin ich mal allein. Und dann ... und dann ... dann passiert vielleicht etwas ganz Schlimmes mit mir. Sie müssen etwas tun, bevor es zu spät ist.«

Stille. Unter seinem Auge zittert etwas. Einen Moment glaube ich, dass er den Ernst meines Falls nicht sieht, aber dann fängt er an zu lachen.

»Hoho, nur ruhig, Mädchen. Ich komme nicht mit, du redest noch schneller als meine sechsjährige Enkelin. Lass uns noch einmal ganz von vorn anfangen. Wann hast du diesen Mann zum ersten Mal gesehen?«

Perplex starre ich ihn an. »Ich habe den Mann am Mittwoch zum ersten Mal im Vondelpark gesehen«, sage ich, schärfer als beabsichtigt.

»Und was ist da im Park passiert?«

Ganz langsam und deutlich erzähle ich die Geschichte. Dass der Mann mich im Park verfolgte und erst verschwand, als ich der Gruppe Chinesen begegnete. Und dass er heute bei der Straßenbahn stand und anschließend offensichtlich im Krankenhaus gewesen war. So genau wie möglich versuche ich, sein Äußeres zu beschreiben.

»Hast du eine Ahnung, wie alt er sein könnte?«, fragt er.

»Nein.« Ich schüttele den Kopf. »Sein Gesicht bleibt immer im Schatten seiner Cap. Aber ich glaube, er ist Ende zwanzig, Anfang dreißig. Aber vielleicht ist er auch vierzig oder fünfzig. Oder doch viel jünger, Anfang zwanzig. Ich weiß es eigentlich nicht.«

Doornbos legt die Hände auf den Tisch. »Wir suchen also einen Mann zwischen zwanzig und fünfzig mit einem grauen Jogginganzug und einer schwarzen Baseballcap, oder sehe ich das falsch?«

»Äh, ja, genau.«

»So wirklich leicht machst du es uns nicht, junge Dame.« Er seufzt. »Erzähl uns jetzt doch einmal, weshalb du denkst, dass dieser Mann dir etwas antun will.«

»Es ist ... Er ... Es ist doch nicht normal, dass er mir immer folgt?«

»Aber hast du einen Beweis? Hat er etwas gemacht? Hat er dich angesprochen oder beschimpft?«

»Nein.« Meine Stimme klingt unsicher.

Seine Finger trommeln auf die Tischplatte. Seine Stirn ist gerunzelt. »Es muss dir eine Menge Angst einjagen, dem Mann immer wieder zu begegnen.«

Ich nicke.

Wieder wird es still.

»Was machen Sie denn jetzt?«, fragt Nicole plötzlich.

»Bitte? Ich glaube, ich verstehe dich nicht ganz«, sagt Doornbos lächelnd. »Was soll ich denn machen?«

»Nun, Sie haben sich doch sicher etwas überlegt, wie man den Stalker fassen kann?«, sagt Nicole. »Sie können Maud doch nicht einfach so nach Hause gehen lassen? Sie hat Todesangst. Und wir übrigens auch.«

Ich räuspere mich, sehe Nicole an und versuche ihr mit Blicken deutlich zu machen, dass sie sich raushalten soll! Aber dagegen ist sie ziemlich immun.

»Bekommt der Kerl ein Verbot, sich in bestimmten Straßen aufzuhalten?«, fährt sie fort.

Doornbos' Lächeln wird breiter. »Du hast zu viele Krimiserien gesehen. Ein solches können wir nur aussprechen, wenn jemand wirklich etwas gemacht hat und wenn wir den Täter kennen. Aber deine Freundin hat keine Ahnung, wer sie verfolgt.«

»Im Film endet die weibliche Hauptrolle meist in einem Leichensack«, sagt Nicole schnaubend.

Ich werde knallrot und starre auf die Tischplatte.

Warum sagt sie das alles?

»Leider können wir nicht viel machen«, höre ich Doornbos sagen.

»Wieso nicht?«, fragt Nicole.

»Weil nichts Konkretes passiert ist«, sagt er in belehrendem Ton. »Natürlich ist das alles sehr unangenehm für Maud, aber dieser Mann hat nichts verbrochen. Er ist zweimal an einem Ort gewesen, an dem sie auch war. In keinem Gesetzbuch steht, dass das strafbar wäre.«

»Ihr macht also erst etwas, wenn sie als Leiche im Straßengraben liegt?«, fragt Nicole halsstarrig.

Am liebsten wäre ich aufgesprungen und weggelaufen. Ich will nicht mehr, dass Nicole und Doornbos über mich reden, als wäre ich selbst nicht anwesend. Wütend starre ich sie an, aber sie merkt es immer noch nicht.

»Na, na, so schnell wird das schon nicht passieren«, sagt Doornbos. »Vielleicht ist es ja auch einfach ein junger Mann, der ein Auge auf sie geworfen hat. Es wäre nicht das erste Mal, dass ein Stalker sich als Verehrer herausstellt.«

Wieder Schweigen.

»So, liebe Leute, ich muss los.« Er drückt sich vom Stuhl hoch. »Vielleicht könnt ihr …«

»Meine Freundin hat einen Unfall gehabt und liegt im Koma im Krankenhaus«, rutscht mir plötzlich heraus – ich weiß auch nicht, warum ich das sage.

Doornbos verharrt über seinem Stuhl. »Ach?«

»Ja! Und jetzt werde ich plötzlich von einem Mann verfolgt, der auch noch im Krankenhaus bei ihr auftaucht. Es muss einen Zusammenhang geben«, fahre ich fort.

Reglos schaut er mich an. Auch Nicole und Christine rühren sich nicht.

Mit zitternder Stimme fahre ich fort: »Vielleicht müssen Sie ihren Unfall noch einmal untersuchen. Ich glaube, dass dieser Mann etwas damit zu tun hat. Jemand hat sie absichtlich ins Wasser gestoßen.«

Meine Kehle zieht sich zu, als ich das sage. Meine ich das ernst? Es scheint, als würde mein Mund ein Eigenleben führen.

Die Wanduhr tickt und tickt. Es dauert eine Weile, bevor Doornbos antwortet. »Das ist keine Kleinigkeit, was du da sagst. Ich werde mir ihren Fall noch einmal anschauen, wenn es dich beruhigt, okay?«

»Ja«, sage ich mit rauer Stimme.

»Wann machen Sie das denn?«, fragt Nicole.

»Nicht jetzt.« Er lächelt und wirft einen Blick auf seine Uhr. »Leider muss ich jetzt wirklich weg.«

»Sie heißt Lara Willemsen«, sage ich.

»Bitte?«

»Meine Freundin heißt Lara Willemsen. Wenn Sie ihren Namen nicht kennen, können Sie auch ihre Akte nicht finden.«

Er sieht mich an, als würde ich ihm eröffnen, er sei durchs Examen gefallen. »Ja, ja, natürlich. Lara Willemsen. Den Namen behalte ich.«

Ich glaube ihm kein Wort.

Doornbos geht zur Tür. »Es war mir wirklich ein Vergnügen, meine Damen. Aber ruft das nächste Mal doch bitte vorher kurz an, wenn ihr vorbeikommen möchtet, dann sorge ich dafür, dass ich mehr Zeit habe.«

Er geht mit uns zum Ausgang. Offenbar befürchtet er, wir blieben heimlich auf der Polizeiwache.

»Dann noch ein schönes Wochenende«, sagt er lächelnd. »Genießt es, dass ihr noch so jung seid, und macht einen drauf.«

Mir fällt keine passende Antwort ein und Nicole und Christine offenbar auch nicht, denn sie schweigen.

Doornbos dreht sich um, und die Schiebetüren schließen sich hinter ihm. Wir sehen uns an.

»Was für ein arroganter Idiot«, sagt Nicole. »Er tat gerade so, als wären wir ein Haufen Kleinkinder.«

»Wahrscheinlich hatte er ja auch eine Menge zu tun«, sagt Christine und zuckt die Schultern.

»Verteidigst du den dummen Arsch auch noch?«, schnauzt Nicole, während sie sich eine Zigarette anzündet. »Das wird ja immer schöner!«

»Nein, natürlich nicht«, sagt Christine. »Aber vielleicht hätten wir wirklich besser einen Termin vereinbaren sollen.«

»Hmpf, ganz bestimmt.« Nicole bläst den Rauch durch die Nasenlöcher aus.

»Du hättest dich nicht einmischen sollen«, sage ich zu Nicole.

Sie hört nicht zu. »Und hässlich war er auch noch. Und alt. Und er hatte einen Schnurrbart. Schnurrbärte sind so eklig und so Achtzigerjahre!«

»Du hättest dich nicht einmischen sollen«, sage ich nochmals.

»Hä, was?« Sie dreht sich zu mir um. »Ja, sorry, aber der Typ hörte einfach nicht zu. Sonst säßen wir jetzt noch da!« Sie kramt in ihrer Jackentasche. »Shit, habe ich mein Handy verloren? Das kann doch nicht sein! Ah, da ist es.«

»Meinst du wirklich, der Mann aus dem Vondelpark könnte etwas mit Laras Unfall zu tun haben? Und dass es Absicht war?«, fragt Christine.

Ich sehe sie an und bemerke jetzt erst, wie müde sie aussieht. Blass, mit dunklen Ringen unter den Augen.

»Ich weiß es nicht«, sage ich leise. »Ich weiß es wirklich nicht.«

Sie nickt nachdenklich.

»Das war jedenfalls ein brillanter Einfall von dir«, sagt Nicole und checkt ihr Handy. »Ich meine, natürlich hat der Typ nichts damit zu tun. Wie kommst du denn darauf? Aber du hast den Doornbos gut kalt erwischt.«

Schweigend starre ich sie an.

»Hört mal, ich muss los, sonst verpasse ich meine Verabredung.« Sie schnipst ihre Kippe weg. »Kommt ihr mit zur Straßenbahn?«

»Ja«, sagt Christine. Aber sie macht ein Gesicht, als sei sie mit ihren Gedanken ganz woanders.

Kapitel 18

Maud

»Willst du ein Frühlingsröllchen, Maud?«

Meine Mutter hält mir eine Plastikschale vom Chinesen vor die Nase. Ein fettiger Frittiergeruch steigt daraus auf.

»Nein«, sage ich schnell. »Ich nehme lieber Reis und Gemüse.« Die Schale schwenkt weg.

»Gib es ruhig mir«, sagt David. »Ich liebe die Dinger.« Er kippelt mit seinem Stuhl.

»Nicht«, sagt meine Mutter, »sonst fällst du noch.« Sie legt die Frühlingsrolle auf seinen Teller.

»Lecker.« David zerhackt sie mit seinem Messer. Fett tropft auf seinen Teller, und fast muss ich würgen.

»Bitte.« Mein Vater reicht mir eine Schale Gemüsestückchen in durchsichtiger Sauce.

Am liebsten würde ich nichts essen, aber ich weiß, dass meine Mutter dann anfängt zu nerven. Also nehme ich mir ein winziges bisschen. Ich pikse eine Sojasprosse auf und beiße ein Stück davon ab. Es schmeckt salzig und nach Fett. Am liebsten würde ich das Stück wieder ausspucken und mir den Mund spülen, bis ich nichts mehr davon schmecke.

Als ich am Mittag von der Polizeiwache zurück war, habe ich mir wieder den Finger in den Hals gesteckt. Zum Glück war niemand zu Hause. Es war, als würde ich platzen, wie eine Leitung, auf der zu viel Druck war. Zitternd habe ich die Kloschüssel umarmt. *Laras Unfall war kein Unfall. Laras Unfall war kein Unfall.* Der Satz kreiste ständig durch meinen Kopf. Den Rücken an die Wand gelehnt, habe ich mich auf den kalten Fliesenboden gesetzt, die Finger auf die Ohren gedrückt und ganz laut angefangen zu summen, bis ich den Satz nicht mehr hören konnte.

»David hatte in Griechisch die beste Note der ganzen Unterstufe«, sagt meine Mutter, während sie ein winziges Stück von ihrer Frühlingsrolle schneidet und es geräuschlos in den Mund steckt. »Er darf mit auf die Studienreise nach Athen.«

»Toll!«, sagt mein Vater mit vollem Mund. Es ist der erste Abend in dieser Woche, an dem er zu Hause isst.

»Seine Lehrerin meinte, es sei eines der besten Ergebnisse, das sie je gesehen hat. Die Prüfung scheint wirklich schwierig zu sein.«

Wieder verschwindet ein Bissen Frühlingsrolle im Mund meiner Mutter.

»Maud, gibst du mir mal den Reis?«, fragt mein Vater.

»Hä?«

»Den Reis.« Er nickt zur Schale hinüber.

»Oh.« Ich reiche sie ihm.

»Danke dir.« Er schöpft sich einen Reisberg auf den Teller. »Findest du das nicht klasse von deinem kleinen Bruder? Ein richtiger kleiner Professor, was?«

»Ja«, antworte ich.

»Hast du keinen Hunger?« Meine Mutter wirft einen Blick auf meinen Teller.

»Oh, doch, doch.«

Sie schaut mich unverwandt an.

Damit sie mit diesem Starren aufhört, nehme ich einen Bissen. Ich habe das Gefühl, dass die Reiskörner in meinem Hals quer stecken. Sie sieht mich so lange an, bis ich den Bissen hinuntergeschluckt habe. Am liebsten würde ich jetzt sofort zum Klo rennen und alles auskotzen, aber das geht nicht, weil mich meine Mutter immer noch mit zugekniffenen Augen mustert.

»Hast du abgenommen?«, fragt sie.

»Echt nicht, du bist immer noch schwer fett«, flüstert David in meine Richtung.

Ich schaue zu meiner Mutter, aber sie hört Davids Bemerkung nicht – oder sie tut so, als hätte sie sie nicht gehört.

»Ein bisschen«, sage ich. Drei Kilo laut der Waage heute Morgen.

»Du sollst keine Diät machen in deinem Examensjahr«, sagt meine Mutter verärgert. »Sonst schaffst du es nie. Du brauchst genügend Energie, um Leistung zu bringen. Wenn du dich für zu dick hältst, mach einfach mal wieder mehr Sport oder nimm öfter das Fahrrad. Das mache ich auch.«

Warum sagt sie das? Warum schaut sie mich an, als würde sie beim Metzger ein Stück Fleisch aussuchen?

Mein Vater kratzt mit dem Löffel die letzten Reste von seinem Teller. »Das war wirklich köstlich. Unser Chinese ist echt der beste der ganzen Stadt. Mal sehen, ob ich nächste Woche in China etwas genauso Leckeres finde.«

»China?«, stammele ich. Einen Augenblick glaube ich, es nicht richtig verstanden zu haben.

»Ja, dein Vater fliegt morgen Nachmittag für seine Arbeit nach China.« Mutter steht auf und fängt an, den Tisch abzuräumen. »Er kommt nächstes Wochenende zurück.«

Früher musste ich immer weinen, wenn mein Vater auf Geschäftsreise ging. Keiner, der mich abends hochhob und im Kreis drehte. Keiner, der Verstecken mit mir spielte oder mich mal ganz fest in den Arm nahm. Mama hatte immer viel zu viel zu tun. Ich hatte immer Angst, er käme nicht mehr zurück und ich bliebe allein mit Mama und David.

»He, Maud, Liebes, mach nicht so ein betretenes Gesicht«, sagt mein Vater lächelnd. »Davon geht doch die Welt nicht unter. Weißt du was? Ich bringe dir ein Souvenir mit – einen echten chinesischen Fächer.«

Ich will keinen Fächer. Ich will, dass er hierbleibt. Ich will, dass er mich fragt, wie ich mich fühle. Aber das macht er nicht, denn er dreht sich zu David um, der einen Chinesen imitiert.

»Viel Leis essen, lekkel Leis mit Klupuk«, sagt David. »Und danach ganz laut lülpseln. Bulp.«

Papa lacht. »Du kämst nicht schlecht rüber als Chinese.«

Plötzlich zerreißt etwas in mir. »Ich bin heute bei Lara gewesen«, sage ich laut.

Alle drei starren mich an.

»Ich bin heute bei Lara gewesen«, wiederhole ich daher noch einmal.

»Bei Lara?«, sagt meine Mutter schließlich, während sie mit einem lauten Knall einen Teller auf die Anrichte stellt.

»Ach«, sagt mein Vater, »das wusste ich ja gar nicht!«

»Nein, und ich auch nicht«, schnauzt meine Mutter. »Eigentlich finde ich es ganz und gar keine angenehme Vorstellung, dass du dort gewesen bist. In Krankenhäusern wimmelt es nur so von Viren und Bakterien. Und Lara bringt es rein gar nichts. Ich habe von einer Bekannten gehört, dass es ihr nicht gut geht. Es scheint, dass ...«

»Lass Maud doch erst einmal erzählen, wie es war«, unterbricht mein Vater sie.

Wie ein stotternder alter Motor kommt meine Mutter zum Stillstand. Ihr Mund wird zu einem schmalen, zusammengepressten Strich, wodurch es so aussieht, als hätte sie keine Lippen mehr.

Ich hole tief Luft. In meinem Kopf suche ich nach Worten, um es zu beschreiben, das große Krankenhausbett, Laras blasses Gesicht, das Beatmungsgerät. »Ich habe mich fast nicht getraut, sie anzufassen«, sage ich leise. »Sie war so ...«

»He, ich bin noch nicht fertig«, ruft David, als meine Mutter ihm den Teller wegnimmt.

»Entschuldige, Schatz.« Sie stellt den Teller zurück. »Aber ich habe es ein wenig eilig. Um halb neun fängt meine Yogastunde an.«

»Hat sie das Bewusstsein noch einmal wiedererlangt?«, fragt mein Vater.

»Nein.« Ich schüttele den Kopf. »Sie liegt immer noch im Koma. Die Krankenschwester sagt ...«

»Wer hat das Saté aufgefuttert?«, jammert David. »Ich hatte noch gar nichts davon.«

»Dein Vater wahrscheinlich«, sagt Mama.

»Wie kommst du denn darauf?« Der Kopf meines Vaters wendet sich von mir ab. »Ich hatte nur zwei Spießchen.«

Meine Ohren sausen, und mein Kopf wummert. Am liebsten würde ich schreien: »Papa, hör mir zu! Hör mir doch bitte mal zu!«

Er dreht sich wieder zu mir. »Als würde ich immer alles Saté aufessen, das ist echt nicht fair.« Er zwinkert mir zu. »Und was hast du heute sonst noch gemacht?«

Ich denke an die Polizeiwache. Das wäre jetzt der ideale Moment, es zu erzählen. »Weißt du, ich bin ...«

»Ah, da sind ja die Satéspießchen!«, ruft mein Vater plötzlich. »Siehst du jetzt, dass ich nicht alle aufgegessen habe?« Er boxt David gegen die Schulter. Zu mir sagt er: »Entschuldige, Maud, ich war kurz abgelenkt. Was wolltest du gerade sagen?«

Plötzlich habe ich das Gefühl, dass sich mein Herz in ein schwarzes Loch verwandelt. Alles, was ich heute getan habe, verschwindet darin, bis es auch für mich selbst unauffindbar geworden ist.

»Nichts«, sage ich und starre auf meine Hände, die auf der Tischplatte liegen. »Ich wollte nichts sagen.«

»Dann willst du bestimmt Nachtisch«, sagt mein Vater. »Ich habe Schokopudding im Kühlschrank gesehen!«

Kapitel 19

Lara

Vielen Dank, lieber Gott.

Ich werde nie wieder zu spät zur Schule kommen.

Ich werde nie wieder heimlich rauchen.

Ich werde nie wieder meine schmutzigen Klamotten neben den Wäschekorb werfen.

Ich werde nie wieder mit Türen schlagen, wenn ich sauer bin.

Ich werde nie wieder Kaugummi unter den Küchentisch kleben.

Ich lebe noch!

Schon seit Stunden wiederhole ich diesen Satz: Ich lebe noch! Ich lebe noch! Ich lebe noch!

Es begann mit Mauds Stimme. Worte, die durch die Dunkelheit flogen, so rein und gut verständlich, dass sie mich zum Weinen brachten. Träumte ich vielleicht? Wie war es dann möglich, dass ich Mauds Stimme hörte? Bleib bei mir, habe ich in Gedanken gefleht. Aber es wurde still. Erst eine ganze Weile später hörte ich die Stimme einer Frau. Einer älteren, wie mir scheint, denn ihre Stimme klang schwerer und ernster. Und wieder konnte ich die Worte verstehen, deren Fetzen in meine Gedanken drangen.

»Gut geschlafen?«

Sagte sie das zu mir?

»Vorhänge auf ...«

Vorhänge? Das Wort machte mich ein wenig schwindelig und ließ mich an Sonntagmorgen denken, an Ausschlafen und von Vorhängen gefiltertes Sonnenlicht. Das Licht eines neuen Tages.

»Zeit für eine Spritze ... Arm ...«

Als sie das sagte, spürte ich komischerweise auch etwas, das pikste. Als hätte ich in der Dunkelheit plötzlich einen unsichtbaren Körper. Wie verrückt machte ich mich auf die Suche nach meinem Arm. Solange ich den Schmerz fühlte, hatte ich eine Chance. Aber es war, als würde ich nach Einzelteilen eines Bausatzes suchen, von dem ich keine Ahnung hatte.

»Entschuldige, hab ich dir wehgetan?«, hörte ich die Frau fragen.

Woher konnte sie wissen, was ich fühlte? Wie konnte ich fühlen, was sie tat?

»Ja, Sie haben mir wehgetan! Ich habe den Einstich gespürt!«, rief ich. »Hören Sie mich? Hier bin ich!«

Aber sie hörte mich nicht, denn sie sagte: »Dumme Frage von mir. Du kannst natürlich keine Antwort geben. Schönen Tag wünsche ich dir.«

Und ich hätte schwören können, dass sie danach die Tür schloss, denn ich hörte ein Klicken. Die Gedanken purzelten nur so durch meinen Kopf. Was war da gerade passiert? Wie konnte ich das erklären? Noch bevor ich eine Antwort gefunden hatte, wurden meine Gedanken verschwommener. Was war in der Spritze? Ganz langsam sank ich weg in ein schwarzes, bodenloses Loch.

Erst Stunden später wachte ich auf und hörte ein leises Klirren, als würde jemand die Spülmaschine ausräumen. In der Ferne erklang ein tiefes Summen. Das Geräusch kam näher und verstärkte sich. Es klang wie ein Staubsauger. Aber das war so eine absurde Vorstellung, dass ich es erst nicht glauben konnte. Doch dann hörte ich eine Frauenstimme singen: »Du schaust zum Mond und wirst mit einer Sternschnuppe belohnt.« Das Lied kannte ich! In dem Moment wusste ich, dass ich nicht tot war und dass ich Geräusche aus einer Welt außerhalb der Dunkelheit hörte!

Ich hatte gedacht, ich wäre unglaublich glücklich. Ich hatte gedacht, ich würde anfangen zu weinen, zu kreischen und vor Freude zu schreien. Aber das Wissen, noch zu leben, machte mich total müde – als wäre ich vollkommen untrainiert einen Marathon gelaufen und könnte jetzt nicht glauben, dass ich das Ziel erreicht hatte. Erschöpft starrte ich ins Dunkel. Und ich wartete. Ich wartete auf den Moment, in dem ich etwas spüren würde. Nach ein paar Minuten begann etwas zu kribbeln. Es fühlte sich an wie ein Federkitzeln unter meiner Nase, ein zitternder kleiner Muskel an meiner Wange, meine Augen begannen zu jucken. Ganz sachte begann ich zu weinen, mit immer mehr Tränen: Ich lebte noch! O mein Gott, ich lebte noch!

Erst kamen die Ideen. Sie schossen wie Krokusse aus der schwarzen, kalten Wintererde. Was wollte ich alles tun, wenn ich aus dieser Finsternis kam? Ein Glas eiskalte Cola light trinken und eine neue Jeans mit Mama kaufen! Eine weitere gute Idee: Diesem Arsch von Hans sagen, er solle sich aus dem Leben meiner Mutter verpissen! Auf dem Rücken liegen und in weiße Schäfchenwolken am blauen Himmel starren.

Nach den Ideen kamen die Fragen. Was mache ich eigentlich in dieser Finsternis? Und wichtiger: Wie komme ich hier um Himmels willen wieder raus? Ängstliche, düstere Gedanken tauchten auf. Ich schob sie weg. Ich durfte, nein, ich musste unbedingt nur an positive Dinge denken. Im Kopf habe ich eine Liste der Dinge erstellt, die meiner Ansicht nach passiert sein könnten:

- Ich hatte einen Unfall und bin in die Gracht gefallen. An den Teil mit dem Wasser erinnere ich mich. Aber ich habe keinen blassen Schimmer, warum ich da reingefallen bin.
- Ich bin bewusstlos geworden. Sonst wäre ich doch selbst aus dem Kanal geklettert?
- Ein Passant hat mich im Wasser treiben sehen, 112 angerufen, und ich bin mit heulenden Sirenen ins Krankenhaus gebracht worden – zumindest so stelle ich mir das vor.
- Die Ärzte halten mich mit Medikamenten im Koma, damit ich keine Schmerzen habe und langsam wieder genesen kann.
- Mein Gehör kommt allmählich wieder, es geht mir also gut. In ein paar Tagen lassen sie mich aus dem Koma aufwachen.

Und dann darf ich nach Hause! Nach Hause!

Als Erstes renne ich danach zu Bobby. Ich will ihn küssen, bis ich vollkommen außer Atem bin. Wenn ich an ihn denke, ist es, als würde mein Herz explodieren. Wir beide haben wieder eine Zukunft. Ich habe wieder eine Zukunft.

Danach gehe ich mit einer Riesentüte Süßigkeiten zu Maud. Mit Colafläschchen, sauren Gummidrops und Geleebananen, weil ich weiß, dass sie die so gern mag. Die Tüte leeren wir dann gemeinsam. Bei jedem Bissen werde ich mich entschuldigen. Sorry, dass ich so blöd war am Telefon, sorry, dass ich monatelang nur mit mir beschäftigt war, sorry, dass ich dich so vernachlässigt habe. Ich glaube – hoffe –, dass sie mir vergibt. Maud ist nie lange böse. Ich kann mich nicht erinnern, dass sie mich je angeschrien hat. Sie ist zwar sehr ehrlich und sagt immer, wie es ist, doch ohne dabei laut zu werden.

Himmel, ich vermisse Maud so sehr!

Klick.

Das klingt, als würde eine Tür ganz leise zugezogen. Ich höre Schritte. Leichte Schritte. Von jemandem mit kleinen Füßen. Oder von jemandem, der durch mein Krankenzimmer schleicht. Hallo, hallo, wer ist da? Sag was! Ich kann dich nicht sehen.

Keine Antwort.

Kalte Luft bewegt sich um mich. Da läuft jemand neben meinem Bett, es kann nicht anders sein. Ich höre ein Rascheln, und ich spüre etwas! Ich spüre, dass jemand meine Hand nimmt. Meine Hand in der echten Welt! Ein euphorisches Gefühl überflutet mich. Wer du auch bist, ich bin dir auf ewig dankbar, du hast meine Hand gefunden!

Das Dunkel wird kälter, als hätte mir jemand eine Decke weggezogen. Was passiert jetzt? Bekomme ich ein neues Nachthemd? Werde ich gewaschen? Und dann wird meine Hand losgelassen. Ich habe das Gefühl, dass ich in der Dunkelheit wegtreibe, wie ein Schiff ohne Anker.

Bin ich wieder allein? Es herrscht Totenstille im Dunkel. Oder nein, doch nicht. Ich höre ein Keuchen. Ganz leise. Wie von einem Tier, das seiner Beute auflauert. Es macht mich unruhig.

Plötzlich kann ich nicht mehr atmen. Es ist, als läge ich in einem schwarzen Müllsack, der verschlossen wird. Verzweifelt ringe ich nach Luft. Hilfe! So helft mir doch! Ich ersticke! Der schwarze Sack wird noch fester um mich gezogen. Was passiert da? Oh bitte, helft mir, ich sterbe!

»Hallo Mädchen, ich wollte nur mal schauen, ob hier alles in Ordnung ist.«

Worte von ganz weit weg bohren Löcher ins Dunkel.

»Wie dunkel es hier ist. Hat jemand das Licht ausgemacht?«

Luft strömt durch die Löcher. Sauerstoff, endlich Sauerstoff!

»Meine Schicht ist gleich vorbei. Morgen früh bin ich wieder da.«

Ich erkenne ihre Stimme. Es ist die Frau, die ich schon früher habe reden hören und die mir die Spritze gegeben hat. Eine Krankenschwester! O lieber Gott, vielen Dank, ich bin gerettet!

»Du siehst beunruhigt aus. Hast du vielleicht schlecht geträumt?«

Was? Schlecht geträumt? Nein! Ich bin fast erstickt! Sehen Sie das nicht? Sie sind doch die Krankenschwester! Ich bin fast gestorben. Hier ist jemand, der mich ermorden will! Sie müssen mir helfen.

Die Frau redet weiter. »Wo ist deine Decke? Ah, ich sehe schon: auf dem Boden. Wie kommt die denn dahin? Und dein Kissen ist auch vom Bett gefallen, Junge, Junge. Das ist doch viel zu kalt, Dummerchen. Komm, ich decke dich gut zu.«

Nein, ich will nicht zugedeckt werden. Schauen Sie doch nach, schauen Sie sich um, da ist noch einer im Zimmer. Vielleicht im Schrank oder unter dem Bett. Schicken Sie ihn weg! Rufen Sie die Polizei! Tun Sie doch was!

»So, jetzt liegt es sich besser, oder? Bis morgen dann.«

Was? Ist sie verrückt geworden? Sie kann doch nicht einfach so weggehen. Bleiben Sie bei mir! Lassen Sie mich bitte nicht allein!

Klick. Die Tür fällt zu. Stille.

O mein Gott, jetzt wird er mich wirklich ermorden. Ich will mich in der Finsternis verstecken. Aber es gibt nichts, hinter dem ich mich verstecken kann. Wo ist dieser Jemand jetzt? Hinter mir? Links? Vielleicht nur noch wenige Zentimeter von mir entfernt.

Plötzlich höre ich ein lautes Wummern. Was macht er? Schlägt er auf etwas? Panisch zucken meine Augen durch die Dunkelheit, die mich still und bedrohlich umgibt. Das Wummern wird schneller. Lasst mich leben, bitte lasst mich leben … Und dann erkenne ich das Geräusch. Es ist mein eigenes Herz. Davongestürmt in einem Körper, den ich nicht mehr spüren kann.

In der Stille lausche ich meinem Herzschlag. Und ich zähle.

Für jeden Schlag eine Sekunde. Sechzig Sekunden sind eine Minute. Fünfzehn Minuten sind eine Viertelstunde. Immer noch ist es still. Es passiert nichts. Habe ich mir das alles eingebildet? Ist mein Gehirn vielleicht durch den Unfall in Mitleidenschaft gezogen? Höre und spüre ich Dinge, die nicht da sind? Nein, da war wirklich jemand, denke ich störrisch. Ich bin nicht verrückt. Oder?

Kapitel 20

Maud

»Maud!«, ruft eine männliche Stimme.

Einen Augenblick weiß ich nicht, wo die Stimme herkommt. Der Schulhof ist verlassen.

»Hier! Hier bin ich, links von dir.«

Mein Kopf dreht sich zu der Stimme hin. Den Bruchteil einer Sekunde habe ich Angst, den Mann im grauen Jogginganzug zu sehen. Aber an der Ecke entdecke ich einen jungen Mann auf einem Motorroller. Er winkt mir zu. Ein wenig trottelig winke ich zurück. Wer ist das? Erst als er den Helm absetzt, erkenne ich Bobby. Es ist so merkwürdig, ihn vor der Schule stehen zu sehen, und dann winkt er mir auch noch – ich weiß gar nicht, was ich machen soll. Ich höre, wie er Gas gibt, ein wenig scheppernd. Er hält dicht vor mir und dreht den Schlüssel im Zündschloss.

»He, Maud.« Er zeigt seine blendend weißen Zähne beim Lachen. »Wie geht's?«

Eine einfache Frage. Einfach antworten, denke ich.

»Äh, ganz gut, und dir?«

»Okay.«

Er beugt sich vor und begrüßt mich mit drei Wangenküssen.

Seine Bartstoppeln kitzeln auf meinen Wangen. Ich spüre, dass ich rot werde.

»Ich bin gerade hier vorbeigefahren, als ich dich plötzlich da stehen sah. So ein Zufall, was?«

»Ja.« Meine Wangen werden noch wärmer.

»Bist du allein?«, fragt er und schaut sich um.

Bestimmt denkt er jetzt, dass ich keine Freundinnen habe und wie ein langweiliger Nerd jeden Nachmittag allein in meinem Zimmer hocke. Der Gedanke verursacht in meinem Magen ein ganz übles Gefühl.

»Meine Freundinnen sind schon nach Hause«, beeile ich mich zu sagen. »Ich hatte meinen Kalender in der Klasse liegen lassen und musste zurück. Normalerweise warten wir ja aufeinander, aber morgen müssen wir eine Literaturanalyse für Deutsch abgeben, und das ist furchtbar viel Arbeit. Also sind sie alle schon los – bis auf mich.«

»Deswegen.« Mit einem Grinsen sieht er mich an. »Und? Hast du ihn wiedergefunden?«

»Wen?«

»Deinen Kalender.«

»Oh, äh, ja.«

Stille macht sich breit. Ich sehe einen Riss in seiner Jeans. Eine Haarsträhne bewegt sich im Wind, baumelt vor seinen braunen Augen. Auf der gegenüberliegenden Seite geht eine Frau mit einem Hund. Sie bleibt kurz stehen und schaut zu uns hinüber – oder eigentlich zu Bobby, nehme ich an.

»Weißt du«, sagt Bobby zögernd, »es hat wirklich gutgetan, letzte Woche mit dir zu reden. Ich habe noch oft an unser Gespräch gedacht.«

Wahrscheinlich sind meine Wangen jetzt violett, so warm ist mir.

»Du bist wirklich die Einzige, die versteht, wie ich mich fühle.«

Er ist jetzt so nah, dass sein Arm meinen berührt. Ich mache einen Schritt zurück.

»Bist du noch einmal bei Lara gewesen?«, fragt er plötzlich.

»Äh, ja, Samstag.«

»Dachte ich mir schon.« Er fährt sich mit einer Hand durch die Haare. Die lose Strähne verschwindet hinter seinem Ohr. »Die Krankenschwester sagte, am Samstag seien ein paar Freundinnen von Lara da gewesen. Ich musste gleich an dich denken.«

»Warst du denn auch am Samstag da?« Die Vorstellung, Bobby könnte auch bei Lara gewesen sein und ich hätte ihn verpasst, finde ich irgendwie enttäuschend.

»Nein, da konnte ich nicht, war aber am Sonntagmorgen bei ihr«, sagt er lächelnd.

Ich erwidere sein Lächeln, ohne darüber nachzudenken.

»Sie wirkte ein wenig müde und unruhig«, sagt Bobby. »Vielleicht war das Wochenende ein wenig zu viel für sie. Ich habe ihr erzählt, dass ich bei dir gewesen bin. Das fand sie gut.«

Bobby redet über Lara, als läge sie gar nicht im Koma. Mein Opa hat früher auch so über Oma geredet, als sie im Pflegeheim saß, weil sie dement geworden war. Plötzlich kann ich Bobbys Liebe für Lara spüren, und blöderweise macht mich das eifersüchtig – für mich empfindet das keiner.

»Wie ging es Lara, als du bei ihr warst?«, fragt Bobby.

»Äh, ganz gut, da war sie noch nicht so müde.« Ich versuche, so über Lara zu sprechen, wie Bobby es tut. Es klappt nicht, ich sehe sie immer als weiße, leblose Puppe in ihrem Krankenhausbett vor mir. Das Bild verschluckt mich wie ein lebensgroßes Monster, ich habe das Gefühl, ich ersticke. »Könnte sie doch nur erzählen, wie der Unfall passiert ist.«

Bobby lächelt. »Ja, das denke ich auch manchmal.«

Ein Windstoß bläst eines der letzten Herbstblätter über den Bürgersteig und direkt in eine Pfütze.

»Das ist alles so merkwürdig ... Weißt du, manchmal glaube ich, das war alles gar kein Unfall.«

Bobbys Lächeln erlischt – stattdessen macht sich ein Ausdruck reinen Unglaubens auf seinem Gesicht breit.

»Was? Kein Unfall?«, stammelt er.

Ich könnte mir die Zunge abbeißen. Dass ich mich selbst mit diesen idiotischen Verschwörungstheorien verrückt mache, ist eine Sache. Aber dass ich Bobby damit belaste, ist ganz falsch. Er kann kaum den Kummer um Lara ertragen. Geschweige denn, dass er sich jetzt auch noch Sorgen um einen Mörder machen soll, den es wahrscheinlich nicht gibt.

»W-Warum glaubst du, dass das kein Unfall war? Was ist ...« Mitten im Satz bricht er ab und schaut mich hilflos an.

Wenn ich ihm jetzt von dem Mann im grauen Jogginganzug erzähle, gebe ich ihm noch den Rest.

»Das glaube ich nicht. Ich meine, ich denke es schon, aber ich meine es nicht ... Natürlich war es ein Unfall.« Ich weiß, dass meine Stimme unnatürlich hoch klingt. »Aber manchmal hoffe ich einfach, dass es nicht so war, damit ich jemandem die Schuld geben kann, verstehst du?«

Bobby schweigt. Sein Blick lässt mich nicht los, als würde er nach etwas in mir suchen, von dem ich selbst nicht weiß, dass es das gibt.

Plötzlich lächelt er wieder. »Oh, das meinst du. Ich habe mich schon erschreckt. Stell dir vor, es war kein Unfall – dann würde ich denjenigen, der das getan hat, echt umbringen. Das schwöre ich dir.«

»Ich auch.«

Wir lächeln beide. Erleichterung überkommt mich.

»Shit, drei Uhr, ist es schon so spät?« Bobby schaut auf die Uhr. »Ich habe vollkommen die Zeit vergessen. Sorry, aber ich muss jetzt echt los. Mein Mitbewohner wartet in der Kneipe auf mich.«

Er setzt den Helm auf und dreht den Zündschlüssel. »Wir sollten uns bald wieder verabreden.«

»Äh, ja.«

»Weißt du was?«, sagt Bobby plötzlich. »Hast du vielleicht Lust, jetzt etwas mit mir zu trinken?«

»J-Jetzt?«

»Ja.« Bobby kichert. »Ich gebe ja zu, Montagnachmittag ist nicht der spannendste Moment der Woche, um etwas trinken zu gehen. Aber sieh es mal von der positiven Seite: Ich gebe einen aus!«

Er zeigt wieder seine weißen Zähne beim Lachen. »Also, kommst du mit oder nicht?«

Mein Kopf steckt voller Gründe, weshalb ich nicht mit ihm gehen sollte. Bobby ist Laras Freund und nicht meiner. Bis letzte Woche hielt ich Bobby für einen total windigen Typen. Nicole und Christine werden mich für verrückt erklären. Ich muss dringendst an meiner Buchanalyse arbeiten, denn ich stehe auf einer Fünf in Deutsch. Meine Mutter kriegt einen Herzinfarkt, wenn sie herausbekommt, dass ich mit ihm gegangen bin.

»Okay«, sage ich. »Aber ich muss unbedingt vor sechs zu Hause sein, denn dann kommt meine Mutter von der Arbeit.«

»No problem. Ein Getränk, und dann gehen wir wieder. Spring hinten drauf, dann sind wir schneller.«

»Und was ist mit meinem Rad?« Zweifelnd schaue ich zum Fahrradständer.

»Ich bringe dich gleich wieder zur Schule zurück.« Er schaut über die Schulter zu mir. »Also, wie ist es?«

Möglichst elegant versuche ich mein rechtes Bein über den Sattel zu schwingen. Das geht schief: Mein Knie stößt an die Seite, und ich habe das Gefühl, ich platze aus meiner Jeans. Warum habe ich heute Morgen bloß diese enge Skinny Jeans angezogen?

»Klappt's?«, fragt Bobby.

»Ja.« Ich beiße mir auf die Lippe und schiebe mich hinten auf den Roller.

Bobbys Körper ist plötzlich sehr nah. Meine Beine liegen an seiner Hüfte, mein Bauch berührt seinen Rücken.

Meine Hände müssen ihn festhalten. Ich kann kaum noch atmen.

»Sitzt du gut?«, fragt er.

»Prima.« Meine Stimme überschlägt sich. »Prima«, sage ich noch einmal.

»In fünf Minuten sind wir da.«

»Muss ich keinen Helm aufsetzen?«

»Ach was, für das kleine Stück doch nicht. Wenn ich die Polizei sehe, biege ich schnell in eine Seitenstraße ein. Halt dich fest.«

Er gibt Gas.

Ich schließe die Augen. Bobbys Rückenmuskeln spannen sich, und mit einem knarzenden Geräusch setzen wir uns in Bewegung. Der Wind zerrt an meinen Haaren. Ich bin aufgeregt, fast fühle ich mich ein wenig verwegen, wie ein Kind, das etwas ganz Mutiges macht. Wie oft hat Lara so bei Bobby hinten auf dem Roller gesessen? Wenn ich die Augen noch fester zukneife, kann ich sie fast sehen. In ihren Augen liegt ein seltsamer Blick.

Kapitel 21

Maud

Es ist ruhig in der Kneipe, nur wenige Tische sind besetzt. Ganz hinten sitzt ein junger Mann mit blonden Locken und einem dunkelblauen Pullover. Vor ihm steht ein halb geleertes Glas Bier.

»Hey Dexter.« Bobby schlägt dem jungen Mann auf den Rücken. Der blonde Lockenkopf dreht sich um. Zwei leuchtend blaue Augen starren Bobby verärgert an.

»Da bist du ja endlich.« Dexter steht auf. »Mann, ich dachte schon, du hättest unsere Verabredung vergessen. Weißt du eigentlich, wie lange ich schon hier auf dich warte?«

Bobby legt den Kopf schräg. »Eine Viertelstunde?«

»Sagen wir gut fünfundzwanzig Minuten. Ich hoffe, du hast eine passable Entschuldigung.«

»Klar.« Bobby zieht mich hinter seinem Rücken hervor. »Das ist Maud, eine Freundin von mir. Ich habe sie zufällig auf der Straße getroffen.«

Außer »H-Hallo« fällt mir nichts ein.

Dexter kneift die Augen zusammen. »So, du bist also der Grund für Bobbys Verspätung.«

»Em, na ja, nicht wirklich ...« Mein Blick sucht Bobby, ich will, dass er Dexter erklärt, dass es nicht meine Schuld ist. Aber Bobby starrt ein wenig blöde grinsend zur Decke.

Dexters Augen werden noch schmaler.

»Ich wusste nicht, dass du ...«, stottere ich. »Wenn ich gewusst hätte, dass du hier wartest, dann ...« Hilflos zucke ich die Schultern.

»He, das war nur Spaß.« Dexter lächelt.

Seine Augen gehen auf, und er bekommt Grübchen in den Wangen. Mein Herz setzt einen Schlag aus, und ich weiß nicht, warum. »Natürlich ist es nicht deine Schuld. Bobby ist der lascheste Typ auf Erden, der kommt sogar zu spät zu seinem eigenen Geburtstag.«

»Das ist mir nur einmal passiert«, protestiert Bobby. »Und dafür konnte ich nichts, denn die Straßenbahnen haben gestreikt.«

»Hm, das ist deine Version der Geschichte.« Dexter zwinkert mir zu. »Komm, lass uns was bestellen.«

Bobby nimmt den einzigen vorhandenen Stuhl am Tisch, wodurch ich gezwungen bin, neben Dexter auf der Bank Platz zu nehmen. Ich rutsche neben ihn.

»Was möchtest du trinken?«, fragt mich Dexter.

»Äh, was nehmt ihr?«

»Ich gern ein Bier«, sagt Bobby.

»Das wären dann schon zwei«, sagt Dexter und lacht. »Und du?«

»Dann nehme ich auch eins«, versuche ich möglichst lässig zu tun.

Dexter winkt zum Tresen hinüber. Eine etwa zwanzigjährige Bedienung in schwarzer Jeans und schwarzem T-Shirt kommt herbei. Sie ist wahnsinnig schlank.

»Was kann ich für euch tun?«, fragt sie. So hübsch, wie sie ist, könnte sie auch als Fotomodell arbeiten.

»Ich möchte gern drei Bier bestellen«, sagt Dexter.

»Drei Bier«, wiederholt sie, während sie die Bestellung notiert. »Sonst noch was?« Sie schüttelt ihre blonden Haare nach hinten.

»Hast du vielleicht noch ein paar Nüsse? Oder Chips?«

»Chips haben wir nicht, Erdnüsse schon. Soll ich die bringen?« Sie lacht. Es klingt künstlich und geziert, wie bei Nicole, wenn sie einen Jungen nett findet.

Mein Blick huscht zu Dexter. Er erwidert das Lachen der Bedienung, und zu meinem Erstaunen ärgert mich das.

»Erdnüsse wären köstlich«, sagt Dexter.

Ihr Lachen wird noch breiter.

»Könnte ich ein Glas Wasser bekommen?«, frage ich laut.

Das Mädchen tut so, als gäbe es mich nicht. »Also dann, drei Bier und ein Päckchen Erdnüsse. Kommt sofort.«

»Und ein Glas Wasser«, sage ich noch einmal.

»Und ein Glas Wasser«, seufzt das Mädchen und stöckelt auf hohen Absätzen davon.

Dexter beugt sich über den Tisch zu Bobby. »Weißt du, was Arthur heute Morgen in der Dusche gefunden hat?«

»Schamhaare?«

»Wäre es bloß so. Noch ekliger.« Dexter lässt eine Stille eintreten. »Es war ... eine Ratte!«

Ganz kurz ist es still, dann lacht Bobby. »Was? Eine Ratte? *You're kidding me.*«

»Nein, wirklich.« Dexter grinst. »So groß wie eine kleine Katze.«

»Bah, wie eklig. Was habt ihr gemacht? Ich darf ja wohl hoffen, dass das Vieh nicht mehr da ist, wenn wir gleich nach Hause kommen.«

»Special Rat Agent Arthur hat eine Vernichtungsmission durchgeführt.«

»Erzähl.«

»Er hat sein Handtuch über die Ratte geworfen.«

»Sein Handtuch? Und dann?«

»Dann hat er die Ratte mit einer Bratpfanne mausetot geschlagen.«

»Himmel, der Kerl ist wohl nicht mehr ganz dicht. Mit einer Bratpfanne? Was für ein Schlächter.« In Bobbys Ton schwingt eine gewisse Bewunderung mit.

Das Bier und das Schälchen mit den Erdnüssen bringt ein Junge. Zum Glück ist die gezierte Bedienung nirgends mehr zu sehen. Das Glas Wasser hat sie vermutlich längst vergessen.

Bobby hebt sein Glas. »Auf die Ratte, die leider kein ewiges Leben hatte.«

»Und auf Arthur«, grinst Dexter. »Prost.«

»Prost«, murmele ich und trinke einen Schluck.

Das Bier läuft in meinen leeren Magen. Das sind zweihundert Kalorien, rattert der Taschenrechner in meinem Kopf. Kein Abendessen also und morgen auch kein Frühstück.

»Bist du schon fertig für morgen?«, fragt Bobby Dexter.

»Nein, Mann, ich muss noch drei Kapitel durchgehen. Was für eine Scheißprüfung.«

Dexter nimmt noch ein paar Erdnüsse. Aus Versehen berührt sein Bein meins; mich durchläuft ein Kribbeln, und ich bekomme überall Gänsehaut. Blitzschnell ziehe ich mein Bein weg. Dexter scheint nichts bemerkt zu haben.

»Ich habe einfach kein Talent für Statistik«, sagt er missmutig.

»Studierst du denn Mathematik?«, frage ich erstaunt.

Zwei Grübchen kommen in seine Wangen. »Bloß nicht! Das wäre mein Untergang. Ich studiere Jura. Leider muss ich dafür auch Statistik können. Aber genug von mir«, sagt er plötzlich. »Woher kennt ihr euch eigentlich, du und Bobby? Er hat noch nie von dir erzählt.«

»Maud ist die beste Freundin von Lara«, antwortet Bobby.

Die Worte lassen Dexters Lächeln platzen. Seine Kinnlade

klappt hinunter, und seine Augen weiten sich. »Oh, sorry, das wusste ich nicht«, stammelt er.

»Ich bin letzte Woche bei Maud zu Hause gewesen und habe mit ihr über Lara geredet«, sagt Bobby. »Hatte ich dir das nicht erzählt?«

»Nein.« Dexter wendet sich mir zu. »Lara war echt der Gipfel. Arthur und ich waren auch ganz verrückt nach ihr.«

»Ja«, sage ich heiser.

»Und dann so ein furchtbarer Unfall. Was muss das schlimm sein für dich.«

Ich nicke. Mein Herz hämmert wie verrückt.

»Wie lange kanntest du sie schon?«

»F-Fünf Jahre, seit der Orientierungsstufe.«

Plötzlich schmecke ich Salz in meinem Mund. Verblüfft wische ich mir mit dem Handrücken über meine Wange. Tränen. Ich habe nicht gemerkt, dass ich weine.

»I-Ich vermisse sie so«, sage ich, weil ich das Gefühl habe, ich müsste etwas sagen.

»Ach, Mädchen.« Er sieht zu Bobby. »Würdest du Maud ein Glas Wasser holen und ein paar Servietten?«

»Ja, ja, klar.« Bobby steht auf. Ich sehe, dass seine Augen auch voller Tränen sind.

Hilflos starre ich auf meine Hände, die wie zwei tote Vögel auf der Tischplatte liegen. Ich versuche, tief Atem zu holen, meine Tränen zu stoppen, aber offenbar haben sie darauf keine Lust, nachdem sie sich endlich Bahn gebrochen haben.

»S-Sorry«, bringe ich schluchzend heraus.

»Ach Quatsch«, murmelt Dexter. »Wein nur, das erleichtert.«

Mit dem Daumen wischt er mir eine Träne von der Wange. Sein Gesicht ist ganz nah. Ich habe noch nie so ein freundliches Gesicht gesehen. »Erzähl doch mal was von Lara.«

»Was s-soll ich erzählen?«

Noch mehr Tränen. Sie tropfen aus meinen Augen und hinterlassen dunkle Flecken auf der Tischplatte.

»Egal was. Etwas über euch beide. Etwas Nettes, Witziges. Was du willst.«

Ich weiß nicht, woher sie kommen, aber plötzlich ist mein Kopf voller Erinnerungen.

»Einmal haben wir unserem Deutschlehrer eine Monatsbinde auf die Jacke geklebt«, sage ich. »Er hat es erst zu Hause gemerkt.«

Einen Moment lang fürchte ich, dass Dexter die Geschichte doof findet, aber er grinst. »Eine gebrauchte?«

»Nein, nein.« Ich lächele unter Tränen. »Eine saubere, auf die wir mit Filzstift geschrieben hatten: Blut, Scheiße und Tränen.«

»Genialer Text!« Dexter nickt anerkennend.

»Den hatte sich Lara ausgedacht. Unser Lehrer fand ihn leider nicht so witzig. Wir mussten eine Woche lang jeden Tag nachsitzen.«

Meine Worte klingen laut. Sie hallen in meinen Ohren nach. Wenn Lara jetzt neben mir säße, würde sie mir unter dem Tisch einen Tritt verpassen, weil sie die Sache mit der Monatsbinde eigentlich peinlich findet.

»Geht es?«, fragt Dexter. Er berührt vorsichtig meinen Arm mit seiner Hand. Wieder kribbelt es in meinem Körper. »Du bist ganz blass.«

»Manchmal ersticke ich fast, wenn ich an sie denke«, sage ich leise.

Dexter streichelt mit den Fingern über meine Hand, hin und her. Das Kribbeln schießt durch meine Hände in die Handgelenke, über meine Arme, am Hals entlang, auf meine Wangen, um dort schließlich als rote Flecken zu enden. Plötzlich verspüre ich das Bedürfnis, Dexter alles über Lara zu erzählen, um den gewaltigen Gedankenknoten in meinem Kopf zu entwirren, damit alles wieder klar und deutlich wird.

»Weißt du, was so irre ist?«, sage ich. »Da ist ein Mann, der mich schon seit ein paar Tagen ...«

»Da bin ich wieder.« Bobby taucht mit einem Glas Wasser in der Hand neben dem Tisch auf. Der Moment ist vorbei. Irgendwie bin ich enttäuscht, dass er jetzt schon wieder da ist.

»Entschuldige, dass es so lange gedauert hat, aber da war niemand hinter der Theke«, sagt er in entschuldigendem Ton. »Und sie hatten keine Servietten, also habe ich Klopapier mitgebracht.«

Er zieht einen langen Papierstreifen aus der Hosentasche. »Bitte schön.«

»Äh, danke.« Ich nehme WC-Papier und Wasser entgegen, und um nicht undankbar zu wirken, schnäuze ich mir die Nase.

»Was wolltest du mir eben noch erzählen?«, fragt Dexter. »Etwas über einen Mann? Ich habe das nicht ganz mitgekriegt.«

Bobby legt den Kopf schräg. »Ein Mann?«

Beide schauen mich an.

»Nichts«, sage ich schnell.

Sie sehen mich immer noch an, also denke ich mir schnell etwas aus. »An der Theke hat ein Mann gesessen und mich angestarrt. Aber jetzt ist er weg.«

»Okay, zum Glück.« Dexter nickt, auch wenn er noch nicht wirklich überzeugt aussieht.

Ich trinke noch einen Schluck Wasser.

»Geht's wieder?«, fragt Bobby.

»Ja, schon okay«, antworte ich.

Zu meiner Überraschung ist das auch wirklich so. Mein Kopf fühlt sich auf einmal ganz sauber an, als hätten meine Tränen alles weggespült.

»Weißt du, wann die Prüfung morgen anfängt?«, wendet sich Dexter an Bobby.

»Um drei.«

»Schön, dann kann ich morgen früh noch ein bisschen lernen. Mir steht jetzt gerade nicht der Sinn danach. Wie spät ist es eigentlich?«

Dexter setzt sich anders hin, und sein Knie berührt meinen Oberschenkel. Wieder dieses Kribbeln. Aber jetzt ziehe ich mein Bein nicht weg. Ich mache etwas, das ich nie für möglich gehalten hätte – ich drücke mein Bein noch fester gegen seines. Und er drückt zurück! Plötzlich fühle ich mich ganz leicht und fröhlich!

»Mist!«, sagt Bobby und schaut auf seine Uhr. »Es ist Viertel vor sechs. Wir haben die Zeit völlig vergessen.«

»Viertel vor sechs? Oh nein.« Wie eine Rakete springe ich auf und stoße mir das Knie an der Tischkante. »Meine Mutter bringt mich um, wenn sie erfährt, dass ich mit euch etwas trinken gegangen bin. Und in einer Viertelstunde ist sie zu Hause.«

»Wo wohnst du?«, fragt Dexter.

»In der Botticellistraat, im Süden«, murmele ich, während ich hastig meine Jacke anziehe.

»Ich bringe dich schnell nach Hause.« Dexter steht auf. »Ich muss sowieso in die Richtung.«

»Wirklich?« Das leichte, fröhliche Gefühl ist wieder da.

»Wirklich. Wo steht dein Rad?«

Plötzlich weiß ich es wieder. »In der Schule, im Fahrradständer«, sage ich mit einer Stimme, die meine Enttäuschung verrät. »Lass nur, ich komme schon selbst nach Hause.«

»Bist du verrückt? Du wirst doch nicht erst dein Rad abholen?« Bobby schüttelt den Kopf. »Dann bist du erst um halb sieben zu Hause. Du kannst doch bestimmt morgen irgendwie eine Mitfahrgelegenheit in die Schule organisieren? Wen interessiert da ein Rad?«

»Es ist nicht meins«, sage ich dumpf. »Es gehört meiner Mutter. Meins ist vor zwei Wochen geklaut worden. Da war meine Mutter schon total angepisst. Aber wenn sie dahinterkommt, dass ihr Rad auch weg ist, kriegt sie erst recht einen Anfall.«

»Mensch, das Rad wird schon nicht aus dem Schulschuppen geklaut. Wahrscheinlich merkt deine Mutter nicht einmal, dass es heute Abend nicht da ist«, wischt Bobby meine Worte beiseite.

»Ich hoffe es«, murmele ich.

»Ich verspreche es«, grinst Bobby.

»Wir müssen gehen«, sagt Dexter und zieht den Reißverschluss seiner Jacke hoch. »Sonst schaffen wir es nie vor sechs.«

»Geht ruhig, ich zahle«, sagt Bobby. »Wir sehen uns.«

Es ist braun, klapprig und verrostet, ganz anders, als ich es mir vorgestellt hatte.

»Ist das, äh, dein Rad?«, frage ich.

»Ja«, sagt Dexter lächelnd. »Hattest du vielleicht etwas anderes erwartet?«

»Nun, eigentlich ... eigentlich dachte ich, du hättest einen Motorroller.«

Dexters Grinsen wird breiter. »Wir heißen nicht alle Bobby. Dafür habe ich kein Geld. Willst du noch mit, oder wie war das?«

»Ja, ja, natürlich«, sage ich hastig und mit brennenden Wangen. Ich brauche kein Hellseher zu sein, um zu wissen, dass sie knallrot sind.

Dexter schwingt ein Bein über den Sattel. »Spring auf.«

Mit einem kleinen Anlauf springe ich auf den Gepäckträger und halte mich an seiner Jacke fest.

»Sitzt du gut?«, fragt Dexter über die Schulter.

»Ja, prima.«

Könnte nicht besser sein, denke ich und lehne mich leicht an seinen Rücken.

Während der Fahrt erzählt Dexter eine Geschichte von einem Freund von ihm, der auch Jura studiert. Sie hatten ein wichtiges Seminar, aber sein Freund war am Abend vorher bis in die frühen Morgenstunden versackt. Während der Veranstaltung war er eingeschlafen, und vier Studenten mussten ihn aus dem Seminarraum tragen. In der Cafeteria hat er dann seinen Rausch ausgeschlafen.

Unser Lachen rauscht wie kleine Glöckchen durch meinen Kopf. Es fühlt sich großartig an.

Dexter biegt links in die Botticellistraat ein.

»Wo ist es?«, fragt er.

»Dahinten bei der Holzbank.« Erleichtert sehe ich, dass das Auto meiner Mutter noch nicht da ist.

Vor unserem Haus springe ich vom Gepäckträger. Dexter lehnt sein Rad an einen Baum und stellt sich vor mich.

»Vielen Dank fürs Heimbringen«, sage ich unbehaglich.

»Gern geschehen«, sagt er.

Wir schweigen. Verzweifelt suche ich nach Worten. Ich muss etwas sagen, etwas, etwas, etwas, egal was. Sonst fährt er davon.

»Viel Erfolg mit deiner Prüfung morgen«, fällt mir dann als Einziges ein.

»Ja.« Er kommt noch einen Schritt näher. »Weißt du was?«

Ich schüttele den Kopf.

»Du bist ein besonderes Mädchen, Maud.«

Das hat mir noch kein Junge gesagt. Ich schaue ihn an, um zu sehen, ob er auch meint, was er sagt. Der Blick in seinen Augen ist ernst.

»Sollen wir uns einmal verabreden?« Dexter ist jetzt so nah, dass ich ihn atmen hören kann.

»Ja«, sage ich mit rauer Stimme.

»Morgen spielt eine gute Band im Melkweg. Lust, mitzugehen?«

Wieder schweigen wir. Aber jetzt ist es eine angenehme Stille. Eine, in der wir uns anschauen und lächeln.

»Das fände ich sehr schön.« Meine Worte knistern durch die kalte Luft.

»Okay.« Er nickt. »Es fängt um neun an. Treffen wir uns dann am Eingang?«

Dexter beugt sich zu mir. Wir atmen jetzt gleichzeitig ein und aus. Sanft berührt seine Wange meine. Bitte küss mich, denke ich.

»He, Maud, wer ist denn der Knacker?«, höre ich plötzlich jemanden rufen.

Dexters Gesicht federt wie an einem Gummiband zurück. Er macht einen Schritt rückwärts und schaut in die Richtung, aus der die Stimme kam. Ich sehe auch nach oben. Davids Fenster steht offen, und er hockt auf der Fensterbank. Ich könnte ihn umbringen!

»Jemand aus der Schule, das geht dich nichts an«, schnauze ich.

»Ja, ja«, höhnt David. »Ganz bestimmt.«

»Ist das dein kleiner Bruder?«, flüstert Dexter.

»Ja«, zische ich. »Ich hasse ihn.«

Dexter grinst. »Na, macht nichts. Wir sehen uns morgen.«

»Hm.« Ich schaue zu David mit dem Gefühl, dass er alles in meinem Leben verdirbt.

»Hör zu, ich muss los.« Dexter winkt David zu, und ich bekomme ein Augenzwinkern. Innerhalb weniger Sekunden sitzt er auf seinem Rad und fährt davon. Als er um die Ecke verschwunden ist, drehe ich mich um. Davids Fenster ist wieder geschlossen. Glaubt er wirklich, dass er so leicht davonkommt? Echt nicht!

Wütend stampfe ich durch den Garten, betrete das Haus und sprinte die Treppe hoch. »David!« Ich stoße seine Zimmertür auf. »Wo bist du?«

»Hier.« Mit scheinheiligem Gesicht sitzt er auf seinem Bett.

»Warum spionierst du mir nach?«

»Wie kommst du denn darauf?«, sagt er in klagendem Ton. »Ich spioniere dir gar nicht nach. Aber du hast so laut mit diesem Typen geredet, dass ich dachte, da sei was passiert. Darum habe ich aus dem Fenster geguckt.«

»Du lügst.«

»Gar nicht.«

»Doch!«

David streckt mir die Zunge raus.

Ich versuche ihn so drohend wie möglich anzusehen. »Wenn du mir noch einmal nachspionierst, dann ...«

»Hast du getrunken?«, fragt David plötzlich.

»Was?«

»Ich rieche Alkohol.« Wie ein Hund schnüffelt er in der Luft. »Hast du vielleicht etwas mit diesem Typen getrunken?«

»Das geht dich einen feuchten Dreck an.« Ich drehe mich um. »Glaub bloß nicht, dass ich dir etwas erzählen würde.«

»Vielleicht sage ich es ja Mama, dass du etwas getrunken hast«, höre ich David zu meinem Rücken sagen.

Mit einem Ruck drehe ich mich wieder um. »Wehe ...«

»Weiß Mama eigentlich, dass du einen Freund hast?« Seine blauen Augen belauern mich.

»Das ist nicht mein Freund«, sage ich kühl, aber in mir kocht es. Doch das gönne ich David nicht.

»Aber du hast mit dem Typen so gut wie rumgeknutscht. Schau nur.« David zieht sein Handy unter seinem Kopfkissen hervor. »Ich habe es gefilmt. Sieht fast aus wie so eine Kussszene im Hollywoodfilm. Bloß dein Hintern ist zu dick. Vielleicht stelle ich den Film ja auf YouTube. Dann können ihn alle anschauen. Mama, Papa, der Nachbar, meine Freunde.«

Ich explodiere wie ein Vulkan. »Du ... du ... Arsch!«

Grinsend schaut er mich an.

»Ich ...« Vor lauter Ärger weiß ich nicht mehr, was ich sagen will. Mit Tränen in den Augen schmettere ich seine Zimmertür zu.

Aus seinem Zimmer höre ich David rufen: »Ich schicke dir den Link!«

Kapitel 22

Lara

Jemand schaut mich an. Eine kaum spürbare Luftverschiebung – es scheint, als wären meine Sinnesorgane in der Dunkelheit geschärft worden. Wer ist in meinem Zimmer? Eine Krankenschwester? Bekomme ich vielleicht eine neue Infusion? Ich warte ein paar Sekunden auf den kleinen metallenen Klick, mit dem ein neuer Infusionsbeutel an den Ständer gehängt wird. Aber es bleibt totenstill.

Habe ich es mir nur eingebildet? War es vielleicht doch nur ein Windhauch? Steht das Fenster auf Kipp? Eine ganze Weile lausche ich angespannt. Ich höre das Summen der Klimaanlage, eine Tür, die irgendwo in der Ferne zuschlägt, die normalen Hintergrundgeräusche in einem Krankenhaus. Fast bin ich beruhigt. Aber dann höre ich plötzlich noch etwas anderes. Ein Ticken. So leise, dass ich nicht genau weiß, ob ich es wirklich gehört habe. Ich konzentriere mich. Die Stille lastet auf mir wie eine schwere Decke. Und dann höre ich es wieder. Tick. Tick. Tick. Es kommt von rechts neben meinem Bett. Es klingt wie ... der Sekundenzeiger einer Armbanduhr!

O mein Gott! Es ist wirklich jemand in meinem Zimmer! Sofort steigt die Erinnerung an diesen einen Abend wieder auf. Die Schritte, der keuchende Atem, meine Beklemmung. Ich wäre erstickt, wenn die Krankenschwester nicht in dem Moment hereingekommen wäre! Was, wenn dort jetzt derselbe Mensch steht? Der kann alles mit mir machen, ohne dass ich auch nur einen Finger rühren kann! Meine Atmung beschleunigt sich. Nicht in Panik geraten! Versuche, logisch nachzudenken! Aber in meinem Gehirn sammelt sich immer nur mehr Angst. Sie häuft sich an wie eine stinkende Müllkippe.

Mit aller Kraft, die ich in mir habe, rufe ich: »Hilfe! Helft mir! Oh bitte, mach, dass mir jemand hilft!« Es sind Worte ohne Ton.

Das Ticken wird lauter und kommt näher.

Nein, nein, nein! Fass mich nicht an!

Tick. Tick. Tick. Tick.

Und dann plötzlich ist es still.

Meine Augen huschen in alle Richtungen durch die Dunkelheit. Wo ist dieser Mensch? Er kann doch nicht einfach so weggegangen sein? Was hat er vor?

Tick.

O Gott, da ist das Geräusch wieder, aber jetzt links von mir.

Plötzlich bin ich so müde. Am liebsten würde ich mich in einer Ecke der Finsternis verkriechen, bis alles vorbei ist. Es hat doch sowieso keinen Sinn, gegen einen Unsichtbaren anzukämpfen.

Klick.

Klick? Kein Ticken? Ich bin verwirrt. Das klingt wie das Geräusch eines Infusionsbeutels, der abgemacht wird. Aber warum?

Ein Räuspern, so nah, dass ich in einem panischen Moment denke, es wäre auch in der Finsternis.

Die Tür öffnet sich quietschend.

»Guten Tag«, sagt eine tiefe Männerstimme.

Das Ticken zieht sich blitzschnell zurück, bis es nur noch vage im Hintergrund zu hören ist.

»Ich bin Doktor Kleijn, der behandelnde Neurologe.«

Gott sei Dank. Der Arzt. Ich bin gerettet. Rufen Sie die Polizei, bitte!

»Meine Sprechstunde dauerte etwas länger«, sagt Doktor Kleijn.

Sprechstunde? Wen interessiert das denn? Er soll die 112 anrufen.

Schritte, wahrscheinlich vom Arzt, bewegen sich auf mein Bett zu. Jetzt packt er ihn und bringt ihn zur Polizei.

»Wo ist Ihre Frau?«, höre ich den Doktor fragen.

Mein Gehirn versteht es nicht.

»Meine Frau? Oh, die ist nach unten, nur schnell ein Brötchen holen. Wir haben den ganzen Tag noch nichts gegessen.«

Ein Schock durchfährt mich. Jetzt weiß ich, wer in meinem Zimmer ist! Dieser ekelhafte Hans, der Freund meiner Mutter. Ich stelle mir vor, wie er mich angestarrt hat, während ich nichts sehen konnte, mich vielleicht sogar angefasst hat. Plötzlich fühle ich mich so schmutzig.

»He, was ist das denn?«, sagt der Arzt. »Der Infusionsbeutel ist vom Ständer gefallen.«

Die Schritte bewegen sich nach links zu dem Ort, an dem ich gerade das Ticken gehört habe.

Klick.

»So, der hängt wieder«, sagt Doktor Kleijn. »Ich werde die Pflegekräfte gleich bitten, einen neuen Ständer zu bringen. Wir haben öfter mal Probleme damit.«

»Hm«, brummt Hans.

Warum sagt Hans nichts? Warum sagt er nicht, dass er an dem Beutel herumgefummelt hat? Mein Herz wummert, und mein Hirn macht Überstunden. Irgendwas stimmt hier nicht.

Die Tür öffnet sich wieder.

Das schnelle Klappern von Absätzen auf dem Fußboden.

Ich nehme einen vagen Geruch von Terpentin und Ölfarbe wahr, ich rieche die Außenwelt, ich rieche Mama!

»Entschuldigen Sie, dass ich mich verspätet habe«, murmelt sie. »Unten war so viel Betrieb.«

Etwas Warmes umgibt mich. Es fühlt sich an, als würde sie ihre Arme um mich legen und mich drücken.

»Psst, ganz ruhig, Liebes«, flüstert sie.

Plötzlich bin ich wieder vier und von meinem Dreirad gefallen. Mein Knie blutet. Mama rennt zu mir und hebt mich hoch, weit über die Steine, die mir so wehgetan haben. »Psst«, flüstert sie, »nicht weinen.« Ich verstecke mich in den Falten ihres violetten Kleids. Auf ihren Wangen sind Farbspritzer von dem Bild, das sie gerade malt. Sogar jetzt weiß ich noch, welches Bild das war: das Sommerpicknick am See. Stundenlang konnte ich es mir anschauen: die Menschen am Ufer, die in der Sonne sitzen und Wein trinken, das blaue Wasser, das so bezaubernd schimmert. Mama konnte die Welt in ihren Bildern so schön machen, wie sie wollte. Ich liebte ihre Welt – die Sonne schien öfter, die Menschen lachten häufiger, und die Blumen waren größer.

»Sie sieht besser aus, finden Sie nicht?«, fragt meine Mutter den Arzt. »Sie hat ein wenig mehr Farbe auf den Wangen.«

»Äh, ja.« Doktor Kleijn räuspert sich. »Setzen Sie sich bitte, dann kann ich Ihnen erzählen, weswegen ich Sie habe kommen lassen.«

Stühle werden über den Boden geschoben. Ich stelle mir vor, dass sich alle drei um mein Bett setzen. Hoffentlich ist Hans am weitesten von mir entfernt.

»Wir haben jetzt die Ergebnisse aller Untersuchungen«, sagt Doktor Kleijn. »Mal schauen, wo habe ich sie ...«

Papierrascheln. Ein tiefer Seufzer. »Es tut mir leid, ich habe keine guten Neuigkeiten für Sie. Wir können bei Ihrer Tochter fast keine Gehirnaktivität mehr feststellen.«

Keine Gehirnaktivität? Was sagt der da?

»W-Was meinen Sie?«, fragt meine Mutter.

Ein noch tieferer Seufzer. »Lara ist so gut wie hirntot.«

Die Finsternis wird so beengend, dass ich keine Luft mehr bekomme. Das kann nicht sein. Er muss sich irren. Wahrscheinlich hat er die falsche Krankenakte vor sich.

»Wenn wir die Beatmung abschalten, ist die Chance, dass Lara das überlebt, sehr klein.«

Noch mehr Worte. Sie schieben mich weiter in die Dunkelheit hinein, pressen das letzte bisschen Luft aus mir. Mama, hör nicht auf ihn! Er hat unrecht. Es geht mir sogar besser!

»Aber, aber ... wie kann das sein?«, flattert meine Mutter durch die Dunkelheit.

Ich brauche keine Augen, um zu wissen, dass sie dem Weinen nahe ist.

Ein Stuhl, der verschoben wird. Doktor Kleijn räuspert sich wieder.

»Im MRT haben wir eine große Blutung neben dem Hirnstamm gesehen, die wohl durch Laras Sturz verursacht wurde«, sagt er. »Durch diese Blutung ist sie wahrscheinlich ins Koma gefallen. Wir haben ein Loch in ihren Schädel gebohrt und eine Drainage gelegt. Dadurch ist das Blut abgeflossen. Wir hatten gehofft, sie würde dadurch langsam aus ihrem Koma erwachen, aber leider sehen wir keinerlei Verbesserung ihrer Hirnaktivität.«

»Ist es denn möglich, dass diese Regeneration später stattfindet? In ein paar Tagen oder einer Woche?«, fragt Hans.

Er redet über mich, als würde er eine Versammlung leiten: sachlich und distanziert. Bitte lass ihn die Klappe halten!

»Damit sollten Sie nicht rechnen«, antwortet Doktor Kleijn. »Es hat lange gedauert, bevor man Lara im Wasser gefunden hat. Die Zeit zwischen dem Auftreten der Schädigung und dem Beginn der Behandlung ist in diesen Fällen ausschlaggebend.«

Die Sätze knirschen in meinem Kopf. In der Ferne höre ich ein Klappern, und ich rieche eine fettige, salzige Luft. Der Wagen mit dem Abendessen. Bei mir hat er noch nie gehalten. Für den Essenswagen bin ich schon tot.

»Gibt es noch Hoffnung?« Mama weint jetzt, höre ich. Ihre Stimme ist belegt und heiser, als wäre sie furchtbar erkältet. »Lara ist stark, wissen Sie. Als sie klein war, hatte sie einmal 42 Grad Fieber. Der Hausarzt hat mit dem Schlimmsten gerechnet, aber das hat sie auch geschafft.«

Doktor Kleijns Seufzer ist jetzt so tief, dass ich ihn fast fühlen kann. »Ich fürchte, die Schädigung in Laras Gehirn ist irreparabel. Die Wahrscheinlichkeit, dass Ihre Tochter aufwacht, liegt bei unter einem Prozent. Und wenn sie wach wird, ist die Wahrscheinlichkeit, dass sie schwerbehindert ist, sehr hoch.«

Bumm. Ich werde wieder ein Stück in die Dunkelheit zurückgetreten. Irreparable Schäden. Schwerbehindert. Es bleibt nichts von mir übrig, laut Doktor Kleijn.

»Nein«, flüstert meine Mutter.

»Sie sagen, schwerbehindert«, donnert Hans' Stimme über die meiner Mutter. »Was bedeutet das genau?«

»Das ist sehr schwer einzuschätzen.« Doktor Kleijn klackt mit der Zunge, als würde er im Kopf eine Rechenaufgabe lösen.

»Sie wird wahrscheinlich nie mehr laufen und sprechen können, und sie wird permanente Betreuung brauchen.«

Es wird totenstill. Keiner sagt mehr etwas, selbst Hans nicht.

Ich höre jemanden keuchend und schnell atmen. Bin ich das? Es ist, als würde ich für immer in der Finsternis begraben.

»Was sollen wir nur machen?«, jammert meine Mutter.

»Eine Option ist, dass wir weiterhin beatmen«, sagt Doktor Kleijn. »Lara wird noch sehr lange so weiterleben können. Es gibt Komapatienten, die gut dreißig Jahre beatmet wurden. Aber Ihnen muss klar sein, dass sich Lara in einem vegetativen Zustand befindet. Äußerlich sieht sie normal aus, aber in ihrem Kopf ist viel zerstört.«

»Und wie lautet die andere Option?«, fragt Hans.

»Die andere Option ist, dass wir die Beatmung einstellen und Lara eine hohe Dosis Morphin geben. Lara wird dann immer weiter wegsinken und langsam einschlafen. Für sie ist es ein schmerzloser Tod.«

Ein schmerzloser Tod.

Mein schmerzloser Tod.

Aber ich will überhaupt nicht sterben!

»Oh.« Mama hört sich an wie ein Ballon, aus dem die Luft strömt. Sie weint jetzt mit langen, tiefen Schluchzern.

»Ach, Liebling«, beschwichtigt Hans sie. »Das ist doch auch kein Leben für Lara. Vielleicht sollten wir wirklich die Beatmung einstellen.«

Ganz kalt vor Angst wird mir. Hans will den Stecker ziehen? Hör nicht auf ihn, Mama! Bitte, hör nicht auf ihn!

»Sie brauchen das nicht jetzt zu entscheiden«, sagt Doktor Kleijn. »Nehmen Sie sich bitte die Zeit, alles in Ruhe zu überlegen. Und ich sehe in der Akte, dass Sie von Laras leiblichem Vater geschieden sind. Ich weiß nicht, wie der Kontakt zwischen Ihnen beiden ist, aber als ihr Vater muss er ebenfalls seine Zustimmung für eine eventuelle Beendigung des Lebens geben.«

»Nein«, schluchzt meine Mutter. »Ich kann das nicht ... Lara ist alles, was ich habe.«

»Wir können auch ein Gespräch mit einer Therapeutin für Sie vereinbaren«, sagt der Arzt. »Sie kann Sie in diesem Prozess begleiten. Und nochmals: Sie können auch entscheiden, Laras Behandlung noch eine Zeit lang fortzusetzen.«

»Ja«, antwortet Mama mit gebrochener Stimme, als wäre sie steinalt.

»Diese Therapeutin scheint mir gar keine so schlechte Idee.

Lassen wir sie doch nutzen.« Wieder Hans. Kann denn nicht jemand dafür sorgen, dass der Widerling seine Klappe hält?

Mama stöhnt. Ich will es nicht hören.

»Wenn Sie noch Fragen haben, können Sie mich jederzeit anrufen«, sagt Doktor Kleijn. »Ich wünsche Ihnen viel Kraft.« Seine Stimme kommt plötzlich aus der Höhe, wahrscheinlich ist er aufgestanden.

»Vielen Dank«, sagt Hans.

Mama murmelt etwas Unverständliches.

»Auf Wiedersehen«, grüßt Doktor Kleijn. Seine Schritte entfernen sich von mir in Richtung Gang. In Gedanken stelle ich mir vor, dass er jetzt zum nächsten Patienten geht. Wahrscheinlich hat er mich in ein paar Minuten wieder vergessen.

»Komm, Liebes, lass uns auch gehen«, brummt Hans. »Es war ein schwerer Tag für dich. Es hilft Lara nicht, wenn du zusammenbrichst.«

Nein, Mama, bleib hier, lass mich nicht allein!

Aber ich höre Schritte, die sich entfernen: die schweren von Hans und das leichte Klappern von Mama. Nach ein paar Sekunden höre ich nichts mehr.

Eine unglaubliche Angst überkommt mich. Ich werde sterben. Hier in diesem dummen Krankenhausbett. Vielleicht habe ich noch ein paar Tage, vielleicht entscheiden sie schon morgen, die Beatmung einzustellen. Dann ist es aus und vorbei mit mir. Und ich kann nichts dagegen tun.

Kapitel 23

Maud

»Okay, nur damit ich es verstehe: Du bist gestern Nachmittag mit Bobby etwas trinken gewesen – und jetzt hast du eine Verabredung mit Dexter, einem von Bobbys Mitbewohnern.« Nicoles Augenbrauen schießen in die Höhe. »O mein Gott!«

»Lieber Himmel.« Sogar Christine guckt mich erschrocken an.

»Na ja, so schlimm ist das ja auch nicht«, verteidige ich mich. »Ihr tut gerade so, als wäre ich verrückt geworden.«

»So sieht's aber schon aus«, schnauft Nicole. »Du hättest dich genauso gut mit Shrek treffen können. Wahrscheinlich wäre das auch noch witziger gewesen.«

»Na, vielen Dank«, seufze ich. »Diese Verabredung schien mir eine gute Idee zu sein.«

»Hm, ich weiß nicht.« Nicole verschränkt die Arme. »Dexter ist fünf Jahre älter als du und studiert. Was will der mit einer Schülerin? Und, oh ja, fast hätte ich das Wichtigste vergessen: Dexter ist ein Mitbewohner von Bobby. Du weißt schon, das ist der Typ, dem du nie vertraut hast.«

Sie sieht mich kopfschüttelnd an, als könnte sie nicht fassen, wie dumm ich bin.

Mein Blick huscht zu Christine; meistens hilft sie mir, wenn Nicole so unausstehlich besserwisserisch tut. Aber jetzt schaut sie geistesabwesend in eine andere Richtung. Na toll! Jetzt muss ich sehen, wie ich allein klarkomme.

»Das war damals, als ich Bobby noch nicht kannte«, sage ich und verschränke ebenfalls die Arme. »Jetzt kenne ich ihn, und das ist ganz was anderes. Er ist wirklich total nett.«

»Was? Du findest Bobby plötzlich nett?« Sie fasst sich an die Brust, als bekäme sie gleich einen Herzanfall.

Ein paar Schüler auf dem Schulhof schielen zu uns herüber.

»Jetzt reiß dich mal zusammen«, zische ich. »Alle sehen, wie du dich anstellst.«

»Ja, sorry! Meine Freundin lässt sich von so einem Fiesling bezirzen, und ich darf nicht mal was dazu sagen? Du …«

»Schluss jetzt«, sage ich plötzlich.

Nicole macht den Mund zu und sieht mich erstaunt an. »Hä?«

»Schluss jetzt«, wiederhole ich. »Sag ich etwa, dass deine Freunde lauter Idioten sind?«

Ihre Augen werden schmal. »Was ist das denn nun wieder für ein Bullshit?« Dann zuckt sie die Schultern. »*Whatever.* Sag später bloß nicht, ich hätte dich nicht gewarnt.«

Es fühlt sich so gut an, Nicole einmal zu besiegen, dass ich lächele. »Versprochen. Und im Übrigen: Dexter ist wirklich unglaublich nett. Wenn du ihn siehst, verstehst du, was ich meine.«

»Hm, muss wohl so sein.«

»Wohin geht ihr heute Abend überhaupt?«, fragt Christine.

Erstaunt drehe ich mich zu ihr um, denn fast hätte ich vergessen, dass sie auch noch da ist.

»Im Melkweg spielt eine Band«, antworte ich.

»Gut! Es wird bestimmt ein schöner Abend.«

Dankbar lächele ich Christine zu; endlich sagt mal jemand etwas Nettes über meine Verabredung mit Dexter.

»Und deine Mutter lässt dich einfach so gehen?«, fragt Nicole.

»Nein, natürlich nicht«, sage ich. »Sie war gestern Abend schon stinksauer, weil ich ihr Fahrrad in der Schule gelassen hatte. Wenn sie dahinterkommt, was ich heute Abend mache, bringt sie mich wirklich um.«

»Was erzählst du ihr denn dann? Dass du einen Skulpturenkurs machst, der bis zwei Uhr nachts dauert?«, höhnt sie.

Ich beiße mir auf die Lippe. »Nein, ich werde ihr sagen, dass ich heute Nacht mit Christine bei dir schlafe, weil wir ein Schulprojekt für Geschichte machen müssen.«

»Das wird ja immer schöner!«, ruft sie. »Du hast ein Date mit einem Typen, der mir absolut nicht in Ordnung scheint, und jetzt willst du, dass Christine und ich dir ein Alibi geben?«

»Nicole, bitte. Eine andere Ausrede fällt mir nicht ein. Deine Mutter findet es bestimmt nicht schlimm, wenn ich erst um zwei Uhr nachts zu euch komme. Sie ist so entspannt. *Please, please, please*, hilfst du mir?« Es geht mir total gegen den Strich, dass ich Nicole anflehen muss. Aber es wirkt, sie sieht mich etwas freundlicher an.

»Okay dann«, sagt sie. »Für zwei Päckchen Zigaretten mache ich es.«

Typisch Nicole. Sie tut nie was umsonst.

»Okay«, sage ich.

»Und glaub bloß nicht, dass ich so lange wach bleibe. Ruf mich auf dem Handy an, wenn du vor der Tür stehst.«

»Prima.«

»Und was kriegt Christine?«, fragt Nicole.

»Oh, lass nur«, sagt Christine schnell. »Sollte deine Mutter je danach fragen, habe ich kein Problem damit, ihr zu sagen, dass wir bei Nicole für das Geschichtsprojekt gearbeitet haben.«

»Danke dir«, sage ich.

Sie nickt.

Jetzt erst fällt mir auf, dass sie ganz blass ist.

»Alles okay mit dir?«, frage ich.

»Nein«, sagt sie kaum verstehbar. »Ich habe heute meine Tage bekommen und habe irrsinnige Bauchschmerzen.«

»Mist. Willst du vielleicht ein Paracetamol? Ich habe ein Päckchen in meiner Tasche.«

»Ich habe vorhin schon zwei genommen, sie helfen bloß überhaupt nicht.«

Sie sieht mich so bedauernswert an, dass ich ihr einen Arm um die Schulter lege. »Geh doch einfach nach Hause. Für die eine Mathestunde brauchst du doch wirklich nicht zu bleiben.«

»Vielleicht«, sagt sie zögernd.

»Wir melden dich schon krank«, sagt Nicole resolut. »Los, keine Widerrede, nimm dein Rad und zisch ab. Und dann klaust du zu Hause aus der Praxis deines Vaters Tabletten, die besser wirken als Paracetamol.«

»Okay.« Christine starrt zu Boden und scharrt mit den Füßen über den Bürgersteig, als wäre sie ganz neu an der Schule und wüsste noch nicht genau, wohin sie soll.

»Na, wird's noch?«, fragt Nicole.

»Ja, ja, ich gehe ja schon«, murmelt sie. Langsam hebt sie den Kopf. Sie schaut mich mit feuchten Augen an, als würde sie gleich anfangen zu weinen. »Viel Spaß heute Abend im Melkweg. Ich höre morgen ja bestimmt, wie es war.«

Kapitel 24

Maud

Es ist dunkel, voll und lärmend im großen Saal vom Melkweg. Auf der Bühne spielt die Band ein Stück, das klingt, als wären alle fünf Bandmitglieder vollkommen bekifft.

»Gute Musik, was?«, brüllt Dexter mir ins Ohr. »Das ist wirklich eine Spitzenband. Ich liebe diese Mischung aus Rock und experimentellem Pop, du auch?«

»Äh, ja.« Ich nicke.

»Willst du was trinken? Bier, Wein, einen Cocktail?«

»Einen, äh, Cocktail.«

»Welchen denn?«

»Wodka Orange.«

Dexter bricht in Lachen aus. »Wodka Orange, echt nicht. Der Drink ist so was von out – überleg dir ruhig was anderes, ich geb einen aus!«

»Ähm ...« Irgendwo in meinem Hirn versuche ich, ein anderes Getränk zu finden. Es klappt nicht.

»Weißt du was? Ich bestelle einfach was für dich, okay?«

Sein Blick sagt so etwas wie: Gehst du vielleicht zum ersten Mal aus? Du kennst doch wohl noch andere Drinks?

Plötzlich fühle ich mich wie eine dumme, kleine Schülerin, und meine Wangen brennen.

»He, mach nicht so ein Gesicht«, sagt Dexter und lächelt. »Wodka Orange ist auch einer meiner Lieblingsdrinks. Aber ich habe Lust, dir jetzt etwas Besonderes zu servieren.«

Seine Hand berührt meine ganz lässig, was meine Wangen noch wärmer werden lässt, aber jetzt aus einem anderen Grund.

Dexter lehnt sich über den Tresen. Heimlich genieße ich seinen Anblick. Seine blonden Haare locken sich über den Ohren, und er sieht wahnsinnig gut aus in seinem schwarzen T-Shirt, der Jeans und den Sneakern. Was war ich heute Abend nervös, als ich mit dem Rad zum Melkweg fuhr. Meine Mutter wollte erst nicht, dass ich bei Nicole übernachte, so mitten in der Woche und am nächsten Tag wieder zur Schule – wir würden doch im Leben nicht rechtzeitig ins Bett gehen. Sie fand immer neue Gründe, weshalb das alles nicht vernünftig wäre. Erst als ich sagte, ich bekäme sonst eine Sechs in Geschichte und würde meinen Abschluss wahrscheinlich nicht schaffen, gab sie sich murrend geschlagen.

»Bitte schön!«, sagt Dexter und schiebt mir über den Tresen hinweg ein Glas zu. »Wo warst du mit deinen Gedanken?«

Mein Herz macht einen Satz. »Oh, nirgends. Ich dachte nur gerade an etwas, das wir für die Schule machen müssen.«

»Hm.« Er lächelt, als wüsste er, dass ich lüge. »Prost.«

Schnell nehme ich einen großen Schluck von dem Drink. Er ist süß und schmeckt kaum nach Alkohol. Ich versuche, nicht an die Kalorien zu denken, die so ein Cocktail hat. »Lecker«, sage ich. »Was ist das?«

»Ein Mojito.«

»Ein was?«

»Ein Mojito. Ein Cocktail mit Rum, frischer Minze, Zucker und Limettensaft. Im Urlaub in Costa Rica habe ich nichts anderes bestellt. Sturzbetrunken wird man davon, also pass nur auf«, sagt er und grinst.

»Wann warst du in Costa Rica?«, frage ich und nippe an meinem Getränk.

»Vor vier Jahren, als ich meinen Schulabschluss hatte. Ich bin ein halbes Jahr durch Südamerika gereist. In Costa Rica bin ich zwei Monate hängen geblieben, so relaxed war dort alles. Und du rätst im Leben nicht, wen ich dort getroffen habe.«

Erwartungsvoll sieht er mich an. Offenbar soll ich jetzt einen Namen nennen.

»Äh, Bobby?«, rate ich.

»Ja, genau, Bobby!« Er grinst. »Und meinen anderen Mitbewohner, Arthur. Sie waren auch als Backpacker unterwegs. Zufällig waren wir im selben Hostel. So habe ich sie kennengelernt. Es stellte sich heraus, dass wir alle drei in Amsterdam studieren wollten. Bobbys Vater hatte dort ein Haus gekauft, und Bobby war noch auf der Suche nach zwei Mitbewohnern. Das wurden Arthur und ich.«

»Also hast du eigentlich dank deines Urlaubs in Costa Rica was zum Wohnen gefunden?«

»Ja, witzig, oder?«

Er lächelt.

Ich erwidere sein Lächeln.

Es ist so leicht, sich mit ihm zu unterhalten. Seine Stimme ist ruhig und bedächtig. Ganz anders als das lärmende und coole Getue der Jungs aus meiner Klasse. Bei Dexter habe ich das Gefühl, er hört mir wirklich zu.

Er dreht sein Glas in den Händen. »Ich habe viel über unser Gespräch von gestern nachgedacht, über Lara. Du tust mir so leid.«

Lara. Ihr Name donnert durch meinen Kopf und schnürt mir die Kehle zu.

»Shit. Oh Maud, tut mir leid. Ich hätte nicht davon anfangen sollen.« Er macht ein erschrockenes Gesicht.

Mein Hals entspannt sich, und ich bekomme wieder Luft. »Nein, nein, ist nicht schlimm«, sage ich und starre auf meine Handflächen.

»Das sollte ein schöner Abend werden, und da fange ich von deiner besten Freundin an, die im Krankenhaus liegt. Himmel, was bin ich doch für ein Idiot. Vergiss es bitte, anderes Thema!«

Ich müsste nicht mehr tun, als zu nicken, aber ich sage: »Lara und ich haben uns in der letzten Zeit nicht mehr so oft gesehen.«

Dexter sagt nichts, er sieht mich nur ein wenig erstaunt an.

»Ich meine, nicht weil ich sie nicht mehr nett fand oder so, aber sie war ständig bei Bobby«, sage ich, weil ich das Gefühl habe, ich müsste etwas erklären. Ich weiß nur nicht, ob es dadurch klarer wird, denn er sieht mich noch immer schweigend an.

»Bei mir war es genauso«, sagt er plötzlich. »Bobby und ich, wir haben uns in der letzten Zeit auch viel seltener gesehen. Er war ständig bei Lara.«

Verdutzt sehe ich ihn an. »Echt jetzt?«

»Ja.« Dexter seufzt. »Ich verstehe also, was du meinst. Es fühlt sich schon so an, als würde man zur Seite geschoben.«

»Ja, genau«, sage ich.

»Trotzdem weiß ich, dass das nichts an der Freundschaft zwischen Bobby und mir ändert. Es ist okay, dass er jetzt öfter bei ihr ist, das wird schon wieder.«

Sehe ich da eine Träne glitzern zwischen seinen Wimpern?

Er blinzelt. »Und du solltest an deiner Freundschaft mit Lara auch nicht zweifeln.«

»Vielleicht hast du ja recht«, sage ich leise. »Aber wir haben uns am Tag vor ihrem Unfall gestritten. Es ging eigentlich um nichts, doch jetzt fühle ich mich deswegen ganz furchtbar. Ich möchte es so gern wiedergutmachen.«

»Das verstehe ich.« Dexter nimmt sich viel Zeit für seine Antwort. »Aber du musst weiter daran glauben, dass alles gut ausgeht. Lara wird wieder gesund.«

Er berührt meine Hand, und ich bekomme überall Gänsehaut. Mein Blick weicht seinem aus, ich tue so, als würde ich ausgiebig einen Bierdeckel inspizieren.

»Willst du noch etwas trinken?«, fragt er. »Noch einen Mojito?«

»Gern«, sage ich heiser.

Dexter winkt der Bedienung hinter der Theke, und gefühlt nur Sekunden später stehen zwei neue Getränke vor uns auf dem Tresen.

»Auf die Freundschaft«, sagt Dexter und hebt sein Glas.

»Auf die Freundschaft«, murmele ich und nehme ein paar große Schlucke.

Dann rutscht mir heraus: »Ich werde schon seit ein paar Tagen von einem Mann verfolgt.«

»Was?« Der Blick in Dexters Augen wird ganz dunkel. »Du wirst von einem Mann verfolgt? Das ist ein Scherz, oder?«

Er lacht nicht, sieht mich starr an.

Plötzlich fühle ich mich ganz klein und elend. »Nein, wirklich ... Darüber mache ich bestimmt keine Witze.«

»Nur ruhig, Maud.« Seine Hand wieder auf meiner. »Ich bin nicht böse auf dich. Ich bin nur furchtbar erschrocken. Erzähl, was genau ist passiert?«

Ganz tief hole ich Luft und erzähle ihm von dem Mann im Park, an der Straßenbahn, im Krankenhaus. Die Worte purzeln nur so übereinander. Ich möchte, dass mein Kopf leer ist. Es ist, als würde ich eine Tür öffnen und den ganzen Müll rauswerfen. Dexter sagt während meiner ganzen Geschichte kein Wort. Manchmal nickt er zum Zeichen, dass er zuhört.

Erst als ich ganz fertig bin, sagt er: »Holy fucking shit.«

»Ja, aber das ist noch nicht alles.« Meine Zähne pressen sich in meine Unterlippe, bis ich den metallischen Geschmack von Blut schmecke. »Ich glaube ... ich glaube, dass der Typ auch etwas mit Laras Unfall zu tun hat.«

Dexters Augen weiten sich. »Aber ... aber ...«, stammelt er. »Das verstehe ich nicht.«

Ob er glaubt, dass ich verrückt geworden bin? Plötzlich bereue ich, dass ich davon angefangen habe. »Sorry, das ist alles Unsinn.«

»Maud, ich bin wirklich froh, dass du mir das erzählst.« Dexter reibt sich die Augen. »Aber du musst mir helfen, es zu verstehen. Das ist ganz schön heftig. Warum glaubst du, dass der Typ etwas mit Laras Unfall zu tun hat?«

Meine Finger zerrupfen den Bierdeckel. »Es ist so ein Gefühl. Bis vor zwei Wochen war mein Leben noch ganz in Ordnung und das von Lara auch. Plötzlich hat sie einen Unfall, und ich werde von so einem unheimlichen Typen verfolgt. Der Kerl taucht überall auf, sogar im Krankenhaus. Das ist doch seltsam?«

Unsicher schaue ich ihn an. Es fühlt sich an, als wäre ich durchsichtig und als könnte er mir direkt ins Herz schauen.

»Das ist wirklich seltsam«, sagt er langsam. »Bist du mit der Geschichte bei der Polizei gewesen?«

In einem Zug trinke ich den Rest von meinem Mojito. »Ja, letzten Samstag.«

»Und? Was haben sie gesagt?«

Ich stoße ein nervöses Lachen aus. »Dass sie nichts tun könnten.«

»Wieso nicht?«

»Weil der Typ nichts Strafbares getan hat. Jemanden anstarren ist kein Verbrechen.«

»Aber es ist sehr wohl eins, wenn er was mit Laras Unfall zu tun hat.«

»Ja, das stimmt«, seufze ich. »Doch dieser Polizist hat die Geschichte nicht ernst genommen. Er hat sich nicht mal Notizen gemacht.«

»Das ist ja lachhaft!«

»Ja.« Meine Finger reißen die Reste des Bierdeckels mittendurch. »Leider muss ich erst ermordet werden, bevor mich die Polizei ernst nimmt.«

»So weit wird es nicht kommen.« Sein Blick ist warm und freundlich. »Ich bin jetzt bei dir.«

Ein Gefühl der Ruhe legt sich über mich. Ruhe, die ich seit Laras Unfall nicht mehr empfunden habe.

»Nicht mehr grübeln, Kleines.« Sein Daumen streichelt über meinen Handballen.

Kleine Elektroschocks durchzucken mich. Ein Feuerwerk meiner Nerven.

»Ich habe eine gute Idee. Das ist ein schöner Song, und wir zwei gehen jetzt tanzen.«

Bevor ich weiß, wie mir geschieht, hat er mich hochgezogen. Alles beginnt sich zu drehen, und ich falle fast um. Dexters Arm fängt mich auf.

»Pass auf«, sagt er grinsend. »Diese Mojitos haben es in sich, ich hatte dich ja gewarnt. Geht's wieder?«

»Ja, ja, ich bin nur ein wenig zu schnell aufgestanden.« Ob er sehen kann, dass mein Herz durch meinen Brustkorb rast?

Ich folge ihm zur Tanzfläche. Er stellt sich dicht zu mir und legt die Arme um meine Taille.

»Das Stück handelt von der Liebe, die alles besiegt«, sagt Dexter leise.

Seine Hüften bewegen sich im Rhythmus der Musik. All meine Muskeln sperren sich. Steif stehe ich in seinen Armen.

»Spür die Musik«, murmelt er. »Lass dich gehen.«

Zögernd bewege ich die Hüften. Nach ein paar Versuchen habe ich den Rhythmus, und wir bewegen uns synchron.

»Sehr gut«, sagt Dexter.

Mein Selbstbewusstsein wächst, und ich beginne, ein wenig herausfordernder zu tanzen. Dexter stöhnt und fasst mich noch fester.

Ich fühle mich großartig. Leute schauen zu uns rüber, als wären wir der Mittelpunkt der Tanzfläche und als dienten alle anderen nur dazu, sie zu füllen.

»Wie spät musst du zu Hause sein?«, flüstert er mir ins Ohr. Sein Atem kitzelt auf meiner Wange.

»Ich habe meiner Mutter gesagt, dass ich heute Nacht bei einer Freundin schlafe«, flüstere ich zurück.

»Und? Gehst du da auch wirklich hin?« Seine Finger streichen an der Unterkante meines Rückens entlang.

Ich schmelze von innen, alles fließt. Meine Knie geben nach, meine Beine sind wie aus Gummi. »Vielleicht«, murmele ich mit belegter Stimme.

»Du kannst auch mit zu mir kommen«, sagt er. Seine Pupillen sind so groß, dass ich das Blau seiner Iris nicht mehr sehe.

Ich weiß, was passieren wird, wenn ich mit zu ihm gehe. Es wäre mein erstes Mal.

»Und?«, flüstert Dexter.

»Ja.« Ich kann kaum reden, mein Atem pfeift durch meine Kehle. »Ja«, sage ich etwas lauter. »Ja, ich gehe mit dir.«

Kapitel 25

Maud

Kichernd gehe ich die kleine Treppe zur Haustür hoch. Dexter stochert im Schlüsselloch herum, was mich noch lauter lachen lässt.

»Lach nur«, murrt er. »Hast du schon mal versucht, nach drei Mojitos einen Schlüssel ins Loch zu stecken?«

Klick, die Tür geht auf.

Dexter grinst. »Bingo. Komm rein in unser bescheidenes Heim.«

Er macht eine einladende Geste. Zögernd trete ich ein.

»Wow«, rufe ich.

Der Boden der Diele ist aus weißem Marmor, im Fenster oberhalb der Diele ist Bleiglas, und an den Wänden hängen überall Gemälde. Ich habe keine Ahnung von Kunst, aber es sieht nicht billig aus.

»Das ist ja wie im Museum«, sage ich bewundernd. »Dass du hier wohnst!«

»Ach, so besonders ist das nicht«, sagt er und zuckt mit den Schultern. »Bobbys Vater hat die Gemälde gekauft. Er ist Bankier, und meiner Ansicht nach weiß er gar nicht, wohin mit seinem Geld.«

Mein Blick wandert über die Gemälde. »Schön sind sie.«

Dexter nimmt meine Hand und flüstert mir etwas ins Ohr. »Soll ich dir noch was anderes Schönes zeigen? In meinem Zimmer?«

Wenn sich unsere Blicke begegnen, scheint die Luft zu knistern. Ich kann nichts sagen, nur nicken, so sehr klopft mein Herz.

»Komm.« Er zieht mich zur Treppe.

Mir ist fast schwindelig vor Glück.

»Weiß deine Freundin, dass du hier schläfst?«, murmelt er.

Plötzlich bekomme ich eine Vision von Nicole, die wach wird und sich suchend umschaut. Sie ist glatt in der Lage, meine Mutter anzurufen und zu fragen, ob ich zu Hause schlafe.

»Shit, nein. Warte mal.« Mit der rechten Hand fummele ich mein Handy aus der Hosentasche. »Ich schicke ihr schnell eine Nachricht.«

Seine Augen beobachten meine Finger. Die Tasten scheinen plötzlich viel kleiner als sonst.

Hey Nicky, ich schlafe bei Dexter, also keine Sorge, weil ich nicht da bin. Sehe dich morgen in der Schule, Kuss M.

»Verschickt?«, flüstert er mir ins Ohr.

»Ja.« Meine Stimme zittert.

Die Hände ineinander verschlungen, gehen wir nach oben. Auf dem Treppenabsatz kommen wir an einer Tür mit Ajax-Aufkleber vorbei.

»Arthurs Zimmer«, sagt Dexter leise. »Und hier«, er zeigt auf eine schwarz gestrichene Tür, »schläft Bobby.«

Verrückte Vorstellung, dass Bobby hinter dieser schwarzen Tür schläft. Und noch viel verrückter ist die Vorstellung, dass Lara hier auch unzählige Nächte verbracht hat. Der Kummer schleicht sich wieder in meinen Körper, aber ich schiebe ihn weg. Nicht heute Abend. Nicht hier. Nicht jetzt, während ich bei Dexter bin.

»Und das ist mein Zimmer.« Er öffnet die letzte Tür in dem Flur. Mit Kribbeln im Bauch betrete ich den Raum. Es ist ein kleines, aber gemütliches Zimmer mit einem Schreibtisch, einem Sofa und einem sehr großen Bett an der Wand. Ich traue mich fast nicht, einen Blick darauf zu werfen.

»Hübsch«, murmele ich.

Dexter geht zum Fenster und zieht die Vorhänge zu. Die Aussicht auf die Utrechtsestraat verschwindet.

»Komm mal her!« Er legt seine Arme um mich.

Erstaunt merke ich, dass ich ebenfalls meine Arme um ihn lege. Dass ich mich das traue! Sein Gesicht kommt näher, meine Augen schließen sich. Warme Lippen auf meinen Lippen, seine Zunge schlüpft hinein und dreht sich um meine.

»Oh Maud«, murmelt Dexter. Mein Name klingt anders, erwachsener.

Auf meinem Rücken klettern seine Hände nach oben, sie kriechen unter meinen Pullover. Mir stockt der Atem. Die Finger bewegen sich weiter hoch, zu meinem BH. Geschickt öffnet Dexter den Verschluss. Meine Brüste verschwinden in seinen Händen. Es ist, als würde er mein Herz in die Hand nehmen und es sanft massieren. Weitermachen! Weitermachen!, schreit alles in mir. Aber seine Finger sind schon auf dem Weg zu einem anderen Ort. Meine Leggings wird hinuntergestreift, mein Slip ist als Nächstes dran. In einer fließenden Bewegung zieht mir Dexter BH und Pullover über den Kopf. Und dann habe ich nichts mehr an. Nackt stehe ich vor ihm. Plötzlich ist mir meine weiße Haut sehr bewusst, mein speckiger Bauch und meine dicken Oberschenkel.

»Du bist wunderschön«, sagt Dexter.

Er schaut mich an, und ich sehe, dass er es ernst meint.

Es ist, als würden zehn Kilo von mir abfallen. Zum ersten Mal in meinem Leben habe ich das Gefühl, einen schönen Körper zu haben.

Dexter beginnt mich wieder zu küssen. Sein Mund knabbert an meinen Lippen, während seine Finger, warm und stark, meine Hüfte streicheln. Und dann verschwinden sie plötzlich zwischen meinen Beinen. Jetzt hüpft mein Herz fast aus meiner Kehle – so weit bin ich noch nie mit einem Jungen gegangen!

»Warte«, murmelt er und kämpft mit seinem Shirt.

Ich will, dass er sich beeilt, ich will seine Hand wieder zwischen meinen Beinen. Es dauert mir zu lange, und ich helfe ihm beim Ausziehen. Ein Seufzer rutscht mir heraus, so schön ist er. Ich will mehr und knöpfe seine Hose auf. Seine Jeans gleitet von seinen Hüften. Dexter steigt aus der Hose und streift seine Boxershorts ab.

Mein Blick huscht über seinen Körper, und ich lege meine Hände auf seine Brust. Unter meinen Handflächen spüre ich, wie sein Herz rast. Ich streichle seinen Rücken, gehe zu seinen Pobacken. Und dann mache ich etwas, wovon ich dachte, dass ich es mich nie trauen würde: Ich halte ihn ganz fest und presse mich an ihn.

Wir atmen gegenseitig unseren Atem ein und saugen den Geschmack des anderen auf.

»Maud«, keucht Dexter. »Wenn du nicht weitergehen willst als bis hier, musst du jetzt aufhören mit dem, was du da tust. Du machst mich total kirre.«

»Ich will weiter«, sage ich. Ich will es auch wirklich.

»Sicher?«

»Ja.«

Er drückt mich aufs Bett. Mit einer Hand streichelt er meine Wange, mit der anderen wühlt er in seinem Nachtschränkchen.

»Was machst du?«, frage ich.

»Geschafft.« Dexter hält mir ein kleines, quadratisches Päckchen vor die Nase. Gut, dass er an ein Kondom denkt. Ich weiß nicht, ob ich sonst davon angefangen hätte.

Während Dexter das Kondom überstreift, fragt er: »Ist das dein erstes Mal?«

»Äh, ja.«

»Es wird etwas Besonderes, das verspreche ich dir.«

Seine Beine schieben meine auseinander, und dann ist er auf einmal in mir. Es ist so unglaublich, ihn in mir zu spüren, dass ich die Luft anhalte.

»Tue ich dir weh?«, fragt er erschrocken.

»Nein, nein, es ist nur ... ich habe das noch nie erlebt.«

»Entspann dich, dann geht es leichter.« Langsam fängt er an, sich zu bewegen.

Meine Beine umschlingen seine, und meine Hüften bewegen sich mit ihm. Es ist, als hätte ich das schon viel öfter getan, so selbstverständlich fühlt sich alles an.

»Alles gut?«, fragt Dexter mit belegter Stimme.

»Ja, ja!«

Er bewegt sich schneller, seine Augen sind halb geschlossen, und sein Mund ist leicht geöffnet. Ich schaue ihn unablässig an, kann meinen Blick nicht von ihm lösen. Ich empfinde so viel Liebe, dass ich fast zerspringe.

Und dann stöhnt er.

Ich spüre es.

Ich spüre es innen drin.

Der ganze Abend sammelt sich in diesen wenigen Sekunden.

Es gibt keine Lara mehr. Es gibt keine Schule mehr. Es gibt kein Genöle meiner Mutter mehr. Es gibt keinen Streit mit David mehr. Es ist, als würde mein Leben erst jetzt beginnen, als wäre alles vor diesem Moment unwichtig.

Eng aneinander gekuschelt liegen wir in seine Decke gewickelt. Sein Daumen dreht Runden auf meiner Schulter. »Das war sehr besonders.«

Ich nicke.

»Maud?«

Mein Kopf dreht sich zu ihm.

»Weinst du jetzt?«

»Ein bisschen«, sage ich leise. »Vor Glück, glaube ich.«

»Süße.« Ein Küsschen landet auf meiner Nasenspitze. Ich lächele.

Seine Finger wischen meine Tränen weg. »Sollen wir uns für morgen Nachmittag wieder verabreden? Ich kann dich von der Schule abholen.«

Mein Herz schlägt einen Salto, Dexter will mich noch einmal sehen!

»Wir können in eine Kneipe gehen oder eine Grachtenrundfahrt machen oder im Vondelpark picknicken. Sag nur, was du willst.«

»Am liebsten ginge ich morgen zu ...«, fange ich an, aber dann sehe ich ein, wie idiotisch die Idee ist. »Lass nur«, murmele ich.

»He, Mädchen.« Er nimmt mein Gesicht zwischen seine Hände. »Du kannst mir alles sagen. Was wolltest du vorschlagen?«

»Du findest es bestimmt total verrückt.«

»Glaubst du.«

»Ich kann auch allein gehen, dann treffen wir uns anschließend.«

»Sag doch jetzt einfach, was es ist.«

»Willst du ... willst du morgen mit mir zu Lara gehen?«

Das Blau in seinen Augen wird ganz sanft. »Ja. Ja, natürlich.«

»Wirklich?«

»Wirklich!«

Sein Mund kommt näher. Es regnet Küsschen auf meine Augen, Nase, Wangen. »Ich fühle mich sehr geehrt, dass ich dich zu Lara begleiten darf.«

Kapitel 26

Lara

Schritte. Manchmal scheint das ganze Krankenhaus aus Schritten zu bestehen. Es gibt schnelle, die durch den Gang rennen, auf dem Weg zu etwas oder jemandem. Wie ein Zug rasen sie an meiner Tür vorbei. Dann gibt es die Arbeitsschritte. Die laufen in festen Mustern durch das Krankenhaus, haben es aber nicht allzu eilig. Ich erkenne schon viele davon. Die etwas schleppenden Schritte der Reinigungskraft, die morgens ihre Runde macht. Die klappernden Absätze der Dame, die mittags mit dem Essenswagen vorbeikommt.

Und dann gibt es noch die Schritte der Pflegekräfte und Ärzte. Die Schwestern machen immer irgendetwas in meinem Zimmer: Sie wechseln Infusionsbeutel, messen meine Temperatur, machen Notizen in mein Krankenblatt. Manchmal sind sie zu zweit und sprechen über meinen Kopf hinweg miteinander, so wie heute Morgen.

»Das arme Mädchen liegt hier schon über zwei Wochen«, sagte eine Stimme, die jung und munter klang.

»Schrecklich, was?«, entgegnete eine etwas tiefere Stimme.

»Meine Tochter ist auch sechzehn, und sie kennt dieses Mäd-

187

chen von der Schule. Es hätte genauso gut meine Tochter sein können. Das geht einem dann schon sehr nah.«

»Tja, daran darf man echt nicht denken. Aber nun ja, man kann sie schlecht für den Rest ihres Lebens zu Hause halten.«

Meine Gedanken kreisten. Wer war wohl die Tochter der Frau mit der tiefen Stimme? Wenn sie mich kennt, kenne ich sie auch. Oder kennt mich mittlerweile jeder, seit ich im Koma liege? Vielleicht bin ich ja zum Freak unserer Schule geworden.

»Hast du die sauberen Laken mitgenommen?«, fragte die junge Stimme.

»Hier.«

Die Dunkelheit begann sich zu drehen. Wahrscheinlich rollten sie mich auf die andere Bettseite.

»Ist hier heute Morgen überhaupt sauber gemacht worden?«, fragte die Frau mit der tieferen Stimme. »Da liegt überall Schmutz auf dem Boden.«

»Ich werde mich mal erkundigen. Dieses neue Reinigungsunternehmen reißt sich nicht gerade ein Bein aus. So, das ist besser, oder?«

Am Ton konnte ich hören, dass ihre letzte Frage mir galt.

Nein, ich spüre keinen Unterschied, aber trotzdem danke.

»He, das hatte ich noch gar nicht gesehen«, murmelte die tiefere Stimme. »In ihrem Krankenblatt steht, dass sie jeden Tag eine intravenöse Dosis Fentanyl bekommen soll.«

»Fentanyl? Ist das nicht ein Schlafmittel?«

»Ja, dafür wird es meistens verwendet. Aber es ist auch ein Beruhigungsmittel. Wahrscheinlich hat der behandelnde Arzt es verschrieben, weil ihr Herzschlag zu hoch war; bei Komapatienten ein Anzeichen für Schmerzen.«

»Aber ist diese Dosis nicht ein bisschen zu viel?«, fragte die junge Stimme.

»Hm, du hast recht. Wer hat das verordnet?«

»Doktor Kleijn, steht hier. Soll ich bei ihm nachfragen?«

Ein kurzes, hohes Lachen. »Na, wenn du eine Predigt riskieren willst – der Mann ist noch eigensinniger als Gott persönlich.«

Stille. »Ach, wird schon stimmen. Er hat sich das bestimmt gut überlegt.«

»Das glaube ich auch. Komm, wir gehen. Es ist halb sechs, sonst verpassen wir unsere Kaffeepause. Ich komme nachher noch einmal mit dem Medikament vorbei.«

»Hat Anne nicht heute Geburtstag?«

»Ja, sie ist fünfzig geworden.«

»Hoffentlich hat sie diese leckere Haselnusstorte vom Konditor mitgebracht. Ich kann keine Supermarkttorten mehr sehen, die essen wir so oft.«

Die Stimmen verebbten mit ihren Schritten.

Doktor Kleijn. Schon sein Name versetzt mich in Angst. In Todesangst sogar. Zum Glück ist er seit dem furchtbaren Gespräch mit Mama und Hans nicht mehr hier gewesen. Offenbar will er mich jetzt mit so einem Pferdemittel außer Gefecht setzen. Ich fürchte mich vor dem Augenblick, in dem er dieses Zimmer wieder betritt. Auf seine Schritte kann ich für immer verzichten.

Andere Schritte vermisse ich. Den geschmeidigen, federnden Tritt von Bobby. Ich kann mich nicht mehr erinnern, wann er das letzte Mal im Krankenhaus gewesen ist. Vielleicht ist er ja nie da gewesen. Hör auf, natürlich ist er vorbeigekommen. Er hat deine Hand gehalten und dir liebe Worte ins Ohr geflüstert. Du weißt es nur nicht mehr, denn in deinem Kopf herrscht ein einziges Chaos. Ich versuche mich selbst zu beruhigen, aber es ist, als hätte die Dunkelheit alles gelöscht, als wäre ich von innen schon tot.

»Bobby!«, rufe ich in die Finsternis. »Oh Bobby, hilf mir, hol mich hier raus!«

Die Dunkelheit wird noch dunkler, so dunkel, dass ich darin

versinke, immer tiefer. Und in diesem pechschwarzen Dunkel höre ich plötzlich ein Geräusch. Ein Atmen.

Es kommt mir vor, als würde ich vor Angst auseinanderfallen. Wer ist da?

Sitzt Hans wieder neben meinem Bett? Oder ist es jemand anders?

Der Atem geht schneller, er klingt fast ein wenig gierig. Angespannt höre ich zu. Warum macht der Kerl nichts? Warum hockt er nur da? Warum? Warum? Warum?

Plötzlich zerreißt etwas in mir. Wie ein Fluss strömt die Angst davon. Alles wird kalt. Ich will das nicht mehr. Ich kann so nicht mehr. Was ist das noch für ein Leben? Wer bin ich noch? Meinen Hintern wischt jemand anders ab, mein Körper wird wie ein Fleischklumpen durchs Bett gerollt, mein Kopf hat sich laut Doktor Kleijn in einen blutigen Trümmerhaufen verwandelt. Eigentlich gibt es mich schon nicht mehr.

Vielleicht will die Person neben meinem Bett mir ja helfen. Kranke Seehunde erlöst man schließlich auch von ihrem Leid, wenn es keine Hoffnung mehr gibt. Und es gibt keine Hoffnung mehr.

Es tut mir leid.

Es tut mir leid für Mama.

Es tut mir leid für Bobby.

Es tut mir leid für Maud.

Es tut mir leid für jeden, der noch ein wenig Hoffnung hatte.

Aber am meisten leid tut es mir für mich.

»Mach es!«, schreie ich durch die Dunkelheit. »Bring mich um! Es hat ja doch keinen Sinn mehr.«

Zitternd warte ich ab. Ob es wehtun würde? Würde ich es merken? Oder ist es bumm, zack, vorbei?

Mach es bitte jetzt!, flehe ich. Mach es, bevor mich der Mut verlässt.

Und dann ist das Atmen plötzlich weg. In der absoluten Stille, die jetzt eintritt, höre ich in der Ferne Schritte. Immer näher kommen sie und laufen in mein Zimmer.

»So«, sagt die tiefe Stimme der Krankenschwester von vorhin. »Ich gebe dir jetzt eine Spritze, und danach wirst du schön schlafen.«

Kapitel 27

Maud

Heute Morgen wurde ich früh wach, mit einem trockenen Mund und hämmernden Kopfschmerzen. Trotzdem fühlte ich mich fantastisch. Mein Kopf lag auf Dexters Schulter, und er hielt mich im Schlaf ganz fest. Ich hatte alle Zeit, ihn zu betrachten. Sein Mund stand halb offen, und er blies jeden Atemzug pfeifend aus. Seine Wangen waren zart und rosa, nirgends eine Liegefalte zu entdecken. Sein ganzes Gesicht war frisch und klar von der Nacht. Ich wusste nicht, dass jemand schlafend so schön sein konnte.

»Studierst du mich heimlich?« Ein Auge klappte auf.

Knallrot wurden meine Wangen. »B-Bist du wach?«

Dexter lächelte. »Ja. Komm mal her.«

»Wieso?«

»Ich glaube, deine Schule fängt erst in einer Stunde an. Also haben wir noch einen Moment.«

Begierig glitten seine Hände über meinen nackten Körper.

»Ich will dich«, murmelte er.

»Fang mich doch«, kicherte ich und sprang aus dem Bett.

»Kleines Biest.«

Lachend rannte er hinter mir her. Ich warf ein Kissen nach ihm.

»Pass nur auf.« Er grinste. »Ich kriege dich.«

Quietschend vor Lachen hüpfte ich übers Sofa, auf den Boden. Und dann war ich in einer Ecke des Zimmers eingeklemmt.

»Jetzt hab ich dich.« Vorsichtig hob er mich auf seine Arme und trug mich über den Flur ins Badezimmer. Zum Glück sind wir keinem über den Weg gelaufen!

Unter der Dusche haben wir es dann noch einmal getan. Mit meinem Rücken am Glas der Duschkabine. Durch das warme Wasser klebten wir aneinander fest und verschmolzen. Außer mir vor Glück radelte ich eine Dreiviertelstunde später zur Schule. Nicole und Christine würden Augen machen!

Aber Christine war immer noch krank. Und Nicole fing von der letzten Folge *My Super Sweet 16* an zu erzählen, kaum dass sie mich sah. Sie machte sich nicht einmal die Mühe zu fragen, wie es gestern Abend bei Dexter gewesen war. Mir war, als würde ich sie zum ersten Mal näher betrachten. Ihre roten Lippen voller Lipgloss bewegten sich unaufhörlich. Und sie schwang ihre Locken geziert über die Schulter. Heute nervte sie mich wirklich tierisch. All die Monate hatte ich mir ihre Geschichten über Jungs anhören müssen. Und wenn ich ein Mal einen Freund hatte, wollte sie nicht zuhören. In der Pause habe ich gesagt, ich müsste etwas kopieren. Ich hatte jedenfalls absolut keine Lust, mit dieser blöden Ziege Kaffee zu trinken.

Zum Glück war es ein kurzer Tag, und meine letzte Stunde endete um Viertel nach eins. Ohne mich von Nicole zu verabschieden, lief ich raus, wo Dexter schon auf mich wartete. Zusammen sind wir dann ins Krankenhaus geradelt.

In Laras Zimmer sind diesmal die Vorhänge geschlossen, wodurch die Außenwelt vollkommen verschwunden ist. Dexter drückt meine Hand. »Soll ich auf dem Gang warten, damit du einen Moment mit Lara allein sein kannst?«

Aus den Augenwinkeln sehe ich Lara dort liegen. Sie wirkt noch kleiner und weißer als am Samstag. Panik schnürt mir die Kehle zu.

»Würdest du bitte bei mir bleiben?«, frage ich mit dünner Stimme.

»Natürlich.«

Dexter verschränkt seine Finger mit meinen. Gemeinsam treten wir an Laras Bett.

»O mein Gott!«, höre ich Dexter murmeln.

Er sieht Lara zum ersten Mal. Ich habe mich schon ein wenig an all die Drähte und Schläuche gewöhnt.

Wir nehmen uns Stühle und setzen uns. Der Sauger der Beatmung geht seufzend rauf und runter. Ich schaue zu Dexter und sehe, wie bestürzt er ist.

»Alles in Ordnung?«, frage ich.

»Ja, ich ... ich hatte nicht erwartet, dass es so heftig wäre.« Er wendet das Gesicht ab. Wahrscheinlich will er nicht, dass ich die Tränen in seinen Augen sehe.

Vorsichtig nehme ich Laras Hand. Ich denke an Christine, daran, wie sie letztes Mal mit Lara redete.

»Hallo«, sage ich. »Ich dachte, äh, ich komme einfach mal bei dir vorbei.«

Bei Christine klang es sehr natürlich. Bei mir klingt es, als würde ich in einem schlechten Theaterstück spielen.

»Hi Lara«, sagt Dexter heiser. »Ich sitze auch neben deinem Bett, du weißt schon, Dexter, Bobbys Mitbewohner. Wir vermissen dich bei uns zu Hause.«

Reglos liegt Lara im Bett. Könnte ich nur mal kurz in Laras

Kopf schauen. Was denkt sie jetzt wohl? Findet sie es nett, dass Dexter auch da ist? Oder versteht sie es nicht und grübelt darüber nach, weshalb er hier ist? Plötzlich verspüre ich einen riesigen Drang, es ihr zu erklären.

»Ich habe heute Nacht bei Dexter geschlafen«, rutscht mir heraus.

Es ist seltsam, das zu sagen, während Dexter neben mir sitzt. Ich spüre seinen Blick auf mir. Mit brennenden Wangen rede ich weiter. »Wir haben uns in der Kneipe kennengelernt. Über, äh, Bobby. Und dann, na ja ... Wir fanden ... Ich fand ... Er ...«

Eine Stille tritt ein. Eine unangenehme Stille, die mich wie eine zu enge Jacke umgibt. Meine Wangen sind wahrscheinlich schon violett, so warm ist mir. Ich weiß nicht, wie ich mich verhalten soll, und starre auf den Boden.

»Maud und ich, wir mögen uns sehr«, sagt Dexter plötzlich. »Es sollte wohl so sein, dass wir uns dort begegnet sind.«

Erleichtert sehe ich ihn an.

Er lächelt und beugt sich vor zu Lara. »Darf ich mir Maud von dir ausleihen? Ich verspreche dir, gut auf sie aufzupassen. Sie ist etwas ganz Besonderes.«

Noch nie hat jemand so etwas Liebes über mich gesagt. Ein Brocken so groß wie eine Kartoffel wächst in meinem Hals. Ich schlucke und sehe zu Lara. Irgendwie hoffe ich, sie würde jetzt die Augen aufschlagen, aus dem Bett springen und kreischen, bis sie heiser wäre, und ich würde ihr alles bis in die kleinste Einzelheit erzählen müssen. Aber es passiert nicht. Die Linie von Laras Herzschlag plätschert auf dem Monitor dahin. Der Sauger pumpt unermüdlich Luft in ihre Lungen. Wie sie da so im Bett liegt, wirkt sie leer und seelenlos. Zum ersten Mal wird mir bewusst, dass es vielleicht nie wieder gut wird. Ein dumpfes Gefühl nistet sich in meiner Brust ein.

»Ich vermisse dich so!«, sage ich mit erstickter Stimme.

Sanft drücke ich ihre Hand. Mein Kopf schickt über meine Zellen, Nerven, Muskeln und Fingerspitzen eine Botschaft an Lara: Wach auf. Wach auf, oh bitte, wach auf!

Und dann drückt sie zurück!

Es ist, als würde mein Gehirn blockieren. Vollkommen apathisch starre ich auf unsere Hände. Und dann krümmen sich Laras weiße Finger noch einmal. Es ist wirklich wahr! Sie drückt mich. O mein Gott!

Ich stolpere fast, als ich von meinem Stuhl aufspringe. »Ein Arzt!«, schreie ich. »Ich brauche einen Arzt!«

Erschrocken steht Dexter auf. »Maud, was ist los? Hast du dir wehgetan?«

»Nein, nein, nein.« Ich lache. Aber es kann auch sein, dass ich weine. Vor Glück. »Sie hat mich gedrückt.«

»Wer?«

»Lara.« Ich fliege ihm um den Hals. »Lara hat meine Hand gedrückt.«

»Aber ... aber das kann doch gar nicht sein?«

»Doch. Wirklich. Sie hat meine Hand gedrückt. Zweimal sogar.«

Wir schauen beide auf Lara hinunter. Wie eine Marmorstatue liegt sie im Bett.

Dexter nimmt mein Gesicht in beide Hände. »Maud, bist du sicher? Hast du nicht vielleicht etwas anderes gespürt? Ich meine, ich sehe nichts an Lara.«

Ich höre den Zweifel in seiner Stimme.

»Ja, ja, ich weiß es ganz sicher. So sicher wie nur was. Ich würde ... ich würde glatt mein Leben dafür verwetten.«

»Okay«, sagt er resolut. »Dann hole ich einen Arzt.«

Dexter gibt mir einen Kuss und geht mit großen Schritten auf den Gang. »Ist hier irgendwo ein Arzt?«, ruft er. »Wir brauchen einen Arzt!«

Ich spüre eine seltsame Wärme in meinem Bauch. Das macht er für mich! Ganz allein für mich! Einen Moment vergesse ich, weshalb er dort steht und ruft. Ich will ganz nah bei ihm sein. Ich will ihn – für immer!

Schnelle Schritte rennen durch den Gang. Dexter tritt zur Seite, und ein Mann in weißem Kittel mit gewellten grauen Haaren kommt eilends ins Zimmer. Er sieht verärgert aus.

»Was um Himmels willen ist hier los?«, poltert er. »Ihr brüllt ja den ganzen Laden zusammen.«

»Sorry, aber Lara ...« Meine Stimme überschlägt sich. Ich schnappe nach Luft. »Meine Freundin Lara hat mir gerade die Hand gedrückt.«

Schweigen. Ich schaue auf das Namensschild am weißen Kittel. Dr. A. Kleijn. Seine Augenbrauen ziehen sich zusammen, wodurch er einen noch unfreundlicheren Blick bekommt.

»Unsinn, das kann nicht sein«, sagt er. »Das musst du dir eingebildet haben.«

Es ist, als würde mir eine Tür vor der Nase zugeschlagen.

»Aber es ist wirklich wahr!«, rufe ich. »Sie hat sie zweimal gedrückt. Sogar ziemlich fest.«

Kopfschüttelnd sieht er mich an. »Wahrscheinlich war das ein unwillkürlicher Muskelreflex. Ich verstehe, dass es dir so vorkam, als würde sie echt drücken, und dass dich das sehr verwirrt hat, aber da steckt leider nichts dahinter.«

»Nein!«

Seine Augenbrauen rutschen fast die Nase hinunter, so tief runzelt er die Stirn.

»Ich meine ...«, stammele ich. »Lara hat meine Hand gedrückt, weil ich zuerst gedrückt habe. Sie hat wirklich geantwortet. Das kann doch kein Reflex sein?«

»Hat sie auch deine Hand gedrückt?«, wendet sich Doktor Kleijn an Dexter.

»Nein«, antwortet er ruhig. »Aber ich glaube Maud aufs Wort. Wenn sie es gespürt hat, ist es auch so. Warum sollte sie sich das ausdenken?«

Dankbar lächele ich ihn an.

»Es ist unmöglich«, sagt Doktor Kleijn. Er seufzt. »Es tut mir leid, dass ich das sagen muss, aber deine Freundin ist hirntot.«

»Hä, was? Hirntot?« Die Worte kleben an meinem Gaumen und kommen fast unverständlich aus meinem Mund. »I-Ich verstehe nicht.«

Doktor Kleijn lächelt. Es ist so ein Lächeln, wie es auch der Begräbnisunternehmer bei der Bestattung meiner Oma hatte. Das Ich-fühle-mit-dir-aber-nicht-wirklich-Lächeln.

»Deine Freundin hat bei dem Unfall einen gewaltigen Schlag auf den Kopf abbekommen«, sagt er. »Dadurch ist in ihrem Gehirn eine Blutung entstanden, und sie ist ins Koma gefallen. Leider haben wir diese Blutung nicht rechtzeitig stoppen können. Ihr Gehirn wurde dabei irreparabel geschädigt.«

»W-was bedeutet das?«, höre ich mich fragen.

Das Lächeln wird noch ein wenig breiter. Fast könnte man glauben, dass er das Gespräch genießt.

»Das bedeutet«, sagt Doktor Kleijn langsam, »dass Lara wahrscheinlich nie mehr wach wird.«

Sie wird nie mehr wach! Dieser Gedanke presst alle Luft aus meiner Lunge, dreht mir den Magen um und lässt schwarze Flecken vor meinen Augen tanzen. *Nie mehr wach!* Ich mache ein paar Schritte rückwärts und pralle gegen Laras Bett.

Wieder das unangenehme Lächeln. »Ich hätte lieber gute Nachrichten überbracht. Das ist alles sehr, sehr traurig.«

Ein hohes Piepen klingt durch das Zimmer. Doktor Kleijns Hand verschwindet in der Tasche seines weißen Kittels und bringt ein kleines Gerät zum Vorschein.

»Mein Pieper«, erklärt er, während er stirnrunzelnd das Display betrachtet. »Es tut mir leid, wir haben einen Notfall, ich muss los. Solltet ihr noch Fragen haben, die Pflegekräfte können euch jederzeit weiterhelfen. Alles Gute.«

Und weg ist er.

Wie betäubt sinke ich auf Laras Bett. Mein ganzer Körper zittert: Hände, Lippen, Beine und sogar meine Füße.

»Maud?« Dexters Stimme kommt von ganz fern.

Langsam dreht sich mein Kopf in seine Richtung. Panik in seinen Augen. »Maud, lieber Himmel, alles in Ordnung?«

Dexter setzt sich in Bewegung, er fliegt durchs Zimmer, auf mich zu. Aber noch bevor er bei mir ist, stürze ich zum Mülleimer neben dem Waschbecken. Er scheint am anderen Ende der Welt, ich schaffe es gerade noch so. In Wellen übergebe ich mich, bis nichts mehr in mir ist. Weinend lasse ich mich auf den Boden fallen.

Kapitel 28

Lara

»Neben deinem Bett ...« Dexters Stimme donnert durch die Finsternis. »Bobby ... vermissen dich ...«

Sitzt Dexter wirklich neben meinem Bett? Jetzt, in diesem Moment? Wie witzig! Ich fange an zu kichern. Mein Lachen hallt in meinem Kopf wider. Tausende kleiner Glöckchen klingeln im Dunkeln. Wieder muss ich kichern. Ich glaube, so bekifft war ich noch nie. Es fühlt sich an, als hätte ich drei Joints in fünf Minuten durchgezogen. Sie sollten dieses Schlafmittel in Coffeeshops verkaufen. Die Dunkelheit beginnt zu wogen. Plötzlich liege ich in einem tintenschwarzen Meer. Eine Welle hebt mich hoch, ich steige höher und höher, und dann stürze ich wieder hinunter, um von der folgenden Welle mitgenommen zu werden. Das ist fantastisch! Die Dunkelheit ist fantastisch! Alles ist fantastisch!

»Ich habe heute Nacht bei Dexter geschlafen«, sagt Maud. Ihre Worte schießen wie Feuerpfeile durch die Dunkelheit und hinterlassen ein Muster aus bizarren Farben.

»Wir haben uns in der Kneipe kennengelernt«, redet sie weiter. Hi Maudie, ich bin hier, juhu! Komm her, hier geht richtig was ab. Der Joint, den wir letztes Jahr im Sommer geraucht haben, ist echt nichts gegen das Zeug, das sie mir hier verpasst haben.

»Wir fanden ... Ich fand ... Er ...«

Ach Maud, sei doch nicht immer so unsicher. Was willst du sagen? Spuck's einfach aus. Streite dich doch mal so richtig mit jemandem, sag einfach, was du denkst! Mach es wie ich. Leise lache ich.

»Maud und ich, wir mögen uns sehr.« Dexters Worte knistern in der Luft.

Maud ist laut, das reimt sich! Ich habe noch einen: Dexter ist ein Hexer.

Plötzlich wird es kalt. Es fühlt sich so an, als würde ich im Wasser liegen. Nein, nein, ich will nicht wieder ertrinken! Holt mich hier raus!

»Sag es.«

Wer sagt das? Das ist nicht Dexters Stimme und auch nicht die von Maud. Sie klingt so bekannt, so nah, fast in meinem Kopf.

»Sag es Maud.«

Was soll ich ihr sagen? Ich habe keine Ahnung.

»Sag Maud, sie soll aufpassen!«

Langsam tauchen die Wörter auf. Warum soll Maud aufpassen? Panik knabbert am Rand meiner Gedanken. Da ist etwas, aber ich kann es einfach nicht scharf stellen.

»Ich vermisse dich«, höre ich Maud plötzlich sagen, und ich spüre, dass sie meine Hand drückt.

Tief in mir flammt etwas auf, reißt mitten durch meinen betäubten Geist. Für einen Moment sehe ich alles ganz klar. Ich schreie: »Ich vermisse dich auch! Ich vermisse dich auch so furchtbar!« In Gedanken erwidere ich ihren Händedruck. Ich würde wirklich alles dafür geben, jetzt bei ihr zu sein.

Da passiert etwas ganz Verrücktes. Luft braust über mein Gesicht, und die Dunkelheit ist weniger schwarz. Wird transparenter.

Es entsteht ein kleines Loch. Ein Lichtbündel fällt hinein, blendet mich. Ich blinzele. Als ich die Augen wieder öffne, sehe ich die Welt hinter der Dunkelheit. Ich sehe, wie Maud von ihrem Stuhl aufspringt, ich sehe ein Krankenhauszimmer. Und ich sehe, wie Dexter Maud erschrocken ansieht. Und dann wird alles wieder schwarz. Pechschwarz sogar, als wäre nichts geschehen.

Neeeeeiiiin! Das kann doch nicht wahr sein. Wo ist diese Öffnung geblieben? Wo sind Maud und Dexter? Ich will raus. Ich muss raus. Meine Hände krallen durch die Finsternis. Bitte lass mich diese Öffnung finden!

Wellen kräuseln sich durch die Dunkelheit. Ein leichter Seegang zieht an mir. Am Rand meines Bewusstseins verschwimmt es schon wieder. Nein! Ich darf nicht versinken, ich muss klar bleiben! Mit aller Kraft, die in mir ist, schwimme ich gegen den Strom. Lasst mich gehen! Lasst mich bitte gehen! Meine Arme kraulen durch die Finsternis, meine Beine treten, alle Muskeln in meinem Körper gellen es hinaus. Aber eine Welle packt mich und wirft mich zurück. Mein Kopf gerät unter Wasser, und ich spüre, dass ich wegtreibe, immer weiter und weiter.

Es wird still in meinem Kopf.

Was war da noch?

Ich muss kichern. Die Dunkelheit ist so schön, so weich. Etwas kitzelt über meinen Arm. Es fühlt sich an wie eine Spinne – oder wie Finger, die sanft über meine Haut streichen.

Klick.

Mein Infusionsbeutel wird gelöst. Bekomme ich noch mehr Medikamente? Ach, warum auch nicht? Spritzt mich ruhig platt!

Klick.

Der Beutel wird wieder zurückgehängt.

Ich warte, bis die Wirkung einsetzt, bis der Rausch wieder aufkommt, der alles ...

Schmerz!

Furchtbare Schmerzen!

Jeder Schlag peinigt mein Herz fast zum Zerspringen. O mein Gott, was geschieht da? Mein Herz wummert gegen meinen Brustkorb. Der Schmerz ist jetzt so heftig, dass ich nicht mehr atmen kann. Angst schwappt in meinen Körper. Sterbe ich jetzt? Ich muss atmen! Ich schnappe nach Luft. Es klappt nicht. Mein Herz zittert und schlägt langsamer, wie ein Auto, das kein Benzin mehr hat. Mit einem Ruck kommt es zum Stillstand.

Piep.

Schritte, schneller, als ich sie je gehört habe, rennen in mein Zimmer.

»Zimmer 206«, schnauzt jemand. »Wir haben eine Flatline, sie hat einen Herzstillstand.«

Hilfe, ich ersticke! Oh bitte, lass jemanden mir helfen.

»Wo ist der Defibrillator?«, ruft ein Mann.

»Hier.« Wieder eine andere Stimme.

Zwei kalte Dinger auf meiner Brust.

»Achtung. Laden. Weg vom Bett. Jetzt!«

Ein Blitz schießt durch das Dunkel. Ich werde hochgehoben. Wie ein verwundeter Vogel versucht mein Herz zu flattern. Es klappt nicht. Wir fallen gemeinsam.

»Noch einmal. Achtung. Laden. Weg vom Bett!«

Wieder schieße ich nach oben. Aber diesmal falle ich nicht hinunter. Ich schwebe weiter. Die Stimmen werden dünner, ebben ab. Wie ein Ballon schwebe ich weiter nach oben.

Kapitel 29

Maud

Die Schiebetüren öffnen sich, und Dexter und ich verlassen das Krankenhaus. Der Himmel ist dunkelgrau, fast schwarz, Regentropfen fallen auf mein Gesicht.

»Geht es wirklich wieder?«, fragt Dexter, während er mich über den Bürgersteig zu unseren Rädern führt. »Du bist immer noch ganz blass. Wir können uns auch kurz auf eine Bank setzen, bis du dich wieder etwas besser fühlst?«

»Nein, ich will nach Hause«, murmele ich.

Ich will weg vom Krankenhaus. Weg von all den kranken Leuten. Weg von Lara, die nie wieder wach werden wird. Weg von mir. Weg von allem.

Ich fühle mich wie ein Verräter.

»Ist bei dir jemand zu Hause?«, fragt Dexter.

Langsam schüttele ich den Kopf. »Nein.«

»Maud, hör zu, ich will nicht, dass du allein zu Hause bist. Warum kommst du nicht mit zu mir? Dann mache ich uns eine schöne Tasse Tee, und wir können einen Film schauen oder einfach ein wenig miteinander reden.«

Er sieht mich an. Sein Mund drückt mir ungeschickt einen

Kuss auf die Wange. Das fühlt sich gut an. Ich will noch näher bei ihm sein. Ich will mich in seinen Armen verstecken und alles vergessen.

»Okay.« Ich nicke. »Aber dann muss ich auf jeden Fall vor sechs ...«

»Psst«, sagt er und legt mir einen Finger auf die Lippen. »Ich weiß, du musst vor sechs zu Hause sein, denn dann kommt deine Mutter von der Arbeit.«

Ich lächele und fühle mich sofort schuldig. Wie kann ich lächeln, wo Lara doch nie wieder gesund werden wird?

»Komm, wir gehen«, sagt Dexter und beugt sich über sein Fahrradschloss.

Meine Hand geht in meine Jackentasche. Aus den Augenwinkeln sehe ich plötzlich etwas Graues auf der gegenüberliegenden Straßenseite. Mit einem Ruck drehe ich mich um.

Da steht ein Mann.

In einem grauen Jogginganzug.

Mit einer schwarzen Basecap.

Mir stockt der Atem. Erstarrt schaue ich zu dem Mann, der reglos zurückstarrt. Die Straßengeräusche verstummen, die Ränder meines Blickfelds werden schwarz; meine Welt ist auf einen schmalen Tunnel reduziert, der zur anderen Straßenseite führt. Zu ihm.

»Da ist der Kerl«, sage ich mit trockenem Mund.

»Hä, was?«, höre ich Dexter neben mir fragen.

»Da ist der Kerl, der mich schon seit Tagen verfolgt.«

»Das ist nicht dein Ernst!«, stößt Dexter aus. »Wo ist er?«

»Auf der anderen Straßenseite«, sage ich, ohne den Blick von dem Mann abzuwenden.

»Ist das der Typ mit dem grauen Jogginganzug und der schwarzen Cap?«

»Ja.«

»Verdammt, so ein Scheißkerl. Ich greif ihn mir«, sagt Dexter und überquert die Straße.

»Nicht!«, schreie ich. »Bitte bleib hier! Vielleicht ist er ja gefährlich!«

Dexter hört nicht auf mich. Im Slalom bewegt er sich durch die Autos. Ein Lastwagen hupt und fährt haarscharf an ihm vorbei.

Der Mann im grauen Jogginganzug entdeckt Dexter, und einen ganz kurzen Moment scheint es, als wäre er verwirrt und wüsste nicht, was er machen soll. Aber dann dreht er sich um und fängt an zu rennen. Dexter springt auf den Bürgersteig und spurtet hinter ihm her. Sie verschwinden um die Ecke.

Ich versuche, nicht in Panik zu geraten, aber es klappt nicht. Wo sind sie abgeblieben? Soll ich hier warten, bis Dexter wiederkommt?

Auf meiner Uhr zähle ich die Sekunden.

In Gedanken sehe ich ihn in einer Gasse liegen, niedergestochen und blutend, um sein Leben kämpfend. Gleich ist Dexter tot. Gleich ist Lara tot. Das ist alles meine Schuld. Mein Herz bollert gegen meine Rippen. Denk an die Leute auf der Straße, Maud. Es ist Mittwochnachmittag. Niemand wird am helllichten Tag vor den Augen Dutzender Leute niedergestochen. Oder?

... siebenundzwanzig, achtundzwanzig, neunundzwanzig, dreißig ...

Eine Sirene von einem Krankenwagen ertönt in der Ferne. Das ist kein gutes Zeichen. Sie sind doch nicht auf dem Weg zu ihm?

... achtundfünfzig, neunundfünfzig, sechzig ...

Ich checke mein Handy. Vielleicht hat er mich ja angerufen. Aber ich habe keine verpassten Anrufe.

... anderthalb Minuten, zwei Minuten, drei Minuten, vier Minuten ...

Das dauert zu lange, ich muss die Polizei anrufen. Bestimmt ist etwas ganz Schlimmes passiert. Ich versuche, mich an die Notrufnummer zu erinnern. In meinem Kopf wird es ganz hell, meine Arme und Beine fangen an zu kribbeln, mein Körper fühlt sich an, als würde er nicht mehr zu mir gehören. Die Welt dreht sich, ich schwanke. Ich darf nicht umkippen.

»Maud!«

Seine Stimme.

Wo ist er? Alles ist verschwommen, ich kann nichts mehr richtig erkennen, als wäre ich betrunken.

»Maud, hier bin ich!«

Und dann sehe ich ihn. Wie ein Schemen taucht er zwischen den Fußgängern auf. Gott sei Dank, er lebt noch! Ich fange an zu weinen.

Mit wenigen Schritten ist er bei mir.

»Du weinst! Was ist los?«, fragt er keuchend.

Schluchzend klammere ich mich an ihn. »Ich hatte so eine Angst, so eine Angst«, kreischt meine Stimme. »Du hättest auch ... wie Lara ...«

»Maud, beruhige dich.« Seine Hände reiben über meinen Rücken, mit langen, besänftigenden Strichen.

Ich versuche, im selben Rhythmus zu atmen. Ein. Aus. Ein. Aus.

»Pssst«, sagt Dexter. »Pssst, ganz ruhig.«

Ich bekomme wieder Luft in Lunge und Kopf.

»Ich habe mir solche Sorgen gemacht«, murmele ich.

»Sorry, Maud, das wollte ich nicht. Aber ich musste hinter ihm her. Der Kerl folgt dir doch schon seit ein paar Tagen.« Dexter lässt mich los.

Ich muss den Drang unterdrücken, mich wieder an ihn zu klammern. »W-Wo warst du denn so lange?«

»Der Typ rannte ewig weit.« Er zeigt mit dem Kopf in Richtung eines überdachten Einkaufszentrums.

Erst jetzt sehe ich, dass er blutet. »Deine Wange!«

»Ach, das ist nichts«, sagt er leichthin. »Eine kleine Schramme.«

Ich schaue auf seine Wange. Blut tröpfelt träge aus der Wunde, und die Haut drum herum ist ganz violett.

»Wie schrecklich«, stammele ich.

»Es sieht wahrscheinlich schlimmer aus, als es ist«, sagt Dexter. »Ich habe mir die Wange an einem Ast aufgerissen.«

Ich fasse einen Entschluss. »Wir gehen zur Polizei. So kann das nicht weitergehen. Nachher gibt es wirklich noch Verletzte.«

Er nimmt meine Hände. »Maud, der Kerl ist ein Junkie. Die Polizei wird sich wirklich nicht damit bemühen, die haben was Besseres zu tun.«

»Ein J-Junkie?

»Ja, ein bedauernswerter, stinkender, zitternder, heroin- und cracksüchtiger Junkie.«

»Aber ... warum? Warum ist er hinter mir her gewesen?«

»Das habe ich ihn auch gefragt, als ich ihn endlich erwischt hatte«, seufzt Dexter. »Der Typ hat sich fast in die Hosen gemacht, so eine Angst hatte er. Offenbar wollte er dein Portemonnaie mit deiner Bankkarte klauen. Er hat eine wirre Geschichte erzählt über einen Geldautomaten mit einer langen Warteschlange und dass er deine Geheimzahl gesehen hätte. Ich habe ihm gesagt, er soll seine Pfoten von dir lassen und dass ich ihn zu Kleinholz mache, wenn er sich dir noch einmal nähert.«

In meinem Kopf wummert es. Ich bin so unendlich dumm! »Lass nie jemanden über deine Schulter mit gucken, wenn du Geld ziehst.« Ich weiß nicht, wie oft mir meine Mutter das gesagt hat. Und was mache ich? Ich lasse den erstbesten Junkie über meine Schulter blicken. Und noch schlimmer: Ich verdächtige ihn auch noch, etwas mit Laras Unfall zu tun zu haben. Der Mann war einfach nur hinter meinem Geld her!

Ich fange wieder an zu weinen.

»Aber Maud.« Er legt seine Hand auf meinen Mund, als wollte

er das Weinen stoppen. »Es ist alles in Ordnung, es ist gut ausgegangen. Den Kerl siehst du echt nie wieder. Komm, lass uns zu mir nach Hause gehen.«

In Dexters Haus ist es still, Bobby und Arthur sind nicht da. Die einzigen Töne kommen aus seinem Radio. Adele singt ganz leise *Rolling in the Deep*. Es ist, als würde sie das Lied speziell für uns singen. Dexter sitzt auf der Bettkante und hat mir seine linke Wange zugewandt. Mit einem feuchten Tuch wische ich über die Wunde. Es ist ein tiefer Schnitt mit klaffenden Rändern, sodass ich graurosa Fleisch in seiner Wange sehe.

»Vielleicht solltest du doch kurz einen Arzt danach schauen lassen?«, sage ich zweifelnd.

»Au.« Er weicht zurück.

»Was ist? Tue ich dir weh?«, frage ich erschrocken.

»Ein wenig«, sagt er leichthin.

Dass es mehr schmerzt, als er zugibt, erkenne ich an seinem verkniffenen Mund.

Noch vorsichtiger als zuvor wische ich das Blut von seiner Wange. Ich nehme ein Pflaster aus der Schachtel und klebe es über die Wunde. »Fertig.«

»Danke schön.« Er rutscht zu mir hinüber und legt die Arme um mich. »Du bist die beste Krankenschwester, die ich je hatte.«

Dexter drückt seine Lippen auf meinen Mund. Er küsst mich, langsam und träge.

Als wir uns wieder anschauen, sehe ich, dass seine Augen dunkel geworden sind.

»Weißt du, was dem Genesungsprozess sehr förderlich ist?«, murmelt er.

»Nein, erzähl.«

Seine Hand öffnet meinen Gürtel. »Körperkontakt.«

»Oh.«

Der Reißverschluss meiner Hose geht auf.

Eigentlich steht mir gerade nicht der Sinn danach. Aber er hat heute sein Leben für mich aufs Spiel gesetzt. Also soll er seinen Willen kriegen, ich lasse mich von ihm ausziehen, bis wir uns nackt gegenübersitzen.

Dexter drückt mich aufs Bett, sodass ich bäuchlings auf der Decke liege.

»Was machst du da?« Ich drehe meinen Kopf.

»Nicht bewegen«, murmelt er. »Vertrau mir nur.«

Auf meinem Rücken fühle ich seine Hände, die mit langen Strichen über mein Rückgrat streichen. Mein Herz scheint ein paar Schläge auszusetzen. Was hat er vor?

Seine Fingerspitzen gleiten nach unten, über meine Pobacken zur Innenseite meiner Oberschenkel. Er zwickt mich in die Haut, eine Spur zu fest.

»Dexter?«

»Psst, nicht reden.«

Meine Beine werden auseinandergeschoben, und Dexter legt sich auf mich. Das Gewicht seines Körpers lastet schwer auf mir, ich bekomme kaum Luft. Seine Hüften drücken gegen meine. Ich fühle ihn in mir.

Ganz langsam beginnt er sich zu bewegen, ich höre ihn schwer atmen. Seine Hände halten meine Hüften ganz fest, als hätte er Angst, ich könnte davonlaufen.

»Maud«, stöhnt er. »Maud, Maud.«

Ich will ihn anschauen. Den Blick in seinen Augen sehen, und mein Kopf macht eine Vierteldrehung.

»Lieg still«, keucht Dexter.

Ich mache, was er sagt. Meine Augen starren an die Wand. In Gedanken zähle ich die Tage bis Nikolaus. Noch zwölf. Letztes Jahr haben wir nicht gefeiert. Papa war auf Geschäftsreise, und Mama war es zu viel Getue.

»Oh ja«, keucht Dexter.

Ich will das hier eigentlich nicht. Aber ich weiß nicht, wie ich es ihm sagen soll. Ich will ihn nicht enttäuschen. Nicht jetzt. Nicht heute.

Seine Bewegungen werden kräftiger.

»Oh! Maud! Oh! Maud!«, höre ich ihn sagen.

Und dann ist es plötzlich vorbei. Ich spüre, wie sich seine Muskeln entspannen. Sein Körper fällt wie eine schwere Decke über mich.

»Junge, Junge, das war klasse«, murmelt er mir ins Ohr.

»Hm-m«, sage ich.

Dexter rollt sich von mir weg. Ich drehe mich auf die Seite. Meine Arme und Beine tun weh, als hätte ich Muskelkater. Mein Blick geht zu seinem Gesicht. Er lächelt. Ich starre ihn an.

Wir schweigen.

»Ich, äh ... ich gehe mal zur Toilette«, sage ich und stehe vorsichtig auf.

»Lass dir ruhig Zeit.« Dexter zwinkert mir zu.

Von einem Haken an der Tür nehme ich einen dunkelblauen Bademantel. Ich versinke fast darin, so groß ist er. Barfuß laufe ich ins Badezimmer. Am Waschbecken lasse ich kaltes Wasser über meine Handgelenke laufen und schaue mich im Spiegel an. Mein Gesicht wirkt ein wenig stumpf und fremd, als wäre etwas nicht in Ordnung. Warum habe ich nicht gesagt, dass er aufhören soll? Mein Spiegelbild schaut mich reglos an. Ich werfe mir noch eine Handvoll Wasser ins Gesicht. Mit einem miesen Gefühl gehe ich in Dexters Zimmer zurück.

»Buh«, sage ich beim Eintreten.

Dexter dreht den Kopf in meine Richtung. Er macht ein überraschtes Gesicht, als hätte er mich jetzt noch nicht erwartet. Er hält etwas in den Händen, und es dauert eine Weile, bevor ich begreife, was es ist.

»Wie kommst du an mein iPhone?«, frage ich erstaunt.

»Oh, das habe ich aus deiner Hosentasche gezogen«, sagt er, als wäre es die normalste Sache der Welt. »Schau, ich habe ein Foto von mir gemacht – falls du mich heute Abend zu Hause vermisst.«

Grinsend hält er mein Handy in die Höhe.

Es kostet mich Mühe, sein Lachen zu erwidern. Mir wird plötzlich klar, wie sehr es mich stört, dass er einfach so an meine Sachen geht.

»Na, willst du das Foto sehen oder nicht?« Er winkt mit meinem Handy. »Sonst teile ich es!«

Meine Neugier besiegt meinen Zorn. Ich kuschele mich an ihn. »Zeig her.«

Auf dem Display liegt Dexter auf der Seite, wie eine Art griechischer Gott, und grinst wollüstig in die Linse.

»Ich habe an dich gedacht, als ich auf den Auslöser gedrückt habe«, flüstert er mir ins Ohr.

Das Foto sieht so idiotisch aus, dass ich anfange zu kichern. »Wenn meine Mutter das sieht, bringt sie mich um. Echt wahr!«

Dexter legt die Arme um mich. »Hm, pass nur auf. Wenn du deiner Mutter das Foto zeigst, bringe ich dich um!«

Wir lachen beide.

»Du bist lieb«, murmelt Dexter und streichelt meine Haare.

»Weißt du übrigens, wer heute Morgen hier war?«, fragt er.

Ich spüre seine Stimme durch den Brustkorb zittern. Das kitzelt unter meinem Ohr.

»Ich vielleicht?«, antworte ich.

»Ja, du warst auch hier.« Er lacht, und es zittert noch mehr. »Aber ich meine eigentlich, als du schon in der Schule warst.«

»Oh? Der Postbote?«, rate ich.

»Nein, du Vorwitznase.« Dexter tippt mit dem Finger auf meine Nasenspitze. »Fällt dir nichts Besseres ein?«

»Nein.« Ich kichere. »Sorry, ich gebe auf.«

»Also gut, dann verrate ich es dir. Christine Dekker.«

Wenn er »die Königin« gesagt hätte, wäre ich genauso erstaunt gewesen. »Christine Dekker?«, wiederhole ich. »Aber das kann nicht sein, die geht in meine Klasse.«

»Dann ist das bestimmt eine andere.« Er grinst schief. »In Amsterdam wohnen durchaus mehr Christines.«

Ich setze mich auf. »Aber ... in welche Schule geht denn diese Christine?«

Dexter streckt sich. »Keine Ahnung. Ich kümmere mich möglichst wenig um die gestörte Tante. Das ist Bobbys Baustelle. Ich weiß nur, dass sie letztes Jahr sitzen geblieben ist und nach dem Sommer die Schule gewechselt hat.«

»Meine Christine hat auch die Schule gewechselt!«, rufe ich. »Ist Christines Vater vielleicht Hausarzt?«

Einen Moment ist es still. Seine Augen sind stahlblau, und ich kann nichts daran ablesen.

»Hm, jetzt, da du es sagst – ich glaube schon«, sagt er nachdenklich. »Darüber hat sie mal gesprochen. Manchmal hat sie aus dem Arzneischrank ihres Vaters Schmerztabletten geklaut. Die ist wirklich total bekloppt.«

Verblüfft schüttele ich den Kopf. »Das ist wirklich die Christine aus meiner Klasse.«

»Hä?«

»Ja, sie ist eine meiner Freundinnen.«

Dexter guckt mich an, als wäre ich verrückt geworden. »Sorry, aber jetzt habe ich gerade den Faden verloren. Wenn sie deine Freundin ist – wieso weißt du dann nicht, dass Bobby ihr Ex ist? Sie hatten bestimmt ein Jahr lang was miteinander. Diesen Sommer hat Bobby Schluss gemacht.«

Kurz bevor er was mit Lara angefangen hat. Und kurz bevor sie auf unsere Schule kam.

Plötzlich habe ich große Lust, ganz laut zu schreien, zu fluchen und mit der Faust gegen die Wand zu hämmern. »Ich wusste von nichts«, sage ich. »Und ich bin fast sicher, dass Lara das von Christine und Bobby auch nicht wusste.«

»Na ja, tssss.« Er pfeift zwischen den Zähnen.

Ich habe das Gefühl, in einer anderen Welt gelandet zu sein. Als wäre alles umgedreht, was vor Kurzem noch aufrecht stand. *Christine ist die Ex von Bobby.*

»Aber ... was wollte Christine heute Morgen hier?«, frage ich leise.

»Mit Bobby reden. Sie steht mindestens einmal pro Woche vor der Tür, um uns mitzuteilen, wie bedauernswert sie ist und dass Bobby an allem schuld sei.« Dexter schnaubt geringschätzig. »Es ist schon fast unheimlich, wie sie Bobby stalkt. Wäre sie meine Ex, wäre ich schon längst zur Polizei gegangen.«

Kapitel 30

Lara

»Das war knapp.«

Eine vage Stimme am Rand meines Bewusstseins. Lasst mich in Ruhe, denke ich, ich schlafe noch.

»Ein paar Sekunden später, und es gäbe sie nicht mehr.«

Die Stimme redet weiter. Die Worte werden lauter, deutlicher. Es ist ein Mann, höre ich. Der Schlaf gleitet aus meinem Körper. Verdammt, denke ich, das nächste Mal stelle ich mich neben *dein* Bett und brülle so rum.

»Ich verstehe, dass Sie erschrocken sind.«

Erschrocken? Wer ist erschrocken? Langsam strecke ich mich und öffne die Augen. Schwarz. Ich blinzele einmal. Es bleibt schwarz. Ein paar Sekunden lang verstehe ich es überhaupt nicht. Aber dann donnert mein Gedächtnis mit voller Wucht in meinen Kopf.

Der Unfall. Das Krankenhaus. Die Dunkelheit.

Klick.

Jemand, der meinen Infusionsbeutel wechselte.

Und dann dieser furchtbare Schmerz, dieser furchtbare, alles versengende Schmerz in meinem Herzen!

Die Panik.

Das Reanimieren.

Und dann war da nichts mehr.

O mein Gott.

Ich wäre fast gestorben!

»Wir mussten sie fünfundzwanzig Minuten reanimieren, bevor wir ihr Herz wieder in Gang bekommen haben.«

Jetzt erkenne ich die Stimme. Es ist Doktor Kleijn.

»Dadurch hat Laras Gehirn ebenfalls fünfundzwanzig Minuten lang keinen Sauerstoff zugeführt bekommen«, fährt er fort. »Wir wissen nicht, welchen Schaden das angerichtet hat, aber es wird ihrem angeschlagenen Hirn sicher nicht gutgetan haben.«

»W-Wie hat sie einen Herzstillstand bekommen können?«, höre ich die Stimme meiner Mutter fragen.

Mama, oh, Mama!

»Wir haben keine deutlich nachweisbare Ursache entdecken können. Es sieht fast so aus, als hätte Laras Körper den Kampf aufgegeben.«

Ich kann hören, wie meine Mutter zerbricht.

Mama, hör nicht auf ihn! Mein Körper ist gar nicht kaputt. Im Gegenteil: Ich habe Maud und Dexter in meinem Zimmer gesehen. Meine Augen funktionierten wieder! Ich weiß auch nicht, weshalb ich plötzlich diesen Herzstillstand bekam.

Herzstillstand?

Es ist, als würde das Wort jetzt erst zu mir durchdringen. Ich hatte einen Herzstillstand!

Ein eiskaltes Gefühl breitet sich wie ein Ölteppich in meinem Körper aus und bleibt überall kleben. Irgendwas stimmt da nicht.

Plötzlich wird alles in meinem Kopf haarscharf, als würde jemand die Kamera anhalten, wodurch ich ein einzelnes Bild ganz klar sehe: Der Schmerz begann, als der Infusionsbeutel ausgewechselt wurde ...!

Ich schnappe nach Luft. Das kann kein Zufall sein. Jemand hat wieder versucht, mich zu ermorden! Die Dunkelheit scheint zu pulsieren, und ich habe das Gefühl, ich müsste mich übergeben. Nicht in Panik geraten! Aber in meinem Kopf sind überall nur Löcher.

»Haben Sie schon über unser Gespräch von neulich nachgedacht?«, höre ich Doktor Kleijns Stimme in einer Ecke meines Geists fragen.

»Nein ... ja ... ein wenig ...«, murmelt meine Mutter.

Ihre Worte treiben durch die Dunkelheit, und ich klammere mich an sie. Mama, hilf mir, oh bitte, hilf mir. Du musst die Polizei rufen, jemand will mich umbringen!

»Wir haben natürlich über das Gespräch nachgedacht«, höre ich Hans antworten. Seine Stimme verdrängt Mamas Worte.

»Wenn Sie wirklich der Ansicht sind, dass Lara nicht mehr genesen kann«, fährt er fort, »dann ist es vielleicht besser, die Beatmung einzustellen. Dieser Herzstillstand bestätigt das nur. Wir wollen ihr unnötiges Leid ersparen.«

Was? Unnötiges Leid? Spinnt der? Mama, sorg dafür, dass Hans den Mund hält! Bitte sag, dass du nicht seiner Meinung bist!

»Und was halten Sie davon, Frau Willemsen?«, fragt Doktor Kleijn. »Möchten Sie auch, dass wir die Behandlung Ihrer Tochter einstellen?«

Stille.

Meine Ohren summen.

Sag Nein, Mama. Du bist die Einzige, die Nein sagen kann. Wenn du Ja sagst, sterbe ich.

»Meine Frau findet es noch sehr schwierig«, sagt Hans.

»Hm, ja, das verstehe ich«, entgegnet Doktor Kleijn. »Sonst kommen Sie doch mal kurz mit in mein Büro. Dort können wir in aller Ruhe über dieses Thema sprechen. Meiner Ansicht nach ...«

Seine Stimme hält inne. Geraschel, als würden Papiere umgeblättert.

»Richtig. Richtig, ja«, sagt Doktor Kleijn. »Das hätte ich fast vergessen. Wir haben die letzten Laborergebnisse von Laras Blut hereinbekommen. Ein paar kleinere Tests standen noch aus. Eigentlich hatte ich mir davon nicht mehr viel versprochen.«

Er schweigt wieder.

»Was ich mich gefragt habe«, sagt er langsam und sehr deutlich artikulierend. »Hat Ihre Tochter Drogen genommen?«

Drogen?, denke ich.

»Drogen?«, wiederholt meine Mutter im selben Moment.

»Ja, wir haben Spuren einer benzolhaltigen Verbindung in Laras Blut gefunden.«

»W-Was?«

Meine Mutter ist vollkommen durcheinander. Ich auch.

»Eine benzolhaltige Verbindung«, sagt Doktor Kleijn. »Benzol ist ein chemischer Stoff, der in vielen Medikamenten enthalten ist. Aber er ist auch ein wichtiger Bestandteil vieler Drogen. Das Labor führt jetzt einen Schnelltest durch, um herauszufinden, woher diese Verbindung stammt. Ich erwarte das Ergebnis für morgen oder übermorgen.«

»Aber Lara hat nie Drogen genommen«, stammelt meine Mutter. »Warum sollte sie die nehmen? Sie raucht ja nicht einmal.«

»Liebes, wir wissen natürlich nicht alles von ihr«, sagt Hans. »Glaubst du wirklich, Lara würde es uns erzählen, wenn sie Drogen nähme? Und was das Rauchen angeht ... Ich bin ganz sicher, dass Lara ab und zu in ihrem Zimmer raucht. Warum sollte sie dort sonst Weihrauch abbrennen? Sie ist sechzehn, und da macht man nicht immer nur vernünftige Dinge.«

»Oh.« Ich höre die Enttäuschung in der Stimme meiner Mutter. Sorry, Mama, die Sache mit dem Rauchen habe ich mich nicht getraut zu erzählen. Aber der Rest von Hans' schwammiger Geschichte stimmt nicht. Ich habe noch nie Drogen genommen! Na gut, außer den Joint mit Maud. Wenn die Dunkelheit nicht wäre, hätte ich Hans am liebsten einen Kniestoß verpasst.

»Etwa vierzig Prozent der Achtzehnjährigen sind schon einmal mit Drogen in Kontakt gekommen«, sagt Doktor Kleijn. »Drogenkonsum unter Jugendlichen ist ein wachsendes Problem, weil sie an fast jeder Straßenecke Drogen kaufen können, wodurch die Schwelle sehr niedrig liegt.«

»Wie schrecklich.« Hans klingt, als fände er es eher interessant, würde es aber nicht zeigen wollen.

»Ja.« Doktor Kleijn räuspert sich. »Kommen Sie, wir gehen in mein Büro und reden dort weiter.«

Die Stimmen treiben weg, lassen mich allein. In meinem Kopf geht alles kreuz und quer.

Ich verheddere mich in meinen Gedanken.

Stecker raus? Herzstillstand? Das klingt wie das Spiel *Wie stirbt Lara?*. Und nicht zu vergessen: durch wen? Der Gedanke, ich könnte jeden Moment sterben, macht mich unendlich müde. Ich möchte einschlafen und nie mehr aufwachen. Das hat ja doch alles keinen Sinn mehr. Gegen wen soll ich kämpfen? Es sind lauter Feinde ohne Gesicht.

Aber du hast Mauds Gesicht gesehen. Du warst beinahe raus aus der Dunkelheit.

Mein Gefühl kippt. Ich darf die Hoffnung nicht aufgeben. Solange ich lebe, gibt es noch eine Chance. Warum haben sie Drogen in meinem Blut gefunden? Und wer schleicht im Krankenhaus herum und kippt irgendein Dreckszeug in meine Infusion? Warum will derjenige, dass ich sterbe? Panik schnürt mir die Kehle zu. Nein! Ich darf keine Fragen stellen, ich muss Antworten finden! Ich schiebe die Angst zur Seite.

Am Abend des Unfalls sind Dinge geschehen, von denen ich nichts mehr weiß. Das steht fest. Aus einem Winkel meiner Gedanken sagt eine leise Stimme, es sei lebenswichtig, hinter die Wahrheit zu kommen. Die Stimme wird lauter und beginnt zu schreien: »Du musst die Löcher dieses Abends stopfen, wenn du der Dunkelheit entkommen willst!«

Ja, ja, ja! Ich strenge mich ja an!

In Gedanken gehe ich den Film dieses Abends noch einmal durch. Ich weiß nicht, wie oft ich ihn mir schon angeschaut habe, aber wer weiß, vielleicht habe ich ja etwas übersehen? Jedes Bild drösele ich einzeln auf. Wie ich mich in meinem Zimmer als Hexe verkleide, die Fahrradfahrt zum Odeon, wie Bobby mich begrüßt, wie ich trinke und mich später übergebe. In der Geschichte spielt jede Menge Alkohol eine Rolle, aber keine sonstigen Drogen. Darauf würde ich wirklich Gift nehmen. Und dann gerät der Film ins Stocken. Wieder fallen Bilder aus, wieder überspringt der Film ganze Teile.

Was um Himmels willen ist in den letzten Stunden, Minuten passiert? Ich weiß es nicht mehr. Verzweifelt stochere ich in meinem Gedächtnis, aber mein Kopf ist ein einziges großes schwarzes Loch. Ich zwinge mich dazu, mich noch mehr anzustrengen, noch tiefer zu gehen. Ich konzentriere mich so sehr, dass ich Kopfschmerzen bekomme. Plötzlich zieht etwas durch die Dunkelheit. Verblüfft betrachte ich es. Es ist ein weißer Stofffetzen. Am ehesten ähnelt er einem Jackenstoff.

Eine weiße Jacke?

Ist das alles?

Soll das mein Leben retten?

Kapitel 31

Maud

Ich klingele. Mein Herz klopft mir bis zum Hals, meine Ohren rauschen, und mein Atem geht schnell und gehetzt. Alles in mir schreit: Geh weg! Geh weg, solange es noch geht! Aber das mache ich nicht. Ich warte. Hinter mir fährt ein Auto durch die Straße, zwei Jungen spielen Fußball auf dem Bürgersteig. Doch die Tür geht nicht auf. Ich klingele noch einmal, und jetzt lasse ich den Finger länger – bestimmt zehn Sekunden – auf dem Klingelknopf. Der Ton klingt schrill auf der anderen Seite der Haustür. Warum macht keiner auf?

Ich zwänge mich durch die Vorgartensträucher zum Fenster, drücke die Nase daran und spähe hinein. Im Wohnzimmer erkenne ich vage Umrisse von Möbeln. Alles wirkt wie ausgestorben, bis ich in einer Ecke blaues Licht flackern sehe. Der Fernseher ist an, also ist doch jemand zu Hause!

Schnell gehe ich zur Haustür zurück. Mit den Fäusten bollere ich an die Tür und rufe durch den Briefkastenschlitz: »Mach auf!« Meine Stimme überschlägt sich, und ich räuspere mich. »Mach auf, ich weiß, dass du zu Hause bist!«

Ein Poltern im Haus.

Noch fester hämmere ich mit den Fäusten gegen das Holz. »Wenn du jetzt nicht aufmachst, werfe ich einen Stein durchs Fenster. Ich meine es ernst!«

Ich kann mir nicht vorstellen, dass ich jemals einen Stein durchs Fenster werfen würde, aber es klingt ziemlich drohend.

Eine Zwischentür öffnet und schließt sich knarrend. Das Licht im Flur geht an, und Schritte bewegen sich auf die Haustür zu.

Die Tür öffnet sich.

Christine sieht mich erschrocken an. Sie trägt eine Jogginghose und einen weiten, ausgeleierten Pulli. Die Haare hängen verstrubbelt um ihr Gesicht.

»Maud«, murmelt sie. »Was ist los? Ich habe geschlafen und bin fast zu Tode erschrocken.«

»Darf ich reinkommen?« Ohne die Antwort abzuwarten, gehe ich rein. Ich versuche, mir nicht anmerken zu lassen, wie nervös ich bin.

Sie macht einen Schritt zur Seite. Wir stehen nur wenige Zentimeter voneinander entfernt.

»Weißt du, vielleicht sollten wir uns lieber für morgen verabreden. Ich fühle mich nicht so gut«, sagt sie leise und schaut mich mit ihren großen, runden Augen flehend an. Früher wäre ich darauf reingefallen, aber jetzt nicht.

»Das weiß ich«, sage ich. »Keine Angst, ich bleibe nur einen Augenblick.«

Wie ein Sandsack bleibt Christine stehen. Ich ziehe meine Jacke aus, hänge sie an die Garderobe und gehe weiter ins Wohnzimmer. An ihren Schritten kann ich hören, dass sie mir folgt.

»Wo sind deine Eltern?«, frage ich.

»Bei der Arbeit.«

Wir setzen uns nebeneinander auf das Sofa.

»Wie war's in der Schule?«, fragt sie und fummelt mit den Händen am Stoff ihrer Jogginghose herum.

»Gut.«

Ich schlage die Beine übereinander und schweige.

»Hoffentlich bin ich morgen wieder da, aber mein Bauch tut so weh«, sagt sie langsam, als wäre das Sprechen mühsam. »Nicht mal die Schmerztabletten von meinem Vater helfen noch. Das habe ich noch nie erlebt.«

Noch immer sage ich nichts.

Der Saum von Christines Pullover muss jetzt auch dran glauben: Ihre Finger knüllen den Stoff zusammen. »Hör mal, es ist wirklich lieb, dass du vorbeikommst, aber jetzt würde ich gern wieder ins Bett, okay?«

Ich lasse das Schweigen zwischen uns noch eine Weile länger andauern. Christine rutscht auf dem Sofa hin und her. Sie beißt sich auf die Lippe.

Und dann fange ich an zu reden. »Weißt du, was ich so irre finde?«, sage ich nachdenklich.

Christine schüttelt den Kopf.

»Dass du noch nie bei Lara warst, wenn Bobby auch da war.«

»Hä?« Sie blinzelt.

»Ja, verrückt, das fand ich auch.« Lächelnd schaue ich sie an. Mein Herzschlag pocht in meinem Hals, aber das merkt Christine nicht. »Erst dachte ich, das wäre Zufall. Ich meine, mein Kalender ist manchmal auch proppenvoll.«

»Ich weiß nicht, wovon du redest«, sagt Christine, während ihr Blick auf die andere Seite des Zimmers ausweicht.

»Ach, wirklich nicht?«, sage ich. »Dann erkläre ich es dir noch ein wenig genauer. Pass auf, es ist so. Immer wenn Lara fragte, ob wir mit ihr und Bobby etwas trinken gehen wollten, konntest du nicht. Mal hatte dein Vater Geburtstag, ein anderes Mal kam eine Freundin von früher bei dir vorbei, oh, und ja, deine Hausaufgaben, die Ausrede zog auch immer gut.«

Reglos und leichenblass sitzt sie auf dem Sofa.

»Es könnte natürlich sein, dass du Bobby nicht gemocht hast und ihm deswegen aus dem Weg gegangen bist«, fahre ich fort. »Ich meine, ich habe ihn auch erst für einen Arsch gehalten, und deswegen bin ich auch nicht immer mitgegangen. Aber du und ich, wir wissen beide, dass du einen anderen Grund hattest.«

»W-Wie meinst du das?«

»Soll ich noch mehr erklären?«

»Ich möchte jetzt echt, dass du gehst«, sagt sie.

»Gleich.«

Ich hole tief Luft. Wenn ich doch nur tatsächlich jetzt gehen könnte. Könnte ich nur weglaufen und zu Christine sagen, ich hätte mich geirrt. Aber in dem Moment, in dem diese Gedanken durch meinen Kopf zucken, denke ich an Lara. Daran, wie hilflos sie in ihrem Krankenhausbett liegt. Lara kann nichts mehr sagen. Aber ich. Ich mache mich innerlich auf etwas gefasst.

»Warum hast du uns nie erzählt, dass Bobby dein Ex ist?«

Meine Stimme klingt kalt und hart.

»W-was?« Sie schnappt nach Luft, als hätte ich ihr ins Gesicht geschlagen.

»Was dachtest du?«, sage ich höhnisch. »Sie kriegen es doch nie raus?«

Christine schließt die Augen.

»Na, wie steht's? Kriege ich noch eine Antwort auf meine Frage?«

Ihre Augen öffnen sich wieder. Sie seufzt ganz tief und nickt.

»Stimmt, Bobby ist mein Ex«, sagt sie mit zitternder Stimme.

Obwohl ich es wusste, bekomme ich Gänsehaut.

»Warum hast du es uns nicht erzählt?«, frage ich. »Wir waren deine Freundinnen. Lara war deine Freundin.«

»Ich weiß es nicht ... Ich glaube ... Ich ...« Sie hebt die Hände, als wüsste sie es wirklich nicht mehr. »Ich wusste nicht, wie ich es euch erzählen sollte.«

»Bullshit«, donnert meine Stimme. »Du hättest nur sagen müssen: Bobby ist mein Ex. Das kann doch nicht so schwer sein?«

Bei jedem Wort krümmt sich Christine noch weiter zusammen. In ihren Augen glitzern Tränen. »Ich konnte es einfach nicht.«

»Sorry, aber das kapiere ich echt nicht.«

»I-Ich war so durcheinander, als ich hörte, dass Lara und Bobby sich geküsst hatten. Es war erst ein paar Wochen aus zwischen Bobby und mir, und ich kannte Lara kaum ... Das war ...«

Sie schweigt und sieht mich flehend an.

Vielleicht hofft Christine, dass ich Verständnis zeige, aber das tue ich nicht. Ich verschränke die Arme und starre schweigend zurück.

»Es war so eine schwierige Zeit«, sagt sie schließlich. »Und als es mir wieder etwas besser ging, da ... da traute ich mich nicht mehr, es zu erzählen. Ich hatte so große Angst, dass Lara auf mich wütend werden könnte. Kannst du das verstehen? Kannst du das bitte verstehen?«

»Nein.«

Sie fängt an zu weinen.

»Wusste Nicole, dass er dein Ex war?«, frage ich.

»Nein, nein«, schluchzt sie. »Nicole und ich waren nicht auf der gleichen Schule. Wir haben uns erst auf eurer Schule kennengelernt, und da war es schon aus mit Bobby.«

»Und Bobby? Wusste er, dass du eine Freundin von Lara warst?«

Christine schüttelt den Kopf. »Nein, das habe ich ihm nie erzählt. Er wusste nur, dass wir zur selben Schule gingen.«

Zum Glück, denke ich.

»Es tut mir leid, Maud«, sagt sie weinend. »E-Es war keine Absicht, ich wollte niemandem wehtun. Du bist doch nicht böse auf mich?«

Ich antworte nicht.

»Er ... er«, jammert sie. »W-Weißt du, wie er mich abserviert hat?«

»Spielt das eine Rolle?«, sage ich tonlos.

»Ja«, sagt sie heftig. »Dann verstehst du es vielleicht.«

Ich zucke die Schultern. »Dann erzähl.«

»Danke.« Sie schenkt mir ein vages Lächeln, als würde ich ihr einen Riesengefallen tun. »Bobby und ich waren zelten in Knokke. Das liegt an der belgischen Küste über Blankenberge und ...«

»Ich weiß, wo Knokke liegt«, unterbreche ich sie. »Weiter.«

»Es war in der ersten Woche der Sommerferien. Unser Zelt stand auf einem Campingplatz für Leute in unserem Alter, ausschließlich saufende Schüler und Studenten. Ich wollte lieber auf einen ruhigeren Campingplatz, aber Bobby meinte, das wäre lustig für ein paar Tage, und er hat mich überredet. Eines Tages war ich mittags in der Sonne eingeschlafen. Ich weiß nicht, wie lange, aber bestimmt eine Stunde. Als ich wach wurde, war Bobby verschwunden. Und das Verrückte war, dass sein Handy und sein Portemonnaie noch beim Zelt lagen. Ich bin ihn suchen gegangen; in den Waschräumen, im Campingladen, aber er war weg.«

Rotz läuft aus Christines Nase, aber sie scheint es nicht zu merken. »Nach anderthalb Stunden habe ich mir wirklich allmählich Sorgen gemacht. Was, wenn er zum Strand gegangen war und ihm dort was passiert wäre? Ich bin in die Dünen gelaufen und habe immer wieder seinen Namen gerufen. Der Wind wehte heftig an diesem Tag, weshalb er mich wahrscheinlich nicht kommen hörte. Ich fand ihn mit einem anderen Mädchen in einer Kuhle. Ich glaube, ich brauche dir nicht zu erzählen, was sie da taten, oder?«

Christine sieht mich bebend an, wie ein Tier, das in der Falle sitzt.

»Das tut mir leid«, sage ich, und ich meine es auch. »Das muss furchtbar gewesen sein für dich.«

»Ja, es war grauenhaft. Meine ganze Welt brach zusammen!«

»Aber das ist noch lange kein Grund, Lara anzulügen.«

»Warum verstehst du es nicht? Bobby ist ein Scheißkerl!« Sie heult mit langen Schluchzern. »Man kann ihm nicht vertrauen! Ich dachte wirklich, er würde mich lieben. Und dann bringt er so was!«

»Vielleicht solltest du mal mit jemandem darüber reden?«

»Hä, was reden, worüber?«

»Über Bobby. Um das Ganze irgendwie zu verarbeiten. Dexter sagt, du kommst jede Woche dort vorbei.«

Ihr Mund wird zum Strich, und sie wischt sich die Tränen von den Wangen. Mit schmalen Augen sieht sie mich an. »Daher weißt du es also. Von Dexter«, sagt sie kühl.

Die Veränderung ist so abrupt, dass ich erschrecke. Von ihrem Kummer ist plötzlich nichts mehr zu sehen, als hätte Christine auf einen Resetknopf gedrückt.

»Pass du nur auf mit Dexter. Er wickelt dich mit schönen Worten ein, wie Bobby. Bobby sagte, in den Herbstferien dürfte ich mit ihm nach Ibiza. Er würde alles für mich bezahlen. Ich war so verliebt, dass ich es glaubte. Ich tat alles für ihn. Und das bereue ich jetzt so sehr. Dexter tauscht dich im Handumdrehen für eine andere ein, wenn du nicht mehr interessant genug bist, genau wie Bobby es mit mir getan hat. Und glaub bloß nicht, dass sich Bobby noch länger für Lara interessiert.«

Sie spuckt Laras Namen aus.

Eine dumpfe Stille tritt ein.

Die Uhr an der Wand tickt die Sekunden weg. Es ist, als würde alles in mir gefrieren. Plötzlich kapiere ich es. Christine hasst Lara. Sie hasst Lara, weil sie Bobbys Freundin ist. Trotz allem, was Bobby Christine angetan hat, will sie ihn noch immer zurück.

»Es hat dir sicher gut in den Kram gepasst, dass Lara einen Unfall hatte«, sage ich.

»Was willst du damit sagen?«, schnappt sie.

»Bist du deswegen heute Morgen zu Bobby gegangen – um zu schauen, ob er dich wieder zurückwill, weil seine Freundin wahrscheinlich nie wieder aufwacht?«

»Jetzt spinn hier nicht rum!« Ihre Augen glänzen schwarz vor Wut.

Ich versuche, in ihrem Gesicht die ruhige, achtsame Christine wiederzufinden, die einmal meine Freundin war, aber es gelingt mir nicht. Langsam stehe ich auf. »Ich will, dass du zur Polizei gehst.«

»Sorry, das verstehe ich nicht.«

»Ich will, dass du zur Polizei gehst«, wiederhole ich. »Und dass du ganz genau erzählst, was sich zwischen dir, Bobby und Lara abgespielt hat.«

»Und was soll ich der Polizei dann erzählen? Dass Bobby in den Dünen mit einem anderen Mädchen gebumst hat? Und dass Lara anschließend seine Freundin wurde? Na, das finden sie bestimmt riesig interessant, was?«

Schweigend sehe ich sie an.

»Was starrst du mich so blöd an? Glaubst du vielleicht, ich hätte Lara in die Gracht geschubst?« Sie lacht schnaubend. »Du hast echt nicht mehr alle Latten am Zaun.«

»Wenn du nicht zur Polizei gehst, mache ich es.«

Ihre Nasenflügel beben. »Das wirst du schön bleiben lassen.«

»Du hast bis morgen Mittag Zeit, selbst hinzugehen.«

»Du kannst wirklich nicht genug kriegen, was? Blöde Kuh. Ich habe Lara nicht in die Gracht gestoßen. Hörst du mich? Ich habe es nicht getan.«

Ich drehe mich um. »Ich finde selbst raus, mach dir keine Mühe.«

»Wag es nicht, zur Polizei zu gehen«, kreischt sie. »Wenn du gehst, dann, dann ...«

»Dann was ...?«, frage ich und schaue über die Schulter zurück.

Christines Wangen sind knallrot. »Dann hau doch einfach ab. Was kann es mich jucken, wenn du zur Polizei gehst. Die lachen dich dort ja doch nur aus, wie beim letzten Mal.«

Wut flammt in mir auf. Ich presse die Fäuste so fest zusammen, dass sich die Fingernägel in meine Haut bohren.

»Tschüs«, sage ich und gehe zur Diele.

Ich spüre Christines stechenden Blick in meinem Rücken.

Kapitel 32

Maud

Zitternd und todmüde radele ich nach Hause. Meine Hände um-
klammern den Lenker. Christine hat recht: Die Polizei würde
mich doch nur auslachen. Welche Beweise habe ich schon, dass
sie etwas mit Laras Unfall zu tun hat? Keine. Es ist nur ein vages
Gefühl, dass irgendetwas nicht stimmt, ich kann mir nicht einmal selbst erklären, warum ich das denke. Ein Regentropfen trifft
meine Wange, und ich schaue hoch. Die Wolken sind dunkelgrau
mit tintenschwarzen Rändern. Weitere Tropfen fallen auf mein
Gesicht, wahrscheinlich regnet es gleich in Strömen. Aber ich bin
zu müde, um schneller zu treten.

Ich versuche nachzudenken. Was soll ich machen? Nicole anrufen, fällt mir ein. Sie weiß noch von nichts. Was sie wohl sagen wird, wenn sie erfährt, dass Bobby Christines Ex ist? Wie ich
Nicole kenne, rennt sie gleich zu Christine und schimpft, was das
Zeug hält. Und ich muss Dexter anrufen. Ich will ihm erzählen,
wie es bei Christine war. Und ich will mit ihm überlegen, was ich
machen soll: zur Polizei gehen oder nicht. Vielleicht will er mich
ja begleiten. Der Gedanke beruhigt mich ein wenig. Dexter wird
mir helfen, ich stehe nicht allein da.

Ich biege in meine Straße ein. Ein großer, dicker Tropfen zerplatzt auf meiner Hand. Und auf meiner Hose. Und auf meinem Scheitel. Und dann beginnt es zu schütten. Der Regen läuft in Strömen über meine Wangen, am Hals entlang, in die Jacke hinein. Durch den dichten Regenvorhang lege ich die letzten Meter zurück und werfe das Rad meiner Mutter gegen den Gartenzaun. Darüber wird sie bestimmt gleich wieder meckern, aber im Moment ist mir das völlig egal. Ich brauche fünf Schritte bis zur Haustür. Klatschnass und mit tropfenden Haaren betrete ich das Haus.

»Hallo?«, rufe ich.

Keine Antwort.

Glück gehabt, meine Mutter ist noch nicht da. Ich hänge meine nasse Jacke an die Garderobe und gehe in die Küche. Vielleicht sollte ich etwas essen. Eine Tomate, eine Reiswaffel oder einen Cracker. Mein Magen verkrampft sich schon beim Gedanken an Essen. Ich gehe in den Flur. Von oben höre ich einen dröhnenden Bass. Was für einen Höllenlärm veranstaltet David da in seinem Zimmer? So kann ich nicht in Ruhe mit Nicole und Dexter telefonieren. Genervt gehe ich nach oben. Ohne zu klopfen, reiße ich seine Tür auf. David sitzt am Schreibtisch, mit dem Rücken zu mir.

»Geht das auch was leiser mit der Musik? Ich ...«

Ich vergesse den Rest meines Satzes. Ein süßlicher, ekelhafter Geruch treibt an mir vorbei. Igitt, raucht der Idiot vielleicht einen Joint?

»Magst du etwa Iron Maiden nicht? Das ist die beste Heavy-Metal-Band aller Zeiten.« Sein Bürostuhl dreht sich. Grinsend sieht David mich an, einen riesigen Joint zwischen den Fingern.

»Du kiffst!«

»Bingo.« Er lehnt sich im Stuhl zurück und nimmt einen Zug. »Du bist ja gar nicht so dumm, wie du aussiehst.«

David sagt das in einem so herablassenden Ton, dass in mir etwas zerreißt.

»Und du bist um einiges dümmer, als du aussiehst«, schnauze ich. »Glaubst du echt, dass ich das Mama nicht erzähle?«

»Natürlich sagst du das nicht Mama.«

Er lacht verschwörerisch, als stünden wir auf derselben Seite. Aber da standen wir noch nie, nicht einmal, als wir noch klein waren. Damals schon war David Mamas Liebling, und ich bekam für alles die Schuld. Aber die Zeiten sind vorbei, ich lasse nicht mehr auf mir herumtrampeln.

»Darauf würde ich mich nicht verlassen. Wann kommt Mama?«

Ich schaue auf meine Uhr. »In zehn Minuten? Dann kannst du noch genau zehn Minuten lang deinen Status als perfektes Kind genießen.«

»Mama macht heute Überstunden bis gegen zehn, sie hat gerade angerufen.« Er nimmt noch einen Zug von seinem Joint.

»Nun, keine Angst, dann erzähle ich es ihr eben heute Abend.«

»Von mir aus«, sagt David unbeeindruckt. »Dann erzähle ich Mama eben, dass du vor zweieinhalb Wochen nachts heimlich abgehauen bist.«

Es ist so irre, was David da behauptet, dass ich anfange zu lachen. »Was redest du da? Sind das jetzt schon Halluzinationen von dem Zeug?«

Er grinst mich schief an. »Dachtest du, ich hätte nicht gesehen, wie du die Treppe hinuntergeschlichen bist? Falsch gedacht! *Little brother is watching you.*«

Wenn David lügt, zittert immer ein kleiner Muskel unter seinem linken Auge. Jetzt wirkt sein Gesicht aber wie gemeißelt.

»Ich verstehe das nicht«, sage ich ein wenig verwirrt. »Von welchem Abend sprichst du eigentlich?«

»Hast du Alzheimer oder was? Von dem Samstagabend, an dem deine Freundin Lara in die Gracht gefallen ist.«

»Aber, aber ...« Meine Gedanken zucken unkontrolliert durch meinen Kopf. Gleich kriege ich hämmernde Kopfschmerzen!

»Vielleicht solltest du Schauspielerin werden«, grinst David. »Du guckst so erstaunt – ich könnte fast glauben, es wäre ein anderes Mädchen gewesen, das da um drei Uhr nachts nach draußen geschlichen und auf ihr Fahrrad gesprungen ist. Aber ich bin dir gefolgt.«

»Das ist ein Scherz«, murmele ich. »Sag mir, dass das ein Scherz ist. Ich lag an dem Abend im Bett und habe geschlafen.«

»Du bist echt bescheuert.« David wirft den Rest seines Joints in eine Coladose. »Komm nur mit, wenn du mir nicht glaubst.«

Kapitel 33

Lara

Wie viel Zeit ist vergangen, seit Mama, Hans und Doktor Kleijn mich allein gelassen haben? Eine Stunde? Ein paar Stunden? Ein Tag? Ich bin nicht im Geringsten weitergekommen, mein Gedächtnis bleibt immer an diesem weißen Stofffetzen hängen. In Gedanken habe ich ihn schon von allen Seiten betrachtet. War vielleicht auch ein Knopf daran? Nein, nicht, soweit ich es erkennen konnte. War es Nylon, Baumwolle, Wolle? Es sah aus wie Synthetik, denn es war ein glatter, glänzender Stoff wie für Skijacken. Faser für Faser habe ich den Fetzen untersucht, aber er sagt mir absolut nichts.

Ich bin so müde, aber ich darf nicht aufgeben. *Wenn das Malen mit rechts nicht klappt, versuche ich es immer mit links.* Mama! Das sagte sie immer, wenn sie mit einem Bild nicht vorankam. Sie meinte damit, dass man die Dinge auch aus einer anderen Perspektive betrachten kann. Aber wie denn? Ich liege im Koma im Krankenhaus. Ich kann ja schwerlich aufstehen und zum Unfallort marschieren, um mir die Sache mal anzuschauen, oder?

Nein, aber ich kann ja immerhin so tun, als würde ich dort stehen. Ich kann versuchen, in den Film des Abends einzusteigen, um wieder mitzuspielen. Nennen wir es eine Art Selbsthypnose. Aber das gelingt dir im Leben nicht, piepst eine Stimme in meinem Kopf. Du bist ja kein Hypnotiseur wie Rasti Rostelli. Halt die Klappe, herrsche ich das Stimmchen an. Habe ich eine andere Wahl? Es bleibt beängstigend still in meinem Kopf.

Ich versuche, mich zu beruhigen, und konzentriere mich auf meinen Atem. Die Angst muss aus meinem Kopf. Der Schmerz muss aus meinem Kopf. Ein paar Minuten atme ich ganz konzentriert, bis mein Kopf völlig leer ist. Ich warte. Aber es passiert nichts. Siehst du, piepst das Stimmchen. Du kannst es nicht. Du bist ... Ich verschließe die Ohren. In einem Film habe ich einmal gesehen, dass Leute ein Pendel beobachten mussten, um in Hypnose zu gelangen. Ich denke an ein Medaillon, das vor meinen Augen pendelt, und folge ihm in Gedanken. Dabei versuche ich mir vorzustellen, ich würde mit dem Rad an der Prinsengracht entlangfahren. Ich versuche, die kalte Abendluft auf meiner Haut zu spüren. Vielleicht fahren da ja noch andere Leute. Nein, bleib bei den Dingen, die du weißt.

Ich fahre an der Prinsengracht entlang, und es ist Nacht.

Ich fahre an der Prinsengracht entlang, und es ist Nacht.

Im Kopf wiederhole ich diesen Satz, bis er zu einer Art Lied wird. Plötzlich spüre ich einen kalten Windhauch an meinen Wangen und höre das Quietschen meines Fahrrads. O mein Gott, es funktioniert! Es funktioniert wirklich! Es ... Der kalte Hauch auf meiner Wange verflüchtigt sich, und ich liege wieder im Krankenhaus. Mist, ich muss mich weiter konzentrieren! Schnell rufe ich das Bild wieder auf. Meine Beine bewegen sich im Geiste mit den Pedalen meines Fahrrads. Ein seltsames Schwindelgefühl überkommt mich. Es fühlt sich an, als würde ich halb schlafen, und ich kämpfe, um wach zu werden. Die Straße wogt unter mir. Farben blitzen vor meinen Augen auf, meine Fingerspitzen kribbeln. Träume ich das, oder ist es wirklich passiert?

Nein! Nicht versuchen, es zu erklären, das kommt dann später. Versuche, es wirklich zu erleben, sonst verlierst du die Trance wieder.

Ich konzentriere mich auf meine Atmung. Plötzlich stehe ich neben meinem Rad und habe ein Handy in meiner Hand. Diese Bilder verstehe ich nicht. Wollte ich mitten in der Nacht jemanden anrufen? Bobby vielleicht? Ich versuche, noch tiefer in mein Bewusstsein einzutauchen. Jemand keucht. Bin ich das? Mir wird ganz beklommen zumute. Ruhig atmen, keine Angst haben. Das passiert nicht wirklich, es sind nur deine Erinnerungen.

Meine Finger geben eine Nummer ein, mein Mund bewegt sich, ich sage etwas. Es klingt panisch, offenbar habe ich Angst. Aber ich kann nicht verstehen, was ich genau sage. Ein Schauder überläuft mich. Ich habe das Gefühl, dass mich jemand anschaut. Mein Kopf dreht sich blitzschnell um. Eine dunkle und verlassene Prinsengracht. Mein Kopf dreht sich wieder um. Die Person am anderen Ende der Leitung sagt etwas. Ich nicke und fange an zu weinen. Dann beende ich das Gespräch.

Kalt. Dunkel. Ich stehe da mit den Händen in meinen Taschen. Warum bleibe ich dort stehen? Und dann plötzlich ein furchtbarer Schmerz in meinem Kopf, mein Schädel zerbricht. Zwei Hände drücken in meinen Rücken! Sie schieben mich über den Rand des Kanals! Ich falle. Die Ränder meines Blickfelds werden schwarz. Das sind die letzten Sekunden, bevor ich ins Wasser der Prinsengracht falle und versinke. Mein Körper dreht sich in der Luft. Am Rand sehe ich jemanden stehen, breitbeinig, Turnschuhe und Jeans, eine weiße Jacke und …

»Das ist die letzte Patientin, danach können wir nach Hause.«

»Endlich, heute war total viel los.«

Frauenstimmen kommen in mein Zimmer.

Das Bild platzt wie eine Seifenblase. Verzweifelt versuche ich, es zurückzurufen. Zeig mir das Gesicht. Zeig mir bitte das Gesicht!

»He, schau mal ihren Herzschlag, der ist ziemlich niedrig, 45 Schläge pro Minute«, sagt eine der Frauen.

Halt den Mund, schreie ich. Ich war fast dran! Und dann seid ihr reingekommen.

»Hm, ja, da sagst du was«, entgegnet die andere Frau. »Das ist wirklich sehr niedrig. Vielleicht ist sie in einer Art Winterschlaf?«

»Im Koma, meinst du?«

Sie müssen beide lachen.

Ich bebe vor Wut. Wie können sie es wagen, Witze über mich zu machen?

»Sollen wir einen Arzt rufen, damit er sich ihren Herzschlag anschaut?«

»Ich glaube nicht, dass das nötig ist. Morgen wird die Beatmung abgeschaltet.«

Die Beatmung wird abgeschaltet. Die Beatmung wird abgeschaltet.

Die Worte drücken auf meine Brust und pressen alle Luft aus meiner Lunge. Morgen wird die Beatmung abgeschaltet! Die ganze Zeit über hatte ich so eine Angst davor, und jetzt wird es wirklich passieren. Ich bin Lara Willemsen, 16 Jahre alt, und morgen früh bin ich tot. Ich muss sehr intensiv nachdenken, um diesen Satz zu verstehen. Es ist, als wären meine Gedanken geflohen.

»Wann wird sie morgen abgeschaltet?«

»Um neun sind ihre Eltern hier. Dann dürfen sie erst in aller Ruhe von ihr Abschied nehmen. Ich vermute, so gegen elf dann.«

Aber wie spät ist es jetzt? Zwei Uhr mittags? Vier Uhr? Wie viel Zeit bleibt mir noch? Ich reiße mich zusammen, damit ich nicht in Panik gerate und zuhören kann.

»Wahrscheinlich darf ich das nicht sagen«, sagt eine der Frauen in verschwörerischem Tonfall. »Aber ich finde das schon ein wenig schnell.«

»Was findest du schnell?«

»Na ja, das Mädchen liegt hier kaum zwei Wochen. Und dann

wird die Behandlung jetzt schon eingestellt. Ich kenne Geschichten von Komapatienten, die zwanzig Jahre beatmet werden.«

»Irgendwie hast du recht. Aber du kennst ja Doktor Kleijn. Der fackelt nicht lange. Offenbar hat er ihre Eltern davon überzeugt, dass es das Beste für sie ist.«

»Bist du der gleichen Ansicht?«

»Ich weiß es nicht.« Sie seufzt. »Die Wahrscheinlichkeit, dass dieses Mädchen irgendwann wieder aufwacht, ist tatsächlich ziemlich gering. Vielleicht ist es ja besser so.«

»He, guck mal!«, ruft die andere Frau. »Ihr Herzschlag ist auf 134 hochgeschossen! Ob sie uns gehört hat?«

»Damit würde ich nicht rechnen. Du weißt doch, dass sie gestern einen Herzstillstand hatte? Ihr Herz ist einfach fertig.«

»Hm, du wirst wohl recht haben.«

»Komm, wir gehen. Ich will nach Hause, es ist halb sieben.«

Halb sieben! Oh Himmel, schon so spät! Ich habe noch weniger Zeit als gedacht.

»Ist die Nachtschicht schon da?«

»Ja, die habe ich eben gesehen. Anneke und Janet lösen uns ab.«

Die Stimmen verebben, und es wird still.

Zitternd lausche ich der Stille.

Ich bin nicht gefallen.

Ich wurde gestoßen.

Ich habe noch sechzehn Stunden und dreißig Minuten.

Und dann bin ich tot.

Wer hat mich gestoßen? Und warum? Ist es dieselbe Person, die manchmal durch mein Zimmer schleicht und irgendein Dreckszeug in meinen Infusionsbeutel schüttet?

Angst steigt auf, wie zähe, schleimige Bläschen in der Dunkelheit. Ich muss es vor morgen früh, elf Uhr wissen. Sonst ziehen sie mir den Stecker raus.

Kapitel 34

Maud

Schweigend fahren wir nebeneinander. Ich überlasse es David, die Strecke zu bestimmen. Im Zentrum ist viel los. Ein langes Autoband schiebt sich im Schritttempo voran. Die Scheinwerfer stanzen Löcher in den Nieselregen. Wir fahren rechts auf die Weteringschans und biegen bei einem Lampengeschäft links ab. Es wird immer ruhiger. Manchmal kommt noch ein Radfahrer vorbei oder ein Auto, aber die Geräusche der hektischen Stadhouderskade sind weit weg. Wir überqueren eine kleine Brücke, an deren Ende David anhält, direkt vor dem Zugang zu einer schmalen Straße. Weteringstraat lese ich auf dem blauen Straßenschild.

»Hier ist es«, murmelt er. »Hierher bist du an dem Abend gefahren.«

Ich bin auf der Hut, als ich absteige und die spärlich beleuchtete Straße begutachte. Kleine Treppengiebelhäuser, die Straße von niedrigen Pfosten gesäumt, hier und da ein geparkter Motorroller. Mein Magen verkrampft sich leicht, und ich verspüre ein Prickeln im Nacken, aber vermutlich macht es mich nur nervös, dass David mich so anstarrt.

»Okay, haha, sehr schön, ich bin sehenden Auges darauf reingefallen«, sage ich. »Jetzt gib schon zu, dass es ein Scherz war.«

»Das ist kein Scherz«, sagt David trotzig.

Verärgert schaue ich ihn an. »Hör zu, dieser Unsinn hat jetzt lange genug gedauert. Ich bin ganz sicher, dass ich im Leben noch nicht hier war.«

»Du bist aus dieser Straße gekommen. Ich habe dich noch nie so schnell rennen sehen. Du bist an mir vorbeigesprintet, als wäre ich unsichtbar.«

»Jaja, ganz bestimmt. Warum bin ich denn bitte so schnell gerannt?«

»Keine Ahnung!«, sagt David achselzuckend. »Das brauchst du mich nicht zu fragen.«

»Aber du bist mir doch gefolgt?«, sage ich kratzbürstig. »Dann hast du doch auch gesehen, was ich gemacht habe?«

»Technisch gesehen bin ich dir nicht gefolgt«, sagt er langsam. »Ich bin zu dir hingefahren. In dem Moment, in dem du aus dieser Straße gerannt kamst, habe ich dich gesehen.«

»Hä? Aber du warst mir doch gefolgt?«

»Ja, das wollte ich. Aber als du in der Nacht auf dein Rad gesprungen bist, musste ich mich noch anziehen, und als ich rauskam, warst du weg.«

»Und dann hast du sicher in deine große Glaskugel geschaut, wo ich war?«, sage ich spöttisch.

»Äh, nein.« Er grinst. »Auf mein iPhone.«

»Klar. Und weißt du, was ich auf meinem iPhone sehe? Dass du ein Vollpfosten bist. Ich fahre jetzt heim.«

»Nein, warte.« Er zieht sein iPhone aus der Jackentasche. »Auf deinem Handy ist die App Google Latitude. Schau.«

Auf seinem Display sehe ich einen Stadtplan von Amsterdam. Bei der Weteringstraat ist ein Fähnchen mit Datum, Zeit und meinem Namen. Verblüfft starre ich darauf. Plötzlich weiß ich es wieder. Lara und ich haben diese App letztes Jahr auf unseren iPhones installiert. Wir fanden es lustig, immer genau zu wissen, wo die andere ist. Aber wir haben die App nie benutzt.

»Praktisch, was?«, sagt David mit einem zufriedenen Lächeln. »Ich habe die App auch auf meinem iPhone installiert.«

»Machst du das öfter?«, schnauze ich. »Auf deinem Handy nachsehen, wo ich gerade bin? Du bist wirklich nicht ganz richtig im Kopf.«

»Was ist schon dabei? Du hast die App selbst installiert, nicht ich. Ich habe nur dafür gesorgt, dass du mich auf deinem iPhone akzeptiert hast.«

»Wie bitte?«

»Dein Handy lag auf dem Küchentisch, und du warst oben.« David klingt schuldbewusst. »Und da habe ich dich zu Google Latitude eingeladen und anschließend auf deinem iPhone auf Okay gedrückt.«

Ich hätte große Lust, ihm das Grinsen aus dem Gesicht zu schlagen. Aber ich beherrsche mich. Ich will jetzt endlich wissen, was um Himmels willen ich hier mache.

»Woher kam ich?«, frage ich kurz angebunden.

»Jetzt entspann dich«, sagt David. »Es ist nicht meine Schuld, dass du nachts solche Sachen machst.«

»Aus welcher Richtung?«, frage ich.

Er zeigt in die schmale Straße. »Du kamst von dort.«

Mit großen Schritten laufe ich in die Weteringstraat. David folgt mir. In manchen Wohnzimmern brennt Licht. Aber die meisten Häuser sind dunkel und verlassen. Ich komme an einem geparkten Kleintransporter vorbei und an einem kleinen Platz. Das sagt mir alles nichts. Plötzlich fühle ich mich total bescheuert. Ich habe wahrhaftig Besseres zu tun, als mit David durch die Stadt zu zockeln.

»Ich fahre jetzt wirklich nach Hause«, sage ich, während ich mich umdrehe. »Mach doch, was du willst. Ich habe ...« Mitten im Satz breche ich ab. Ich sehe die beiden Spitzdächer, von denen ich immer träume. Wie zwei Monster überragen sie die kahlen Bäume auf dem Platz. Auf einem der Häuser steht ein Graffitikext. Noch bevor ich ihn lesen kann, weiß ich, was dort steht. *Bitch.* Meine Beine fühlen sich an, als hätten sie vergessen, wie sie aufrecht stehen bleiben sollen. Meine Knie geben nach, und meine Muskeln zittern.

»Geht es?«, höre ich Davids Stimme von ganz weit weg. Seine Hand fasst meinen Arm.

»Ich kenne diese H-Häuser«, stottere ich. »Ich bin hier schon einmal gewesen.«

»Ja, ey, das habe ich doch gesagt!«

Ich wende mich ab. Meine Beine setzen sich in Bewegung. Erst ganz langsam und wackelig, dann immer schneller und zielstrebig. Ich muss zum Ende der Straße! Ich muss sehen, was dort ist! Ich renne, als würde mein Leben davon abhängen. Meine eigenen Schritte klingen unnatürlich laut. Keuchend erreiche ich das Ende der Straße. Das Wasser der Gracht glitzert im schwachen Schein der Straßenlaternen. Rechts von mir steht ein Parkautomat. Links von mir befindet sich das Restaurant Wenders. Und rechts auf der Ecke ist ein Laden mit antiken Kronleuchtern.

Das kann nicht sein.

Das ist die Prinsengracht.

Das ist die Stelle, an der Lara ins Wasser gestürzt ist. Laut Laras Mutter wurde sie ganz in der Nähe vom Restaurant Wenders im Wasser gefunden.

Gigantische Kopfschmerzen sind im Anflug.

»Ist das hier nicht dein Rad?«, fragt David.

Verwirrt schaue ich in die Richtung, in die sein Finger zeigt. An einem Eisenzaun in der Weteringstraat steht ein rosa angestrichenes Omafahrrad. Auf dem Schutzblech klebt ein herzförmiger Sticker. Und der Klingel am Lenker fehlt die Metallkappe. Dieses Rad ist eine exakte Kopie von meinem. Ich verstehe es nicht. Wie durch einen dichten Nebel starre ich auf das Rad.

»Aber ... aber das kann nicht sein«, sage ich kaum hörbar. »Mein Rad wurde vor zweieinhalb Wochen vor unserem Haus gestohlen.«

»Meiner Ansicht nach steht es hier einfach abgeschlossen. Hast du den Schlüssel dabei?«

»Weiß nicht.« Meine Hand verschwindet in meiner rechten Jackentasche. Der Fahrradschlüssel ist noch drin. Zitternd angele ich ihn heraus und zeige ihn David.

»Na los«, spornt er mich an. »Guck nach, ob es wirklich deins ist.«

Gemeinsam gehen wir zu dem rosa Rad. Der Nebel in meinem Kopf wird noch dichter. Ich kriege den Schlüssel kaum ins Schloss, so verschwommen ist alles.

Das Schloss springt auf.

Ein paar Sekunden lang starre ich das Rad an, als wollte mein Gehirn nicht begreifen, dass es meins ist. Und dann explodiert mein Kopf.

Kapitel 35

Maud

Ich stehe in der Weteringstraat und halte mein Fahrrad fest. Es ist dunkel. Alle paar Meter wird die Straße von altmodischen Laternen beleuchtet, die ein schwaches, fahl orangefarbenes Licht verbreiten. Ich bin allein, ohne David. Irgendwo in meinem Bewusstsein ist mir klar, dass dies nicht jetzt passiert – die Bilder sind von einem anderen Mal, doch es fühlt sich sehr echt an.

Vorsichtig schließe ich mein rosa Rad an einen Eisenzaun und gehe die Weteringstraat entlang bis zur Prinsengracht. Am Kanal ist es wie ausgestorben, kein Mensch zu sehen.

Wo ist sie?, denke ich. Mein Blick wandert über den leeren Bürgersteig und wieder zurück, an den Autos entlang, die an der Wasserseite parken. Und dann sehe ich ihre Silhouette. Sie steht nur wenige Schritte von mir entfernt im Schatten zwischen zwei Autos, mit dem Rücken zu mir.

Ich will sie rufen. Aber irgendetwas hält mich davon ab. Zwischen den beiden Autos bewegt sich eine Gestalt. Sie geht zu Lara, bis sie dicht hinter ihr steht. Wer ist das? Was macht die Person da?

Die Gestalt hebt einen Arm. Ich sehe ein Stück weiße Jacke. Und eine Hand, die einen Backstein festhält.

Und dann geht alles so schnell, dass ich es kaum fassen kann. Es ist passiert, bevor ich reagieren kann.

Der Arm saust nach unten.

Ein Aufprall, so laut, dass ich ihn hören kann.

Lara fällt in den Kanal.

Ich sehe ihre knallblaue Jacke, die im Wasser treibt.

»Nein!«, rufe ich und will zu Lara rennen.

Die Gestalt dreht sich um, sie hat mich gehört! Im Bruchteil einer Sekunde fasst mein Gehirn einen Entschluss: Ich husche in die Weteringstraat. Den Rücken an eine Hauswand gelehnt, lausche ich. Mein Herz hämmert in meiner Kehle. Und dann höre ich Schritte, unnatürlich laut in der Stille der Nacht. Sie kommen in meine Richtung! Todesangst legt sich um meine Brust. Die Gestalt folgt mir! Sie wird auch mich ermorden! Ich drehe mich um und fange an zu rennen. Die Schritte werden schneller, ich höre Geschrei. Es ist ganz nah. Ich renne weiter, immer schneller und schneller. An dem kleinen Platz mit den Spitzdächern aus der Weteringstraat heraus, links in eine Gasse hinein, rechts um die Ecke. Ich weiß nicht mehr, wo ich bin. Ich weiß nicht mehr, was ich tue. *Ich werde auch sterben, ich werde auch sterben, ich werde auch sterben.* Die Worte prallen gegen meinen Schädel. Alles wird leer und leicht in meinem Kopf. Häuser verschwimmen, Geräusche verschmelzen; die Wirklichkeit verblasst. Jemand ruft etwas. Ich höre nicht hin, renne weiter. Ich renne, bis ich nicht mehr weiß, ob ich das jetzt träume oder nicht.

Ein paar Stunden später weckt mich meine Mutter und sagt mir, dass Lara einen Unfall hatte.

»Maud, du machst mir Angst, du machst so ein komisches Gesicht.«

Davids Stimme zieht mich zurück. Ich starre ihn an. Er ist ein dunkler Fleck. Es gelingt mir nicht, ihn scharf zu stellen.

»Was ist?«, höre ich ihn besorgt fragen.

Ich schwanke und falle auf die Knie.

»Shit, was ist?«

Ich übergebe mich, und Erbrochenes spritzt auf meine Hose. Ich verberge den Kopf zwischen meinen Händen und wiege mich wie ein Baby hin und her.

»Nein«, jammere ich. »Nein, nein, nein.«

»Bist du krank?« David geht neben mir in die Hocke.

Ich weiche seinem Blick aus.

»L-Lara wurde gestoßen ... kein Unfall ...«

»Hä? Wovon redest du?«

Wieder übergebe ich mich. Galle klebt an meinen Händen. Ich schaue darauf. Das sind die Hände einer Fremden. Ich sehe weiße Haut mit blauen Adern. Finger, die sich wie Klauen krümmen.

»M-Meine Schuld«, keuche ich. »Meine Schuld.«

»Jetzt mal langsam, ich kapiere gar nichts mehr.«

»Ich ... Lara ...« Rotz und Tränen rinnen mir in den Mund. »Es ist ... Ich ...«

Klatsch. David schlägt mir mit der flachen Hand ins Gesicht. »Und jetzt beruhigst du dich mal«, sagt er ruhig.

Verblüfft starre ich ihn an.

»Sorry, du warst am Ausflippen. Erzähl mir bitte, was los ist.«

»Ich ... ich ...« Mein Kopf fühlt sich an, als wäre er innen völlig verknotet. Ich warte ein paar Sekunden, bis sich das Chaos ein wenig gelichtet hat. »Ich wusste es nicht mehr! Ich wusste wirklich nicht mehr, dass ich hier gewesen bin! Aber dann habe ich mein Rad gesehen, und jetzt steigen plötzlich ganz viele Bilder von dem Abend auf.«

»Himmel, wie spooky!«, sagt David. »Aber was hast du denn gesehen?«

Ich hole tief Luft. »Ich habe gesehen, dass Lara von jemandem bewusstlos geschlagen wurde. Und dass diese Person sie auch ins Wasser gestoßen hat.«

»Fuuuuuck, das ist nicht dein Ernst!« Davids Augen werden groß. »Und dann?«

»Dann bin ich ...« Ich presse die Worte aus meiner Kehle. »Dann bin ich weggerannt.«

Ich habe das Gefühl, vor Gericht zu stehen und auf mein Urteil zu warten.

David schüttelt den Kopf. »Irre«, sagt er schließlich.

Schuldig! David findet auch, dass es meine Schuld ist! Ich fange wieder an zu weinen.

»Maud, Schluss damit!« Er schüttelt mich an den Schultern. »Warum hast du Lara denn nicht aus dem Wasser gezogen?«

»Er ... Dieser Kerl ... Er wollte mich auch kriegen.«

»Wow, heftig.« David pfeift. »Meine Schwester wurde von einem Mörder verfolgt. Darum bist du wahrscheinlich so schnell aus der Straße gerannt!«

»J-Ja.«

Er runzelt die Stirn. »Aber das ist ja schon ein bisschen merkwürdig. Ich habe niemanden hinter dir herrennen sehen.«

»Nein?« Galle steigt in meiner Kehle auf.

»Aber ich habe auch nicht genau darauf geachtet«, sagt David nachdenklich. »Es war alles so seltsam, was du da gemacht hast. Ich habe dich gerufen, aber du hast auf nichts reagiert. Du bist einfach weitergerannt. Nach einer Weile bin ich einfach stehen geblieben, ich war fix und fertig. Und mein Rad stand noch in der Weteringstraat. Zehn Minuten nachdem ich nach Hause gekommen war, habe ich gehört, wie du in dein Zimmer gegangen bist.«

Wir schweigen beide.

»Hast du denn auch gesehen, wer Lara ins Wasser gestoßen hat?«, fragt David nach einer Weile.

»Nein, ich weiß nur, dass die Person eine weiße Jacke getragen hat. Aber ich kann mich nicht an ihr Gesicht erinnern.«

»Hm.« David zupft an seiner Unterlippe. »Warum bist du eigentlich mitten in der Nacht zu Lara gegangen?«

Wieder eine Frage, die ich nicht beantworten kann. Ich fühle mich immer elender. »Das weiß ich nicht mehr.«

David holt tief Luft. »Aber ich weiß es vielleicht noch.«

»Hä?«

»In dieser Nacht bin ich aufgewacht, weil irgendwo im Haus ein Telefon geklingelt hat«, erzählt er hastig. »Ein paar Minuten später bist du die Treppe runtergerannt. Das kann fast kein Zufall sein. Guck doch mal auf dein iPhone.«

Mit zitternden Fingern nehme ich mein Handy. Genauso gut könnte ich ein Gewehr in der Hand halten – ich habe keine Ahnung, was ich damit machen soll.

»Check deine eingegangenen Anrufe«, weist David mich an.

»Okay.« Mit zitterndem Finger scrolle ich durch die Anrufliste. Und dann sehe ich es. Samstag, 6. November, 02:43 Uhr. Lara mobil. Etwa zwanzig Minuten bevor sie ins Wasser fiel.

»Siehst du«, sagt David, der mir über die Schulter schaut. »Weißt du noch, was sie am Telefon gesagt hat?«

»Nein, das habe ich auch vergessen.«

Wir sehen uns schweigend an.

»Und jetzt?«, frage ich mit hauchdünner Stimme.

»Du musst mit der Geschichte zur Polizei gehen«, sagt David.

Ich weiß, dass er recht hat, aber in Gedanken sehe ich die anklagenden Blicke, wenn ich erzähle, dass ich weggerannt bin. Vielleicht verhaften sie mich sogar. Ich schlinge die Arme um meine Taille und mache mich so klein wie möglich. Ich kann das nicht allein.

»Ich ... ich werde Dexter fragen, ob er mich zur Polizei begleitet.«

»Dexter? Ist das vielleicht der Typ, mit dem du neulich vor der Tür geknutscht hast?«

»Äh, ja.«

»Wenn es dich glücklich macht.« David zuckt die Schultern. »Ruf ihn an und frag ihn, ob er mitgeht.«

Ich nicke und suche seine Telefonnummer. Das Handy klingelt. Einmal. Zweimal. Dreimal. Viermal. Gerade als ich befürchte, dass er nicht abhebt, höre ich: »Hi Maud, ich komme gerade aus dem Supermarkt. Wie geht's?«

Seine Stimme bricht den Deich, der meine Tränen mühsam zurückhält, und ich fange wieder an zu weinen.

»Maud? Weinst du? Was ist los?«

»Lara ... Lara hatte keinen Unfall. Sie wurde ins Wasser gestoßen.«

Ich höre, wie er heftig ausatmet. »Himmel, das musst du mir erklären.«

Stockend erzähle ich die Geschichte. Als ich fertig bin, bleibt es am anderen Ende der Leitung totenstill.

»Ich ... ich kriege das nicht auf die Reihe«, murmelt Dexter.

»Gehst du bitte mit mir zur Polizei? Ich trau mich nicht allein.«

»Natürlich begleite ich dich«, sagt er sofort. »Komm zu mir nach Hause, dann gehen wir zusammen.«

»D-Danke«, schniefe ich.

»Bist du jetzt allein?«

Ich schaue zu meinem kleinen Bruder. »Ja«, sage ich nach kurzem Zögern.

»Soll ich dann vielleicht zu dir kommen?«

»Nein, schon gut, ich komme mit dem Rad zu dir.«

»Bis gleich dann.« Er zögert kurz. »Ich bin froh, dass du mich angerufen hast.«

Unter Tränen muss ich lächeln. »Ich auch.«

»Und?«, fragt David, nachdem ich aufgelegt habe.

»Ich fahre jetzt zu ihm, und dann gehen wir gemeinsam zur Polizei.«

»Okay, dann fahre ich nach Hause. Mit welchem Rad fährst du zu Dexter?«

»Mit Mamas. Meins hole ich morgen ab. Und ... David? Würdest du mir dieses Mal bitte nicht ...«

»Keine Sorge«, unterbricht er mich. »Dieses Mal folge ich dir nicht. Ich höre ja dann zu Hause, wie's gelaufen ist.«

Kapitel 36

Lara

Auf dem Gang nähern sich Schritte, sie werden lauter und stoppen vor meiner Tür. O mein Gott, wie spät ist es? Ist es jetzt schon morgen? Ganz kurz höre ich gar nichts mehr, als würde die Person auf der anderen Seite der Tür zögern. Geh zu einem anderen Zimmer, bitte, flehe ich in Gedanken.

Knarrend öffnet sich die Tür, die Schritte kommen auf mein Bett zu. Ich höre ein Piepen. Jeder Nerv in meinem Körper schreit auf. Es ist so weit. Jetzt sterbe ich!

»Nur kurz deine Temperatur mit dem Ohrthermometer messen«, sagt eine sanfte Frauenstimme.

Noch ein Piepen.

»37,2. Das sieht sehr gut aus. Schlaf schön nachher.«

Die Angst sickert davon. Das ist die Nachtschwester. Wann macht sie meist ihre Runde? Um acht?

Die Schritte entfernen sich wieder, und die Tür schließt sich knarrend.

Mir bleiben noch fünfzehn Stunden.

Kapitel 37

Maud

Es ist nicht weit bis zu Dexters Haus in der Utrechtsestraat. In wenigen Minuten bin ich da. Ich schließe mein Rad an einer Laterne an und renne die Stufen zur Haustür hoch. Ich klingele, höre ein Poltern auf der Treppe und Schritte, die zur Tür kommen. Kurz darauf öffnet Dexter.

Wir schauen uns an und wissen anscheinend beide nicht, was wir sagen sollen.

Dann durchbricht Dexter die Stille. »Maud, um Himmels willen, komm her.«

Seine Stimme klingt rau und belegt, als hätte auch er den ganzen Abend geweint.

Mit wenigen Schritten bin ich bei ihm. Er zieht mich an sich.

»Ich h-habe gesehen, wie's passiert ist«, schluchze ich. »Meine Schuld ... Das ist alles meine Schuld ...«

»Psst, beruhige dich«, sagt er. Es ist nicht deine Schuld.«

Ich weine mit lang gezogenen Schluchzern. Dexter streicht mir über die Haare und klopft mir leicht auf den Rücken, als wäre ich ein Baby, das ein Bäuerchen machen soll.

»Es ist nicht deine Schuld«, wiederholt er immer wieder.

Langsam werde ich ruhiger, das Schluchzen geht in leise Hickser über.

Vorsichtig nimmt Dexter mein Gesicht zwischen seine Hände und schaut mich mit warmem Blick an. »Sollen wir in mein Zimmer gehen?«

»Okay«, schniefe ich.

Dexter schließt die Haustür und nimmt meine Hand. Gemeinsam gehen wir die Treppe hinauf in sein Zimmer. Ich muss blinzeln, als wir hineingehen. Alle Lampen sind an, und es ist fast übertrieben ordentlich. Ich rieche einen vagen Frischeduft von Reinigungsmitteln, und nirgends liegt etwas herum. Dexter hat auch sein Bett neu bezogen, wie ich sehe.

»Ich habe für dich aufgeräumt«, sagt Dexter lächelnd. »Hier herrschte ja das totale Chaos.«

Mir war sein Zimmer überhaupt nicht unordentlich vorgekommen, im Gegenteil, ich fand es sehr gemütlich. Jetzt sieht es so aus, als wäre ich nie zuvor hier gewesen.

»Komm mal her, ich will dir etwas zeigen«, sagt er und geht zu seinem Laptop, der aufgeklappt auf dem Bett liegt. Ich setze mich neben ihn aufs Bett.

»Ich glaube, du hast eine posttraumatische Belastungsstörung«, sagt Dexter.

»Eine was?« Erstaunt schaue ich ihn an.

»Eine posttraumatische Belastungsstörung. Das bedeutet, dass du etwas sehr Schlimmes erlebt hast. Dein Kopf reagiert darauf mit einem Blackout als eine Art Selbstschutz.« Er hört sich an wie ein Arzt. »Hier, lies ruhig mal selbst. Ich habe es für dich nachgeschaut auf Wikipedia.«

Wieder ein Lächeln. Er wirkt sehr entspannt, nur seine Hände liegen zu Fäusten geballt in seinem Schoß.

»Oh, äh, okay.« Ich lese das kleine Stück Text auf dem Bildschirm.

Eine posttraumatische Belastungsstörung entsteht infolge von sehr stressigen, lebensbedrohlichen oder mit schweren körperlichen Schäden verbundenen Situationen. Diese Situationen sind für die Person traumatisch. Die wichtigsten Symptome sind die Vermeidung von Erinnerungen und Gedächtnisverlust. Oft leiden die Betroffenen auch unter Albträumen und Schlafstörungen.

»Genau das hast du«, sagt Dexter. »Meinst du nicht auch?«

Hoffnung kommt in mir auf – wenn das wirklich so ist, gibt es einen Grund, weshalb ich Lara im Stich gelassen habe. Ich möchte ihm so gern glauben.

»Tja, das könnte sein«, sage ich vorsichtig.

»Nein, das ist so«, korrigiert er mich. »Ich habe doch gesagt, es ist nicht deine Schuld. Nächstes Mal musst du besser auf Onkel Dexter hören.«

»Danke schön, dass du das für mich rausgesucht hast«, sage ich leise.

»Gern geschehen!« Er lächelt breit, wie ein kleines Kind, das ein Lob bekommen hat. »Das war ja wohl das Mindeste, was ich für dich tun konnte.«

Dexter klappt seinen Laptop zu. »Aber du weißt also echt nicht mehr, wer Lara ins Wasser gestoßen hat?«

Niedergeschlagen schüttele ich den Kopf. »Nein, ich weiß nur noch, dass die Person eine weiße Jacke trug.«

Dexter starrt mich lange an. »Vielleicht fällt es dir ja noch ein.«

»Das hoffe ich. Aber es ist, als wäre genau das ganz tief in meinem Kopf verborgen.«

»Hast du denn überhaupt keine Ahnung?«

Ich hole ganz tief Luft. »Doch.«

»Erzähl!« Erschrocken sieht er mich an.

Stockend erzähle ich ihm von Christine und meinem Verdacht. Als ich fertig bin, sagt Dexter grimmig: »Mein Gott. Ich dachte,

Christine hätte Liebeskummer. Aber das klingt mehr nach einem krankhaft eifersüchtigen Menschen, der es nicht wegstecken kann, dass man ihn abserviert hat. Das ist ein Motiv. Das musst du unbedingt der Polizei erzählen.«

»Aber ich habe keine Beweise«, sage ich tonlos. »Und außerdem sah die Gestalt, die Lara ins Wasser gestoßen hat, wie ein Mann aus.«

Dexter scheint mich nicht zu hören. »Weißt du was?«, sagt er, während er aufsteht und zur Tür geht. »Ich mache dir jetzt mal eine schöne Tasse Tee und rufe die Polizei an. Ich denke, es ist das Beste, wenn wir so schnell wie möglich dahin gehen. Okay?«

»Okay«, stimme ich zu.

»Nicht weglaufen, ja?«, sagt Dexter und zwinkert mir zu.

Die Tür fällt hinter ihm zu, und ich höre, wie er die Treppe hinunterläuft. Irgendwo unten im Haus knarrt eine Tür. Ich stelle mir vor, wie er in die Küche geht und den Wasserkocher füllt. Dann höre ich plötzlich seine Stimme. Nicht zu verstehen, aber am schnellen Rhythmus seiner Worte kann ich erkennen, dass er nervös ist. Wahrscheinlich ruft er jetzt die Polizei an. Ich bin so froh, dass ich zu Dexter gegangen bin! Ich wusste doch, dass das eine gute Entscheidung war!

Es wird still, er hat aufgelegt. Nach wenigen Minuten höre ich ein Poltern auf der Treppe. Dexter kommt mit zwei Bechern in den Händen ins Zimmer.

»Zimmerservice«, sagt er und grinst.

»Toll!« Ich richte mich auf und nehme den Becher von Dexter entgegen.

»Mit extra viel Milch und Zucker. Das tut dir gut.«

Vorsichtig nippe ich am Tee. Es ist ein lauwarmes, widerlich süßes Getränk.

»Trink ruhig aus«, sagt Dexter. »Dann fühlst du dich gleich um Längen besser.«

Der Arzt in ihm ist wieder zurück. Brav trinke ich den Becher leer.

»Gut so«, brummt er zufrieden und schaut mich dabei so lieb an, dass mir ganz warm wird. Oder macht das der Tee?

»Um neun erwarten sie uns auf der Polizeiwache. Wenn wir in einer Viertelstunde losgehen, sind wir auf jeden Fall pünktlich.«

»Zu welcher Wache gehen wir?«, frage ich.

Dexter sieht mich mit zusammengekniffenen Augen an, als fände er meine Frage höchst seltsam. »Oh, äh, ich habe einen Termin mit der Wache hier um die Ecke gemacht«, sagt er langsam. »Ist das in Ordnung?«

»Prima.« Ich rutsche auf dem Bett hin und her. »Ist dir auch plötzlich so warm?«

»Nein, nein, gar nicht.« Er lächelt. »Wieso meinst du?«

Es ist, als würde mein Körper in Flammen stehen.

»Ist alles in Ordnung?«, fragt Dexter.

»Ja ... Nein ... Mir ist ein wenig schwindelig«, murmele ich.

»Es war auch ein total heftiger Tag für dich«, sagt er. »Sonst leg dich doch einfach ein bisschen hin?«

Seine Hände drücken mich hinunter, und wie eine Stoffpuppe falle ich aufs Bett. Ich versuche, mich wieder hochzustemmen, aber es gelingt mir nicht. Meine Arme sind wie aus Gummi, und überall im Zimmer sehe ich auf einmal wirbelnde Farben.

»Ich fühle mich total komisch«, versuche ich zu sagen.

Stöhnen wie von einem verwundeten Tier. Kommt das aus meinem Mund?

»Psst«, sagt Dexter und legt mir einen Finger auf die Lippen. »Alles wird gut.«

Irgendwo in der Ferne höre ich eine Tür, die auf- und wieder zugeht. Und Schritte.

»Wer ist das?«, möchte ich fragen. Aber ich bin so müde, die Worte bleiben mir im Hals stecken.

Am Rand meines Bewusstseins steigt Angst auf. Irgendwas stimmt da nicht. Was ist mit mir? Aber ich kann mich nicht auf den Gedanken konzentrieren. Alles ist so verschwommen.

Die Schritte kommen näher.

»Besuch«, sagt Dexter und geht zur Tür.

Kapitel 38

Lara

Was ich auch versuche – ich komme einfach nicht dahinter, wer mich ins Wasser gestoßen hat. Mutlos macht es mich. In meinem Kopf rieseln die Minuten dahin, wie bei einer Sanduhr, die sich zu schnell leert. Nicht mehr lange, und es ist morgen. Es muss ein Wunder geschehen, wenn ich das überleben will. Aber Wunder gibt es nicht, glaube ich.

Plötzlich fasse ich einen Entschluss. Ich möchte nicht, dass Mama den Stecker ziehen muss. Dieses Leid will ich ihr ersparen. Wenn ich schon sterben muss, dann mache ich es lieber selbst. Die Idee wächst in meinem Kopf, wird größer und größer. Für einen winzigen Moment fühle ich mich wieder wie die alte Lara, die vor nichts Angst hat. Ich werde es selbst tun! Stinkefinger!

Ich hole tief Luft und halte den Atem an. Ich habe keine Angst, sondern bin eher erleichtert. Es ist gut so. Mir wird schwummerig. Alle Fasern in meinem Körper flehen um Sauerstoff. Ich weigere mich nachzugeben, und presse den Mund noch fester zusammen. Rote Flecken tanzen durch die Dunkelheit. Meine Lunge will zerspringen, aber ich halte durch.

Ganz langsam spüre ich, wie ich versinke. Der Schmerz erlischt, die Dunkelheit verschwimmt. Und dann spüre ich auf einmal etwas Kaltes, Nasses. Erstaunt schaue ich mich um. Ich liege in der Prinsengracht. Welch Ironie meines Gehirns, mir ausgerechnet dieses Bild noch einmal zu zeigen. Damit hat das ganze Elend angefangen, und damit soll es wohl enden.

Plötzlich sehe ich, wie mich jemand vom Kanalrand aus anschaut. In einer weißen Jacke. Sein Gesicht ist ein verschwommener grauer Fleck. Ich spüre, wie ich mich auflöse wie ein Zuckerwürfel in einem Glas Tee. Sterbe ich jetzt? Jetzt, in diesem Moment? Gib mir noch ein paar Sekunden! Mit aller Kraft, die ich noch in mir habe, starre ich in dieses Gesicht. Es ist, als würden sich meine Augen langsam scharf stellen. Endlich sehe ich, wer es ist.

O! Mein! Gott!

Mit einem Schlag lande ich auf etwas Hartem. Nach Luft schnappend richte ich mich auf. Meine Lunge füllt sich mit Luft. Alles tut weh. Ein starkes Licht scheint mir in die Augen. Wo bin ich?

Wie blind taste ich mit den Händen die Umgebung ab. Ich spüre Kabel. Und Dinge, die an mir befestigt sind. Ich ziehe an einem Plastikschlauch.

Ein Alarm ertönt.

Stimmen reden panisch durcheinander. Jemand ruft meinen Namen.

Lasst mich allein, denke ich. Bitte, lasst mich allein.

»Sie ist bei Bewusstsein!«, ruft eine der Stimmen. »Ruft Doktor Kleijn!«

Kapitel 39

Maud

Die Tür öffnet sich, und Bobby kommt herein. Er hat seine Jacke an. Tränen steigen mir in die Augen. Gott sei Dank, es ist Bobby. Jetzt wird alles gut!

»Hilfe!«, will ich sagen. »Hilf mir bitte!« Aber mein Mund bewegt sich nicht. Wie eine Leiche liege ich da und starre ihn an.

»Ist sie bewusstlos?«, fragt Bobby Dexter. »Ihre Augen sind noch offen. Mann, dieses Gestarre geht mir auf die Nerven.«

»Sie hört uns noch, aber sie kann sich nicht bewegen«, antwortet Dexter. »In zehn Minuten ist sie völlig ausgeknockt.«

»Letztes Mal bei Lara dachten wir das auch.«

»Letztes Mal haben wir auch nur eine halbe Pille genommen. Ich habe Maud jetzt zwei in den Tee gegeben. Das reicht, um die ganze Straße zu betäuben, okay?«

Ausgeknockt? Lara? Tee? Warum sagt Dexter das alles? Noch mehr Angst sickert in meinen Kopf. Aber das Nachdenken kostet mich eine irre Anstrengung.

»Was für ein Glück, dass sie dich als Ersten angerufen hat.«

Eine Stimme. Hinter Bobby. Offenbar ist noch jemand im Zimmer.

Dexter kommt zu mir. »Ich glaube, ihr seid euch schon mal begegnet.«

Der Schatten hinter Bobby bewegt sich. Ein junger Mann mit schulterlangen Haaren und einer weißen Jacke tritt vor.

»Das ist Arthur«, sagt Dexter. »Unser dritter Mitbewohner.«

Mir stockt der Atem. Ein eiskaltes Gefühl durchzieht mich. In einem Winkel meines Hirns steigt ein Bild auf. Eine Gestalt in einer weißen Jacke, die Lara ins Wasser stößt. Die Gestalt verschmilzt mit dem Mann, der vor mir steht. Wird zu *einem* Bild. *Einem* Gesicht. Arthur war es! Panik rast durch meinen Kopf. Ich will aufstehen, fliehen, aber ich bin eingesperrt in meinem Körper.

»Ah, du erkennst ihn also«, sagt Dexter und grinst. »Hab ich's nicht gesagt? Es fällt dir bestimmt noch ein. Schade nur, dass du jetzt nicht mehr so viel davon hast.«

Dexter wusste es. Dexter wusste es schon die ganze Zeit. Galle steigt in meiner Kehle auf. Es gelingt mir nicht, sie zu schlucken. Wie ein saurer, brennender Belag klebt sie an meinem Gaumen.

Dexter dreht mir den Rücken zu. »Leute, das Problem ist größer, als wir dachten.«

»Erzähl«, seufzt Arthur.

»Maud hat dich an jenem Abend wirklich gesehen.«

»Fuck, ich wusste es! Aber ich habe wirklich angefangen, an mir selbst zu zweifeln. Ich habe verdammt noch mal die ganze Prinsengracht abgesucht.«

»Vergiss es«, sagt Dexter. »Das ist nicht mehr wichtig. Sie liegt jetzt hier.«

Arthur schlägt mit der Faust gegen die Wand. »Dämliche Bitches. Die haben mich verarscht. Ich bringe sie um. Ich bringe sie alle um.«

»He, he, nur die Ruhe, es bringt uns nichts, wenn du jetzt durchdrehst.« Dexter legt eine Hand auf Arthurs Schulter. Der sieht ihn mit geballten Fäusten an.

268

»Hm.« Arthurs Fäuste lösen sich, und er lässt alle Fingerkno-
chen einzeln knacken. »Wusste sie wirklich nichts mehr?«

»Nein, erst vorhin sind ihre Erinnerungen zum Teil wiederge-
kommen. Und da hat sie mich sofort angerufen.«

»Es war also kein Theater. Dieses *Ich weiß von nichts und ich bin so
traurig dass Lara im Krankenhaus liegt.*«

»Nein.«

»Weiß noch jemand von der Sache?«

Dexter schüttelt den Kopf. »Zum Glück nicht.«

Es strengt mich ungeheuer an, dem Gespräch zu folgen. Mein
betäubtes Hirn dreht sich wie ein Betrunkener im Kreis.

»Wir müssen sie loswerden«, schmettert Arthurs Stimme
durchs Zimmer.

»Das war auch meine Schlussfolgerung«, sagt Dexter.

Ich schaue in ihre Gesichter, blass und starr, mit eiskalten Augen. Sie meinen es ernst! Angst presst sich durch all meine Poren.
Der Trunkenbold in meinem Kopf stößt jetzt überall an.

»Leute, los, jetzt kommt mal runter«, sagt Bobby auf einmal.
»Bestimmt gibt es eine andere Lösung.«

Danke schön, sende ich ihm in Gedanken. Danke, danke,
danke! Bitte hol mich hier raus, ich habe solche Angst.

»Es gibt keine andere Lösung«, schnauzt Arthur. »Und das
weißt du auch, du traust dich bloß nicht. Genau wie beim letzten
Mal mit Lara.«

»Du solltest Lara folgen, nicht sie ermorden«, sagt Bobby eisig
ruhig.

»Nein, ich sollte Lara daran hindern, zur Polizei zu gehen, das
habt ihr gesagt!«

»Na, bis zur Polizei hat sie es ja tatsächlich nicht geschafft«,
höhnt Bobby. »Was hast du dir dabei gedacht, als du sie ins Wasser gestoßen hast? Die finden sie nie wieder? Mann, du bist total
bescheuert. Deinetwegen sitzen wir jetzt in dieser Scheiße!«

»Halt dein Maul, sonst geb ich dir eins drauf.«

»Dreckskerl.«

»Verdammt!« Arthur rammt Bobby die Faust ins Gesicht.

Ein feuerroter Fleck erscheint auf Bobbys Wange, aber er verzieht keine Miene. »Nur zu. Schlag mich ruhig. Zeig nur, dass du keine Selbstbeherrschung hast.«

Dexter geht dazwischen. »Und jetzt reicht's. Beruhigt euch!«

Arthur kneift die Augen zusammen. »Aber er sagt ...«

»Später«, sagt Dexter. »Das könnt ihr später klären. Es gibt genug zu tun. Konzentriert euch!«

Arthur schlägt Bobby heftig gegen die Schulter und wendet sich von ihm ab. »Du hast recht.« In seiner Stimme höre ich unterdrückte Wut. »Wie werden wir sie los? Hast du eine Idee?«

»Ich dachte an eine Überdosis«, sagt Dexter nachdenklich.

»Eine Überdosis?«

»Ja, ich hab noch zwei Rohypnol. Wenn wir ihr die Pillen geben, überlebt sie es sicher nicht.«

»Und dann? Dann sitzen wir hier mit ihrer Leiche. Willst du die vielleicht in die Kühltruhe packen?«

Kühltruhe? Eine Überdosis? Das muss ein Scherz sein. O Gott, bitte, lass dies ein Scherz sein. Aber keiner lacht.

»Nein«, sagt Dexter. »Ich dachte daran, ihre Leiche heute Nacht vor den Eingang vom Odeon zu legen. Dann sieht es so aus, als hätte sie dort eine Überdosis geschluckt.«

»Brillant«, sagt Arthur.

»Und dann noch etwas«, sagt Dexter. »Wir müssen heute Nacht auch deinen grauen Jogginganzug und die schwarze Basecap loswerden. Ich will nicht, dass sie hier auch nur irgendetwas finden können, was zu Maud führt. Mein Zimmer habe ich schon komplett gesäubert.«

»Ich verbrenne die Klamotten heute Nacht irgendwo in einem Industriegebiet.«

»Okay, Hauptsache, du passt auf, dass dich keiner sieht.«

»Ich mach da nicht mit«, knarrt Bobbys Stimme durchs Zimmer.

Seine Worte treiben wie Ballons durch meinen Kopf. Ich versuche, sie zu fassen, damit ich wegfliegen kann. Ganz weit weg von hier.

»Lieber Himmel, Bobby, hör jetzt auf mit dem Gefasel«, sagt Dexter.

Piks. Ein Ballon nach dem anderen platzt.

»Wenn dich dein Gewissen plagt«, fährt er fort, »dann geh in dein Zimmer. Arthur und ich erledigen das hier.«

Nein, nicht weggehen! Lass mich nicht allein mit Dexter und Arthur! Sie wollen mich umbringen!

»Das ist echt krank, was ihr hier macht.« Bobby dreht sich um und knallt die Tür hinter sich zu. Das Geräusch seiner Schritte verebbt.

»Der Kerl wird zum Problem«, zischt Arthur. »Du wirst dich noch an meine Worte erinnern.«

»Vielleicht. Ich rede morgen mit ihm.« Dexter fährt sich mit einer Hand durch die Haare. »Erst müssen wir dieses Problem lösen. Holst du ein Glas Wasser?«

»Aye, aye, Captain.« Arthur verschwindet auf den Flur.

Dexter kommt zu mir und kauert sich neben mich. Sein Gesicht ist plötzlich ganz nah. Ich höre ihn in mein Ohr flüstern: »Schade, dass wir nicht noch einmal bumsen können. Für so ein Dickerchen warst du gar nicht schlecht.«

Die Welt wird rot vor meinen Augen. Ich versuche mir vorzustellen, dass ich ihn schlage, ihm die Augen auskratze, ins Gesicht spucke. Aber meine Arme liegen reglos neben meinem Körper.

»Hier, das Wasser.« Arthur taucht neben Dexter auf.

»Thanks.« Dexter steht auf und nimmt das Glas. Aus der Hosentasche nimmt er einen Blister, den er über dem Glas ausdrückt.

271

Runde weiße Tabletten fallen ins Wasser. Mit dem Ende eines Stifts rührt Dexter so lange, bis sich die Tabletten aufgelöst haben.

»Willst du noch was mit ihr machen? Ich meine, sie liegt eh schon hier«, sagt Arthur. »Wir könnten genauso gut ...«

»Nein, ich will das so schnell wie möglich hinter mich bringen«, unterbricht ihn Dexter. Er kommt auf mich zu.

»Mach ihren Mund auf!«, befiehlt er Arthur.

Arthurs fleischige, klamme Finger ziehen meine Kiefer auseinander.

Sie machen es wirklich! Sie bringen mich wirklich um! Tränen rollen aus meinen Augen. Ich denke an David, der zu Hause auf mich wartet. Ich denke an meine Mutter, die wahrscheinlich ausrastet, wenn ich nicht nach Hause komme. Ich denke an meinen Vater in China, der nachher einen Anruf bekommt und hören wird, dass etwas Schlimmes passiert ist. Ich denke an Lara, die auch sterben wird. Ich denke daran, wie gern ich noch leben würde.

Dexter gießt den Inhalt des Glases in meinen Mund. Das Wasser bleibt im Rachenraum stehen.

»Reib über ihren Hals!«, bellt er.

Arthur gehorcht. Seine Finger streichen über meinen Hals, massieren meinen Kehlkopf.

Irgendwo tief aus meinem betäubten Körper steigt ein Reflex auf. Meine Halsmuskeln ziehen sich zusammen. Ich schlucke.

»See you in heaven«, murmelt Dexter.

Meine Atmung verlangsamt sich. Das Zimmer verschwimmt, beginnt sich zu drehen. Dexter und Arthur verschwinden. Meine Angst verschwindet. Ich verschwinde.

Kapitel 40

Lara

Plötzlich durchzuckt mich ein Gedanke: Maud ist in Gefahr! Ich muss sie warnen. Sofort! Ich versuche, um Hilfe zu rufen, aber aus meiner Kehle kommt nur ein unterdrücktes Gurgeln. Ich versuche es noch einmal. Wieder kein Ton. Irgendwas steckt in meinem Hals!

Meine Hände greifen nach meinem Mund. Ein Plastikschlauch. Er muss raus!

»Stört dich der Beatmungsschlauch?« Ein grauer Schemen kommt durch das grelle Licht auf mich zu. »Ich ziehe ihn für dich raus.«

Finger halten mein Gesicht fest. »Das fühlt sich jetzt ein wenig seltsam an«, sagt die Frau. »Ich zähle bis drei, und dann ziehe ich. Eins, zwei, drei!«

Es ist, als würde mein Darm durch die Kehle gezogen. Ich würge und fange an zu husten.

»Gut gemacht, Mädchen«, sagt die Stimme. »Möchtest du vielleicht einen Schluck Wasser?«

Ich versuche, Nein zu sagen, bringe aber nur ein heiseres Krächzen zustande.

Die Schwester drängt mich nicht. Ich wünschte, ich könnte ihr Gesicht sehen, aber es ist immer noch so, als würde ich direkt in die Sonne gucken.

»A ... A ...«, krächze ich und zeige auf meine zusammengekniffenen Augen.

»Was ist? Ah, du meinst, deine Augen tun weh, natürlich! Warte, ich dimme das Licht.«

Ihre Schritte bewegen sich zum anderen Ende des Zimmers. Ein paar Sekunden später verschwindet das grelle Licht.

»Ist es so besser?«, fragt sie.

Ganz vorsichtig spähe ich durch die Wimpern. Ja, ich sehe etwas! Einen Stuhl! O, mein Gott, ich sehe einen Stuhl! Und ich sehe einen Schrank. So einen Krankenhaus-Metallschrank! Mein Blick huscht durchs Zimmer. Ich sauge alle Bilder auf, als hätte ich noch nie so etwas Schönes gesehen.

»Wir haben deine Eltern angerufen, die sind gleich da«, sagt die Schwester. »Und Doktor Kleijn wird dich in einer Viertelstunde untersuchen.«

Mein Kopf dreht sich in ihre Richtung. Die Stimme bekommt ein Gesicht. Ein rundes Gesicht mit vollen Wangen und einer blonden Hochsteckfrisur. Sie sieht freundlich und verständnisvoll aus. Bestimmt wird sie mir helfen.

Ich will »Maud ist in Gefahr!« sagen, aber die Worte verschmelzen zu einem unverständlichen Gemurmel.

»Mau... Mau... fahr...«, versuche ich es noch einmal.

»Entschuldige, ich verstehe dich nicht.« Sie lächelt mich an.

Ich setze mich auf und zeige zur Tür.

»Willst du weg?« Sie kichert. »Nicht so schnell, junge Dame, du bist gerade mal eine halbe Stunde bei Bewusstsein. Erst musst du dich von Doktor Kleijn begutachten lassen.«

Ich schwinge meine Beine über den Bettrand. Ein Schwindelgefühl zieht von den Zehen bis zum Kopf.

»Was machst du denn jetzt?«, fragt sie erschrocken. »So einfach geht das nicht, du hast noch eine Infusion am Arm.«

»Mau... Mau...«, keuche ich und beuge meinen Körper vor.

»Und jetzt hörst du auf mich!« Sie drückt mich ins Bett zurück. Ihr Gesicht ist jetzt um einiges weniger freundlich. »Du gehst nirgends hin, bis Doktor Kleijn hier gewesen ist.«

Tränen der Ohnmacht steigen mir in die Augen. Warum kapiert sie es nicht? Ich muss Maud warnen. Meine Arme fuchteln durch die Luft.

Die Schwester drückt auf den roten Knopf neben meinem Bett. »Ich brauche Unterstützung«, ruft sie, während sie meine flatternden Hände festhält.

Ein Mann in weißer Kleidung kommt in mein Zimmer gerannt. »Was ist denn hier los?«

»Sie will aus dem Bett«, knurrt die Schwester. »Ich kriege sie nicht ruhig.«

»Mau... Mau... Mau...«, wiederhole ich wie ein heiserer Papagei.

Der Mann hört nicht zu und geht zu dem Metallschrank. Aus dem obersten Fach nimmt er einen braunen Glasbehälter und eine längliche Plastikverpackung.

»Ich gebe ihr eine Injektion mit Temesta«, sagt er zur Schwester. »Das wird sie beruhigen.«

»Nei... Mau... fahr...« In Panik krümme ich meinen Rücken. »Weg ... Ich weg ...«

»Beeil dich bitte«, ruft die Frau. »Ich kann sie kaum noch halten.«

Mit den Zähnen reißt der Mann die Plastikverpackung der Spritze auf. Die Nadel verschwindet in der braunen Flasche und saugt eine durchsichtige Flüssigkeit ein. Mit drei Schritten steht er neben meinem Bett.

»Halt ihre Arme fest«, sagt er schroff.

Ich schreie und strample mit den Beinen.

Etwas Spitzes pikst in meinen Arm.

»So, dann schlaf mal schön«, sagt der Mann.

Wild schüttele ich den Kopf. Ein warmes Kribbeln zieht durch meinen Arm nach oben. Das Zimmer fängt an sich zu drehen.

Ich darf nicht versinken ...

Ich muss zu Maud ...

Ich muss ...

Ich ...

Kapitel 41

Maud

Ich treibe in einem warmen schwarzen Meer. Es muss Nacht sein, denn ich sehe nichts. Meine Haare breiten sich fächerartig um mein Gesicht aus, und ich fühle mich so ruhig, so wohl. Könnte ich doch nur für immer hierbleiben.

Dann bewegt sich das Wasser wieder. Es zieht an mir, will mich nach unten saugen. Einen Moment zweifele ich, als wüsste ich, dass es danach keinen Weg zurück mehr gibt. Das Meer wird rauer, das Wasser ist ungeduldig. Jetzt oder nie. Im Bruchteil einer Sekunde entscheide ich. Jetzt!

Mit angehaltenem Atem tauche ich unter Wasser. Ich höre das gedämpfte Echo meines Herzschlags. Er wird immer langsamer. Es ist ein schönes Geräusch, aber auch ein wenig traurig, wie die Musik, die am Totengedenktag zwei Schweigeminuten einläutet.

Lichter tanzen vor mir in der Dunkelheit und weisen mir den Weg. Ich lasse mich noch tiefer sinken. Hier ist es sehr still. So still, dass ich mein Herz nicht mehr hören kann. Plötzlich wird die Stille von einem schneidenden Geräusch durchbrochen. Sirenen! Ich schwimme noch tiefer nach unten, bis ich nichts mehr höre. Ruhe.

Aber nicht lange! Hände fassen mich. Mit aller Kraft, die ich in mir habe, schwimme ich weiter. Ich spüre, wie ein Finger nach dem anderen loslässt. Noch ein letzter Finger, und dann bin ich frei.

»Maud, bitte, du darfst nicht sterben!« Davids Stimme.

Vor lauter Schreck vergesse ich zu schwimmen. Die Hände ergreifen ihre Chance und ziehen mich aus dem Wasser.

Kapitel 42

Lara

»Yes, endlich!« Maud reckt jubelnd ihre Faust in die Luft. »Ich habe das goldene Ei gefunden und bin auf Level zwölf!« Sie streckt sich und steckt ihr iPhone wieder in die Tasche.

»Wa gu!«, sage ich.

Zum Glück versteht mich Maud. »Danke, ich finde mich auch sehr gut. Wie weit bist du gekommen?« Sie späht auf mein iPhone.

»Leffel ens, imme no, domme Vogel.«

»Gib nur den Vögeln die Schuld«, sagt Maud grinsend. »Die armen Viecher können nichts dafür, dass du nicht triffst.«

Ich strecke ihr die Zunge heraus und muss lachen.

Jeden Tag nach der Schule kommt Maud zu mir ins Rehazentrum. Meistens spielen wir erst eine halbe Stunde *Angry Birds* auf unseren iPhones. Mein Rehaarzt sagt, solche Spiele sind gut, weil sie die Feinmotorik trainieren. Er hat nur nicht dazugesagt, dass ich auch gut verlieren können muss! Die blöden Vögel fliegen bei mir in alle Richtungen, und ich treffe kein einziges grünes Ferkel. Mein Kopf weiß, was zu tun ist, aber meine Finger scheinen ein Eigenleben zu führen. Sie zittern, bewegen sich in die falsche

Richtung und zucken unkontrolliert. Dem Rest meines Körpers geht es genauso.

Vor vier Monaten haben sie mich aus dem Krankenhaus entlassen. Seitdem hocke ich in diesem Rehazentrum. Mein Arzt sagt, ich habe erstaunliche Fortschritte gemacht in so kurzer Zeit. Als ich hier ankam, saß ich im Rollstuhl. Jetzt kann ich schon ein paar kleine Schritte allein machen. Aber es geht so langsam. Und ob ich mich je wieder ganz von diesem Koma erhole, weiß keiner. Sechzig Prozent Wahrscheinlichkeit, sagt Doktor Kleijn. Ich werde ihm schon zeigen, dass er unrecht hat – ich kämpfe für hundert Prozent!

»Willst du auch einen Schluck Cola light?«, fragt Maud.

»Ge...n.«

Sie hält mir die Dose mit Strohhalm an den Mund, bis ich fertig bin mit Trinken.

»Genug?«

Ich nicke.

Sie stellt die Dose auf den Tisch und wischt meinen Mund mit einem Papiertuch ab.

»Möchtest du etwas Süßes?« Maud zeigt auf die Tüte mit den Colafläschchen, Geleebananen und sauren Zungen, die sie mir mitgebracht hat.

»Nu enn du ach neehm.«

Ich sehe, wie Maud zögert. *Mach es! Jetzt nimm schon eins!* Ihre Hand greift in die Tüte mit den Süßigkeiten, und sie steckt sich eine Banane in den Mund. Am liebsten würde ich jubeln und applaudieren, aber ich lasse es. Ich tue so, als wäre es die normalste Sache der Welt, dass sie etwas Süßes isst. Mit einer steilen Falte zwischen den Augenbrauen kaut Maud auf der Banane, als wäre sie etwas zutiefst Ekelhaftes. Ich weiß, wie schwer ihr das fällt. Am liebsten würde sie noch dünner werden. Sechzehn Kilo hat sie abgenommen. Zum Glück hat sie gerade noch rechtzeitig eingesehen, dass sie ganz schön blöd war, fast nichts zu essen und alles auszukotzen. Jetzt geht sie einmal in der Woche zu einem Therapeuten, der auf Essstörungen spezialisiert ist. Sie sagt, dass sie seither kein Essen mehr erbricht. Ich glaube ihr.

Mauds Hand wandert noch einmal zu den Süßigkeiten, und sie zerlegt eine Banane in ganz kleine Stücke, die sie mir eins nach dem anderen in den Mund steckt.

»Wie is es in de Schole?«, frage ich, nachdem ich das letzte Stück geschluckt habe.

»In der Schule? Och, alles wie immer. In einem Monat fangen die Prüfungen an. Aber es muss ein Wunder geschehen, wenn ich die schaffen will.« Sie kräuselt die Nase. Das macht sie immer, wenn sie nachdenkt. »Also stell dich schon mal drauf ein, dass wir im nächsten Jahr wieder schön in einer Klasse sitzen.«

Ich weiß, dass Maud es ernst meint. Dass sie wirklich daran glaubt, dass ich im nächsten Jahr wieder in die Schule gehe. Darum freue ich mich auch immer so, wenn sie vorbeikommt: Maud redet wenigstens normal mit mir, nicht so, als wäre ich schon halb tot. In meinen Gesprächen mit ihr habe ich noch eine normale Zukunft.

»Oh, bevor ich es vergesse. Das sollte ich dir von Nicole geben.« Sie zieht ein Fläschchen mit giftgrünem Nagellack aus ihrer Tasche und stellt es vor mir auf das Tischchen. »Scheint der letzte Schrei in Sachen Trendfarben zu sein. Nicole dachte, es würde dir gefallen.«

Ich muss grinsen. Das sieht wahrscheinlich gespenstisch und verzerrt aus, die Muskeln an meinem Mund sind auf einer Seite gelähmt, aber Maud lacht mit.

»Okay, ich finde es auch potthässlich«, sagt sie. »Aber es ist schon sehr lieb von ihr. Sie kommt am Wochenende vorbei, soll ich dir schon mal sagen.«

Nicoles Besuche sind immer kurz und quirlig. Sie gestikuliert viel, wenn sie erzählt, was sie so macht und in wen sie jetzt wieder verliebt ist. Sie stellt nicht viele Fragen, aber das ist auch nicht nötig. Ich höre ihr gern zu.

Christine ist nur einmal vorbeigekommen. Eine Viertelstunde. Sie hat sich nicht getraut, mich anzusehen, und hat sich bestimmt hundertmal bei mir entschuldigt. Aber ich bin nicht sauer auf sie. Eigentlich verstehe ich ganz gut, warum sie es nicht erzählt hat. Bobby war wie eine Droge, er machte einen süchtig und komplett abhängig. Das hat bei Christine genauso funktioniert wie bei mir. Und wir haben ihn beide nicht durchschaut. Wie Geschenke haben wir uns von ihm einwickeln lassen.

Es ist, als wüsste Maud, dass ich an Bobby denke, denn sie sagt: »In zwei Wochen ist die Verhandlung, hat die Staatsanwaltschaft mitgeteilt.« Ihr Blick mustert mich, sicher will sie abschätzen, ob ich dieses Thema verkrafte.

Ich verkrafte es ausgezeichnet. Mehr noch: Ich kann es kaum erwarten, zu hören, welche Strafe Bobby, Arthur und Dexter bekommen.

»Sehr gut!«, sage ich.

Wir schauen uns an und fangen an zu lachen. Das ist der erste Satz, den ich korrekt ausspreche, seit ich hier bin!

»High Five«, sagt Maud.

Meine Hand bewegt sich zittrig zu ihrer. »Hai Fai!«

Als wir aufgehört haben zu lachen, fragt Maud: »Was denkst du, wie viel Jahre sie kriegen?«

Ich hebe zehn Finger.

»Zehn Jahre.« Sie nickt. »Na, ich hoffe, sie kriegen zwanzig.«

Das ist nicht ganz unwahrscheinlich, denn die Anklage der Staatsanwaltschaft lautet auf zweifachen Mordversuch, versuchte Vergewaltigung und schwere Körperverletzung durch Einsatz von Drogen. Ich fühle mich so dumm, dass ich auf das schöne Geschwätz von Bobby hereingefallen bin. Am Abend meines Unfalls haben Bobby und seine Mitbewohner mich zuerst sturzbetrunken gemacht. Gegen eins bin ich mit ihnen nach Hause geradelt, während die Polizei dachte, ich sei direkt vom Odeon nach Hause gefahren.

In Bobbys Zimmer habe ich dann einen Wodka Orange bekommen. Ich konnte ja nicht ahnen, dass sie eine halbe Tablette Rohypnol untergemischt hatten. Das ist ein Schlafmittel, das manche nehmen, um sich in Trance zu versetzen, wenn sie ausgehen. Aber es ist auch eine *date rape drug*: Sie betäubt einen so stark, dass man danach nicht mehr weiß, was passiert, weshalb Mädchen leichter vergewaltigt werden können. Um es kurz zu machen: Arthur hatte einen Blister mit zehn Tabletten Rohypnol bei einem Dealer auf der Straße gekauft. »Zum Eigengebrauch«, sagt sein Anwalt. »Meine Mandanten haben keine Ahnung, wie das Rohypnol danach in dem Getränk von Lara Willemsen gelandet ist. Wahrscheinlich wurden die Drinks aus Versehen vertauscht.«

Vertauscht? Dass ich nicht lache! Und als ich dann halb bewusstlos auf dem Sofa lag, haben sie versucht, mich auszuziehen. »Ich dachte, Lara würde das auch selbst wollen«, hat Bobby über seinen Anwalt verlauten lassen. »Sie hat nichts gesagt, um uns davon abzuhalten.« Ich bin schier ausgerastet, als ich das gehört habe. Wie hätte ich denn auch etwas sagen sollen mit einer halben Tablette Rohypnol intus?

Ich will gar nicht daran denken, was passiert wäre, wenn sie die Chance bekommen hätten, weiterzumachen. Aber zum Glück bekamen sie vorher Durst und Lust auf eine Kippe. Sie haben mich ein paar Minuten allein gelassen, um in der Küche ein Bier zu holen und eine zu rauchen. Als würden sie sich köstlich amüsieren auf einer Party, diese Dreckskerle! In meinem betäubten Körper ist dann eine Art Urkraft aufgestiegen. Ich habe mich zur Haustür geschleppt und bin auf mein Rad gestiegen. Dass ich überhaupt noch fahren konnte, ist ein Wunder.

Bobby, Arthur und Dexter waren völlig aufgelöst, als sie zurückkamen und sahen, dass ich verschwunden war. Oh, was hatten sie für eine Angst, ich könnte zur Polizei gehen. Für drei Jurastudenten war es bestimmt nicht schwer, sich auszumalen, welche Strafen ihnen drohten. In dieser Panik ist ein sehr dummer Plan entstanden: Sie haben mir Arthur hinterhergeschickt. An der Prinsengracht hat er mich gefunden, ich stand neben meinem Rad und hatte mein Handy in der Hand. Der Rest der Geschichte ist bekannt.

Leider wurde Maud durch mich mit reingezogen. Ich habe sie in dieser Nacht angerufen und angefleht, doch bitte zu mir zur Prinsengracht zu kommen. Ich hatte so eine Riesenangst und war vom Rohypnol so durcheinander, dass ich nicht mehr wusste, was ich machen sollte. Als Arthur mich ins Wasser stieß, ist mein iPhone auf den Boden gefallen. Arthur hat es aufgehoben und gesehen, dass ich Maud angerufen hatte. Da musste er total Panik bekommen haben. Er hatte keine Ahnung, was Maud wusste und ob ich ihr überhaupt etwas erzählt hatte.

Arthur ist Maud dann gefolgt in seinem dämlichen grauen Jogginganzug. Bobby hat sich bei ihr als trauernder Freund eingeschmeichelt, und Dexter sollte dafür sorgen, dass sie sich in ihn verliebt, damit sie ihm alles erzählen würde. Keine einzige Begegnung hat zufällig stattgefunden: Sie hatten sich alles vorher ausgedacht. Unterdessen mussten sie mich auch noch im Krankenhaus unter Beobachtung halten. Denn was wäre, wenn ich aus dem Koma aufwachen würde? Erst als sie hörten, dass meine Behandlung eingestellt werden sollte, schien die Gefahr gebannt.

Ich denke sehr oft daran, wie anders es gelaufen wäre, wenn sie mir Arthur nicht hinterhergeschickt hätten. Dann wäre ich tatsächlich zur Polizei gegangen, und dann hätten sie höchstens eine Gefängnisstrafe von anderthalb Jahren bekommen, weil sie mich unter Drogen gesetzt hatten. Wahrscheinlich wäre es sogar weniger geworden, denn klar, die Drinks waren ja aus Versehen vertauscht worden. Aber sie *haben* Arthur losgeschickt. Und er *hat* mich bewusstlos geschlagen und ins Wasser gestoßen. Und sie *haben* Maud eine Überdosis Rohypnol verpasst. Wie so eine Kette falscher Entscheidungen ein paar Leben für immer zerstören kann.

»Was sollen wir morgen machen?« Mauds Stimme reißt mich aus meinen Gedanken. »Das Wetter soll schön werden. Ich kann dich in einem Rollstuhl durch den Vondelpark schieben. Hättest du darauf Lust?«

»Bekomm ich da ach en Es?«

»Also gut, ich lade dich auch zu einem Eis ein!«, sagt sie. »Hoffentlich sabberst du nicht so viel.«

Ich lächele.

»He, hör mal.« Sie sieht auf ihre Uhr. »Ich muss gehen. Es ist sechs. Sonst sitzt David allein mit Mama am Tisch, das will ich ihm nicht antun.«

David. Ihm ist es zu verdanken, dass Maud noch lebt. Als David von der Weteringstraat nach Hause radelte, wie er Maud versprochen hatte, fiel ihm plötzlich etwas ein. Am Abend meines Unfalls hatte er einen Mann in einer weißen Jacke laufen sehen, der sich ein wenig seltsam benahm. Damals hatte er nicht weiter darauf geachtet. Aber jetzt wusste er instinktiv, dass er den Täter gesehen hatte. David radelte wie ein geölter Blitz zu Dexters Haus, um es Maud zu sagen. Zum Glück konnte er die Adresse mit Google Latitude finden. In dem Moment, als er sein Fahrrad dort abschloss, kamen Arthur und Bobby an. David erkannte Arthur als den Mann mit der weißen Jacke, und plötzlich fingen alle Alarmglocken an zu läuten. Als Arthur und Bobby im Haus waren, hat er die 112 angerufen. Der Krankenwagen kam gerade noch rechtzeitig, und Maud wurde im allerletzten Moment gerettet.

Maud steht auf und küsst mich auf die Wange. »Bis morgen«, sagt sie. »Bekommst du gleich noch Besuch?«

Ich nicke. »Men Ma un men Vate. Um nen Uh.«

»Wie schön, dass deine Eltern zusammen kommen. Oder schlagen sie sich wieder die Köpfe ein?«

Grinsend schüttele ich den Kopf. Durch die ganze Krankenhaussache haben meine Mutter und mein Vater wieder Kontakt. Sie sind nicht gerade die dicksten Freunde, aber sie reden zumindest wieder miteinander. Und ich rede auch wieder mit meinem Vater. Nicht über alles und bestimmt nicht über seine Freundin. Aber es ist schön, wieder einen Vater zu haben. Zum Glück hat meine Mutter diesen Idioten von Hans in den Wind geschossen.

»Ich muss jetzt wirklich gehen«, sagt Maud.

»Fall du ma kene Lus has, kanns du ach was andes machen. Fuhl dich nicht vepliche, jeden Tag tsu mi tsu kommen.«

Ich könnte mir die Zunge abbeißen. Das klang so dämlich und undankbar, dabei war es nur nett gemeint. Ich verpasse dem Tischbein einen Tritt. Blöder Körper. Blöde Reha!

Maud grinst. Erstaunt schaue ich sie an.

»Der arme Tisch kann nichts für deinen ostrussischen Dialekt. Und ich finde es schön, dich jeden Tag zu besuchen – aber wenn du mal keinen Bock auf mich haben solltest, dann darfst du das ruhig sagen!«

Wir prusten vor Lachen.

Ich bin ganz sicher: Nie wieder wird irgendwas oder irgendwer zwischen uns stehen.

Schuldig – oder nicht schuldig?
Todesstrafe oder Freiheit?
Gerechtigkeit oder Willkür?

Kerry Drewery
MARTHAS WIDERSTAND
Aus dem Englischen
448 Seiten
ISBN 978-3-8466-0043-6

Martha ist des Mordes angeklagt und sitzt in der ersten von sieben Zellen. Sieben Tage lang stimmt das gesamte Volk darüber ab, ob sie freigesprochen oder in die nächste Zelle verlegt wird. Die Zellen werden dabei immer kleiner, genauso wie Marthas Chancen auf einen Freispruch. Denn die Umfragen zeigen, dass der Großteil der Bevölkerung sie sterben sehen will. Doch was wäre, wenn Martha genau darauf spekuliert?
Ein Katz-und-Maus-Spiel beginnt, bei dem es um viel mehr als ein einzelnes Menschenleben geht.

one by Lübbe